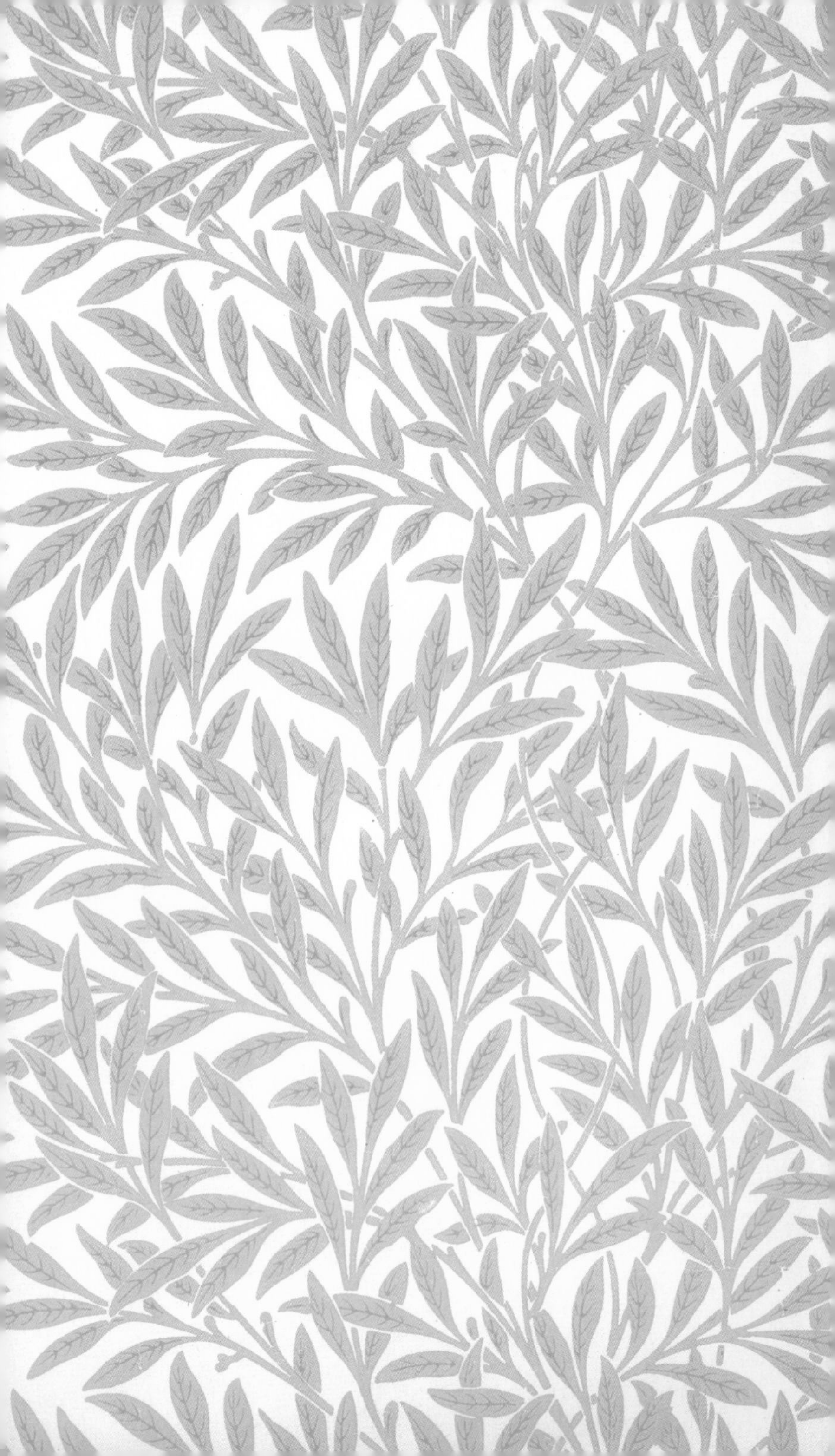

1 0 4

臺北市復興北路三八六號

三民書局股份有限公司收

廣告回信

台灣北區郵政管理局登記證

北台字第10380號

（免貼郵資）

姓名：　　　　性別：□男　□女

出生年月日：西元　　年　　月　　日

地址：

電話：（宅）　　　　（公）

E-mail：

知識使你更有活力・閱讀使妳更有魅力

三民書局／東大圖書讀者回函卡

感謝您購買本公司出版之書籍，請您填寫此張回函後，以傳真或郵寄回覆，本公司將不定期寄贈各項新書資訊，謝謝！

職業：＿＿＿＿＿＿＿＿ 教育程度：＿＿＿＿＿＿＿＿

購買書名：

購買地點：□書店：＿＿＿＿＿＿ □網路書店：＿＿＿＿＿＿

□郵購（劃撥、傳真） □其他：＿＿＿＿＿＿

您從何處得知本書？□書店 □報章雜誌 □網路

□廣播電視 □親友介紹 □其他

您對本書的評價：

	極佳	佳	普通	差	極差
封面設計	□	□	□	□	□
版面安排	□	□	□	□	□
文章內容	□	□	□	□	□
印刷品質	□	□	□	□	□
價格訂定	□	□	□	□	□

您的閱讀喜好：□法政外交 □商管財經 □哲學宗教

□電腦理工 □文學語文 □社會心理

□休閒娛樂 □傳播藝術 □史地傳記

□其他

有話要說：＿＿＿＿＿＿＿＿＿＿＿＿＿＿＿＿

（若有缺頁、破損、裝訂錯誤，請寄回更換）

三民叢刊 251

裂變
——太平天國

彭道誠 著

三民書局印行

1 附圖

圖 1　天王洪秀全像。

圖2　太平軍所到處，百姓簞食壺漿以迎王師。

圖 3　太平軍打殺漢奸。

圖 4　太平軍打殺洋鬼子。

圖5　物阜民豐享太平。選自《太平天國詩歌選》。

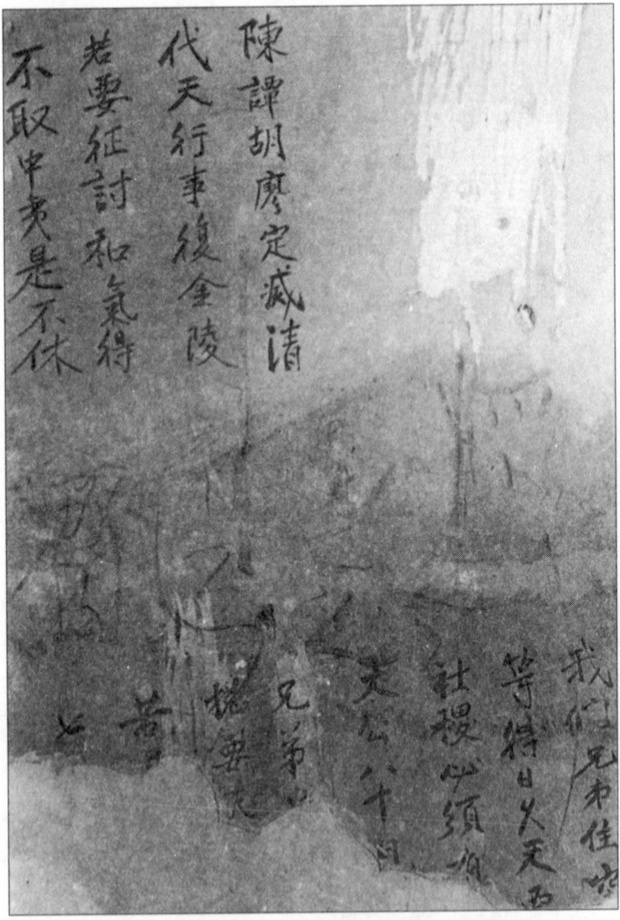

圖 6　上杭縣南陽鄉太平軍題壁詩。據說是 1864–1865 年間，太平軍餘部駐軍該地時用毛筆所題。

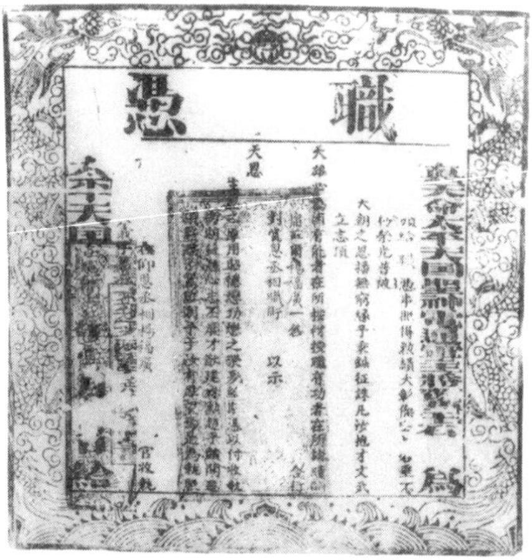
職憑

圖7　翼王石達開發恩賞丞相楊福廣職憑。上面蓋有「太平天國聖神電通軍主將翼王石達開」的長方形硃印。

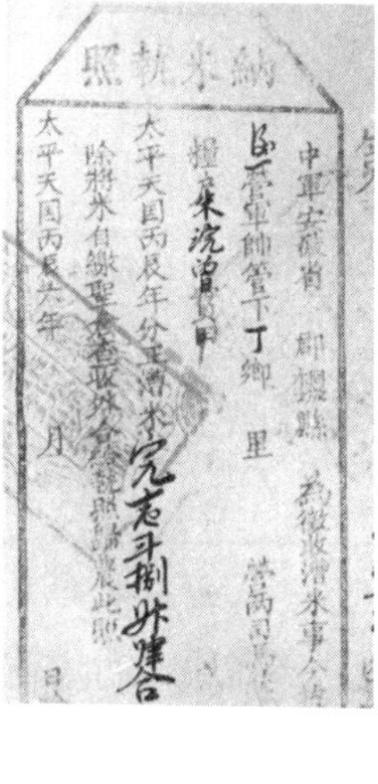
納米執照

圖8　安徽省桐城縣監軍發朱浣曾納米執照。上面寫有：「除將米自繳聖倉查收外合給執照歸農」。

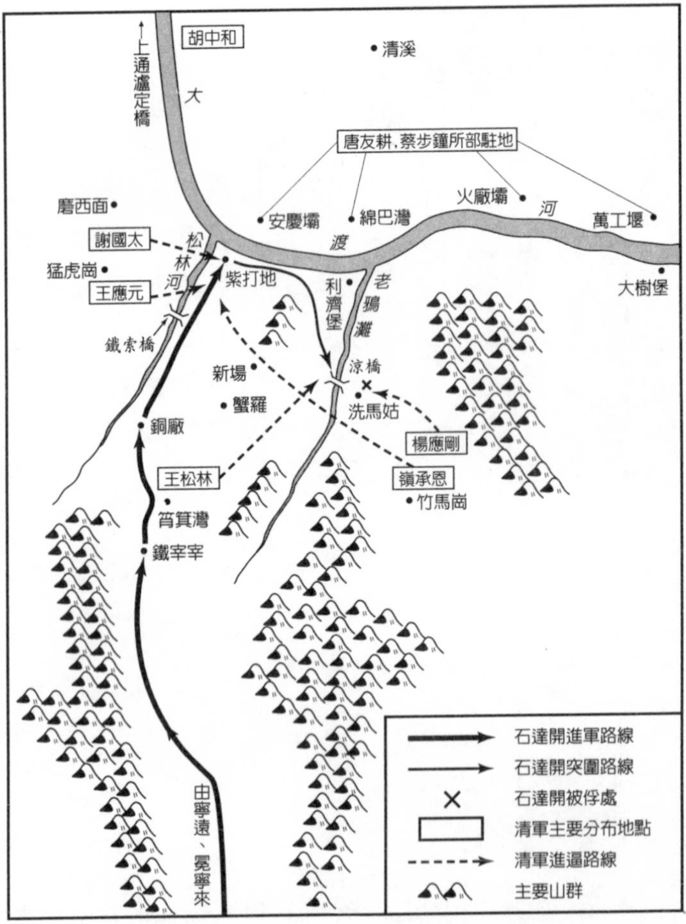

圖9　石達開大渡河覆敗形勢圖。翼王遠征西川之路並不順利，找不到可發展的根據地，一路與清軍苦戰，最後到了大渡河迫於情勢而投降。

自序

本來，這部書的序言，是想請劉振強先生代勞的，但因為劉先生公務繁忙，無暇執筆，迫於付印在即，我也就只好湊合幾句，交待一下這部書的來龍去脈。

正如我的好友梁信兄在第一卷《人禍》所作的〈代序〉中說我「還在晚清的歷史漩渦裡，越陷越深」。的確，我老頭子已經「陷」得不能自拔了。

縱觀中華國史，足以令人絞心疼痛，忍辱含羞，頓足捶胸乃至失聲慟哭的歲月，莫過於晚清那段讓華夏兒女不可須臾忘懷的國恥！

兩次鴉片戰爭險系使我們亡國滅種。倘在黃鶴上看翻船，那麼，太平天國革命便是一場鬧劇了；倘或，以史為鑑，看待這場革命，華夏兒女就該吸取前人血的教訓，把民族命運，國家盛衰作為前提而萬眾一心，和衷共濟，矢志奮發圖強，絕不搞窩裡鬥。

我老頭子在暮年晚境，借太平天國這段悲劇歷史向我們的同胞吶喊：團結！團結！團結！

彭道誠

奮鬥！奮鬥！奮鬥！

天京悲劇第二卷《裂變》從楊、韋內訌後，石達開回朝主政寫起，直寫到石達開負氣出走，方妃以志殉國，翼王全軍覆滅為止。這是段令人非常揪心的歷史。才華橫溢、軍民擁戴、戰功卓著、政績輝煌的石達開，為什麼獨樹一幟離開洪秀全呢？這只能用屈原的話「黃鍾毀棄，瓦釜雷鳴，讒佞高張，賢士無名」的腐敗現象來注解，逼得他不得不走向流寇似的沒落下場，痛心啊痛心！

寫這部書，我感覺非常吃勁，非常累；而且，非常難受，不知道身上死了多少細胞。有時甚至徹夜難眠，真個是「一把辛酸淚，字字都是血」啊！加上正值炎天暑熱，我和我的助手李傳森先生時常被書中的某些絞心絞腸的情節深受刺激，兩人眼含悲淚，默默地相視無語，熬過了一夕一夕不眠之夜。

我在《人禍》的後記裡寫過這麼一句話：「願上帝保佑，多賜給老漢幾年壽命把故事講完吧！」本卷講述了太平天國一段極其關鍵的歷史事件，而下一卷《幻滅》也開始動筆，這是本系列小說的高潮，能否順利脫稿呢？再一次願上帝保佑，賜給我一年壽命吧！

不過，根據本人的體質狀況，儘管左腿已經摔斷，卻尚未殘疾，而內部零件也還管用。估計完成《幻滅》，問題不大。

待《幻滅》脫稿之後，整個天京悲劇的故事我老漢也就講述完了，不管讀者喜歡與否，就讓華夏同胞們去評議吧！

文學的真諦源於歷史的真實。文學的魅力，又得力於藝術的技巧與合乎情理的虛構，還要語言和文字的美學欣賞，是否具有吸引力。

我老頭子讀了一輩子書，也差不多寫了一輩子書，至今，還只能算個「半瓶醋」。《裂變》肯定會有許多紕漏之處，老漢翹首以待讀者批評指教。

最後，衷心感謝李傳森先生代筆勞頓；衷心感謝三民書局編輯部朋友們的勞神操心，彭老道頓首拜謝！

是為序

公元二〇〇三年春分之晨

內容提要

一八五六年太平天國在天京內訌之後，死傷慘重。翼王石達開為挽救天朝之危亡，毅然回朝靖難主政。

在短短的半年中，翼王治國安邦，排除了內憂外患，出現物阜民安的太平景象。

但天王洪秀全經歷楊、韋內訌，疑心倍增，排斥異姓，任人唯親，逼使石達開有職無權，並圖謀殺害之。幸有愛國才女方妃和翼王之親信將領們出謀劃策，翼王得以脫險出朝，自成一軍，獨樹一幟，發生重大裂變。

翼王轉戰數載，終因眾寡難敵，在大渡河畔以失敗而告終。

該系列長篇小說為天京悲劇三部曲。第二部《裂變》乃為繼第一部《人禍》後之新作，第三部《幻滅》亦即將問世。

目次

第一回

翼王回朝虎穴斥禍首
北王逼宮狼心露真容

天地玄黃，宇宙洪荒。或曰時勢造英雄，或曰英雄造時勢，文士立論，史家判評，莫衷一是，有褒有貶，無可厚非。

即如太史公，從評定三皇五帝之功過，乃至游俠商賈之是非；即如董仲舒罷黜百家，獨尊儒術，倡導以孔孟之道治國安邦，統治中國數千年；即如司馬光編《資治通鑑》，縱論帝王將相，宦海浮沉之教訓……

俱往矣，司馬遷、董仲舒、陳壽、司馬光等等，他們對於歷史及其人物的評定，也未必博得大漢民族各家的認同。我們曾經捧為當代名家的范文瀾所編著的《中國通史》，恐怕也不可能拍板定案，至於著述《三國志》的陳壽，他把自己的正統觀念強行塞進了歷史，釀成了千百年來人們的誤解，總把曹操視為奸雄，至今尚屬沉冤一例。

一部太平天國史，到了二十世紀四、五十年代，史學家和文學家們，借題發揮作文章，巧妙筆功搞虛構，借古喻今者有之；以情代史者有之。把從金田起義到天京陷落，這十多年的歲月，喧得熱熱鬧鬧，沸沸揚揚，好不快煞人也。洪宣嬌冒著生命危險，到珠市口去劫法場，搭救情人林鳳祥，那場面確實壯觀，可即使在《太平野史》上，也找不到洪宣嬌與林鳳祥早有私情的痕跡，更難發現到刑場救情人的史事，這就虛構得沒有譜了。

當然，虛構與誇張，是文學的魅力，也是作家的權利。不過，作家還是多一點良心，少點荒謬為好。因為，作家要對歷史、對社會、對觀眾、對讀者負責的呀！倘若篡改了歷史和扭曲了人物，那就罪莫大焉！

有人對天京內訌的歷史事件採取扼腕興嘆的筆調來陳述；有人則用氣憤填膺的語氣來描繪；有人卻以幸災樂禍的心情來發洩。而事實上，史家與作家都帶有個人的傾向性。憑良心而論，這段歷史，雖爆發於偶然，但卻是必然的歷史產物。

楊秀清與韋昌輝的反常關係，洪秀全與楊秀清的奇怪現象。這三人之間根本沒得一點默契，更談不上實實在在的真情，他們誰對誰都沒有一句真話，只有虛偽的周旋與應酬。當觸及到個人權勢的時候，不爆發出刀槍相見的矛盾，那才怪哩！

楊秀清一手遮天，驕橫跋扈，野心勃勃。他的被殺，完全是咎由自取；洪秀全狹隘自私、偽善弄權、猜疑保守，這就必然要跟楊、韋翻臉，導致火拼；而韋昌輝兩面三刀、陽逢陰違，又必然導致他藉端滋事、擴大事態，唯恐天下不亂，企圖從中漁利。像這樣近乎是三足鼎立的領導集團，誰都沒有把國家的興衰、民族的命運放在心上，他們怎能夠同舟共濟呢？所以，楊、韋內訌，兩敗俱傷，乃是必然的歷史結局。

可不是嗎？韋昌輝和秦日綱率領的殺人大軍，日日夜夜在天京城的大街小巷，搜殺楊黨，殺得紅了眼，上了癮，似乎哪天殺得不多，就得不到心理滿足，就像吸鴉片的人吸少了不過癮似的。這天，他把駐在夫子廟內的幾千名楊黨分子像切蘿蔔似的切光了之後，回到他的北王府，往太師椅上一躺，恰好燕王秦日綱兩手提著人頭來到他的身邊，把人頭往地下一扔，虎聲虎氣地喊道：「殿下，今日個我殺得夠過癮了！您瞧，這兩個人頭是誰？」

「是誰？」韋昌輝反問道。

秦日綱說：「是一對屠夫夫妻，他們每天都殺幾十頭豬。我今天像砍葛苣一樣，砍掉了這兩個傢伙，叫他們到陰曹地府去給楊秀清殺豬吧！」

韋昌輝呷了一口茶，瞇縫著眼睛，慢吞吞地說：「我好像覺得天京城內連他媽的七八十歲的老媽子都是楊黨，不能留下一個，必須斬草除根！」

秦日綱把大腿一拍：「對，寧可錯殺一千，不可放走一個！」

「嗯，好兄弟，你真能心領神會啊！」又接著說：「東黨務必除盡，你傳我的命令，從明天起，每個聖兵每天提來一個人頭，獎紋銀一兩，不管男女老少，見一個殺一個！如若不交者，打二十軍棍。」

第二天，韋昌輝的命令立竿見影。天京城內，街頭巷尾，果然慘叫聲不絕於耳；秦淮河水，簡直變成了紅色。

話說武昌城內，一位太平軍的神秘人物，騎著一匹高大的赤兔馬，飛也似地奔向翼王石達開的營帳。那人滾鞍下馬，手舉腰牌，衛兵們誰也不敢阻攔，那人奔到石達開的面前，一膝跪下，嚎啕大哭，狂呼道：「翼王殿下，完了！完了！東王的人叫韋昌輝殺光、殺絕了啊！」

石達開認識來人，乃是東王的貼身侍衛來喜。不必過多地盤問，他已經明瞭來喜報奏的內容了。因為，前幾天天王曾給他下過密旨，要他率兵回朝，誅殺楊秀清。當時，石達開按兵不動，靜觀事態發展，早已預測韋昌輝必然借機滋事。天王要借韋昌輝、石達開之手，除掉楊秀清，這也是預料中的事，北王趕回京城，搶先殺掉楊秀清，這也是翼王預料中的事。

所以，石達開沒有向來喜詳細詢問，只是急問一句：「現在事態發展如何？」

來喜回答：「天京城成了殺人場，軍民人等，男女老少，都在過刀，血流成河。」

石達開當即決定：武昌督師之責，暫交親信大將張遂謀全權料理；向襄樊、潭州進軍之舉，暫時停止；各路人馬原地待命。他本人則由親信大將曾錦謙和女兒韓寶英隨從，並挑選精壯馬匹，晝夜兼程回京。

天空驕陽似火，大地熱浪滾滾。百鳥躲進了樹林，水牛不敢爬上岸來，躲在水塘裡吊出舌頭，喘著粗氣，唯獨那些知了爬在樹叢中叫個不停，更增強了人們心情的煩躁。

翼王一行人馬奔馳在長江大堤上。此時，他心急如焚，不斷地揮鞭催馬，朝著天京城奔去。好在從武昌到天京的這條通道，全都控制在太平軍的手裡，所以一路上，翼王沒有干戈之擾。一天一夜的奔跑，趕到了安慶城內，繼而直接奔到冬官丞相李秀成的營帳，滾鞍下馬，還沒有坐下來，只見他們的馬匹全都累得躺下快要死去了。

李秀成奔跑過來，抓住翼王的手說：「翼王，您真辛苦了，您的馬都快跑死了！」翼王說：「秀成兄弟，我本不該這樣幹的，實在無奈，遲到一步，天京城就又有多少人頭落地呀！」

李秀成說：「翼王，這真是上帝保佑，我這裡挑不出任何一匹馬跟您的戰馬相比，可有個極好的機會，可以讓翼王直下天京。」

翼王驚喜地問道：「嗯，你有了機器船嗎？」

李秀成說道：「三河之戰，我已經把曾國藩的兄弟曾國華全軍覆滅，繳獲了一艘火輪，您就改走水道。只需一天就可到達天京了。」

話說韋昌輝從丹陽調來了秦日綱，他的膽量更大了，殺氣更狂了，因為有了秦日綱新統率的十萬大軍進城。

天王洪秀全無法勸阻韋昌輝，待在宮中緊閉四門。根本不敢見一見他所謂的兄弟。他知道，殺紅了眼的韋昌輝，很快就要下他的毒手奪權了，整天就像熱鍋上的螞蟻，過著朝不保夕的日子。

六位后妃和宮娥彩女們，使盡全身解數來挑逗他，他都毫無尋歡之意。這幾天，他火氣特大，就連方妃想來跟他聊聊天，也被他慨然拒絕，甚至罵她是禍水，埋怨她不該出那些餿主意，造成了殺掉一個楊秀清惹得天下不安寧的局面。

這幾天，因為關了宮門，文武百官也不上朝了。天王只是跟賴后整天跪在天父天兄的神像前，不停地吟誦祈禱詞：「叩求天父天兄保佑，制止韋昌輝的屠刀！」然而，方妃倒覺得幸災樂禍呢。她私下常對貼身侍女媚莉說：「這倒好。自己把自己人殺掉，免得曾國藩操心！」還說：「我倒有個想法：閤朝內外，只有一個人可以挽回敗局。」

天王的嬖臣、封為贊王的蒙得恩，笑嘻嘻地跑到方妃面前問道：「誰可以挽回敗局？」

方妃微微一笑，說道：「論才華、論武功、論實力，只有翼王石達開才可以拯救太平天國！不過……」

蒙得恩趕緊問：「不過什麼？」

方妃說：「沒有天王的旨意，不見韋昌輝的人頭，翼王不會輕舉妄動的。」接著說：「天王已下了旨意，要他來殺楊秀清，你看韋昌輝這亂殺無辜，他動了嗎？他來了嗎？」

蒙得恩聽了方妃這些話，覺得這個女人，真有一雙慧眼，她講的話，也是自己的想法，只不過不敢說出口而已。現在，方妃既然提出來了，他便快速地跑到天王跟前作了轉述。一方面身為天王的近臣，有責任時時刻刻都在想著如何稟報宮中的一切動態和一切人的言行舉止，另一方面也借此替天王出出主意，扭轉一下混亂的局面。至於如何請翼王動腳，那他也不敢多一句嘴了。

這一天，天王正在進午飯時，蒙得恩三步當作兩步走，飛速跑來，跪下喊道：「陛下，天大的喜訊！天大的喜訊哇！」

洪秀全冷冷地問道：「還有什麼喜訊囉，天京城的人都叫那個韋賊快殺光了，唉，罪過，罪過！」

蒙得恩大聲喊道：「陛下，洪福齊天，翼王來保駕來了！」

洪秀全從床上跳下來問道：「這是真的？」

蒙得恩答道：「千真萬確！水洑洲的碼頭上，翼王坐的洋船已經靠岸了。」

洪秀全急問：「他帶了多少人馬？」

蒙得恩回稟：「帶多少人？這我可不知道。」

洪秀全命令道：「你親自或者派人去見翼王，叫他馬上來見我。」

蒙得恩接過命令，急速離去。

翼王石達開大步進了天京城。韋昌輝和秦日綱的將領們，幾乎全部都認識石達開，而且大家都認定石達開和北王是最親密的兄弟。所以，他在天京城內自由自在，威風凛凛地行走，沒受到任何阻攔。他沒有徑直回到翼王府，帶著他的貼身隨員直奔東王府而來。

當他來到東王府的朝門口時，但見昔日富麗堂皇的王府，變成了瓦礫堆了，暗問道：「東王，您到哪裡去了？女丞相，您到哪裡去了？三萬多聖兵弟兄都到哪裡去了？」

石達開兩眼淚汪汪，鼻子一酸，嚎啕大哭起來。不停地頓足捶胸，不停地怨天尤人：「罪過，罪過！北王，你怎麼殺得下手啊，你的刀尖為何對準自己兄弟胸口啊！」

他極度地悲哀，極度地憤怒。他把手一揮，帶著韓寶英和曾錦謙，向北王府飛奔而去。

他們來到秣陵路口，恰好遇見北王府的一名卒長，正在把綁在大樹上的一名婦女，撕開了她的衣服，正準備用刀挖掉那婦女的心臟時，被翼王看見了，石達開大吼一聲：「住手！」

那卒長扭頭朝石達開看了看，說：「你管得著嗎！她是叛黨，看老子怎麼樣挖出她的心來！」

石達開氣得鐵青著臉對曾錦謙命令道：「宰了他！」

那卒長還沒有來得及聽清楚時，腦袋就掉在地上了。

石達開叫韓寶英解開了那個婦女，提著卒長的人頭，氣沖沖地來到了北王府。

從北王府的朝門直達正殿，石達開昂首闊步和他的親信隨員們，受到了北王府的迎接，那些侍衛們個個點頭哈腰，連眼睛也不斜視一下。北王不在正殿，也許是殺人殺累了，到後宮歇息去了。

石達開對著北王的侍衛喊道：「快去！就說石達開求見北王！」

侍衛官兩腿篩糠似的，立即跑到後宮去了，不一會兒，韋昌輝沒有來得及整頓衣冠，從後宮跑了出來，滿臉笑嘻嘻地說：「哎呀，達胞！是哪陣風把你吹來了？老哥我可把你給想死了。」

石達開冷冷地說：「韋哥，你真的那麼想我嗎？」

韋昌輝說：「當然囉！太平天國出了這麼大的事，你是朝中重臣，重兵在握，哪件事能離開得了你達胞哇。」

接著，悄悄地問道：「喂，天王的密旨你收到了嗎？」

石達開故意裝作不知道，詫異地問道：「什麼密旨？」

韋昌輝說：「天王密令你我，向楊秀清……」作了一個「殺」的手勢。

石達開非常鎮靜地說：「楊秀清專橫跋扈，欺壓群臣，陰謀篡位，天王順應軍心、民心，把他誅殺滅掉，無可厚非。」

韋昌輝高興地說：「對呀！你可真是聲名全俱，誅殺楊秀清，闔朝內外，齊聲稱讚，可你幹麼在武昌按兵不動呢？哎，真把我累死了！」

石達開問道：「殺掉一個楊秀清，韋哥，你真累倒了嗎？真是非得要我也大動干戈嗎？」

韋昌輝聽出他話中有話，急忙辯解道：「楊秀清有兩、三萬黨羽，我能夠輕而易舉地殺掉這個叛逆嗎？」

石達開急速地反問道：「楊秀清的三萬人，他們都起來反抗了嗎？在東王府的慶功酒宴上，東王府的人有誰帶了刀槍武器？有幾個不是在這席宴上被你殺掉的？韋哥，對待手無寸鐵的親兄弟，你殺得下去嗎？」

韋昌輝漲紅著臉，結結巴巴地辯解道：「東王府的人，哪一個不是他的親信？我能夠留下禍根嗎？」

石達開站了起來，大聲吼道：「臣民忠誠於自己的王爺，這本是美德。冤有頭，債有主，只因一個楊秀清叛逆，難道就可以誅連幾萬人嗎？太平天國早已廢除了誅殺九族的殘酷制度，你為什麼要斬草除根，難道軍民人等會答應嗎？歷朝歷代，凡是搞這套把戲的人，誰都沒有好下場！」

韋昌輝也站了起來，把桌子一拍，吼道：「石達開！你話中有話，你是說我韋昌輝沒有好下場，是嗎？」

石達開針鋒相對地吼道：「你居心叵測，發洩私憤，擴大事態，亂殺無辜，人們怎麼會對你有個好的看法？你又怎麼可能得到一個好的下場？」

韋昌輝上前一步，逼問道：「你想怎麼樣？你要怎麼樣？」

石達開說：「我要你立即放下屠刀，趕快做好被殺軍民的安撫工作，不然，韋哥呀，多行不義必自斃呀！」說著說著，石達開心軟了，心酸了，語重心長地勸說道：「韋哥，咱們弟兄從在廣西拜上帝會歃血為盟，結拜弟兄，跟隨天王、西王、南王、東王在金田起義，目的為的是救國救民。苦難的同胞，一呼百應，揭竿而起，從廣西打到天京，橫掃清妖如捲席，可不幸的是南王戰死全州，西王戰死長沙，太平軍將士獻掉了多少頭顱，鮮血灑滿了征途，才有了這麼個半壁江山。而今，北伐大軍連連受挫，已經全軍覆滅，西征大軍，也沒有旗開得勝，向榮老賊從廣西就追逐我太平軍，直到金陵，建立江南、江北兩座大營，圍困我整整三年。多虧東王用兵如神，剛剛破除了身邊之患，又接著拔除了江南、江北兩座大營。臥榻之旁，豈容他人酣睡？天王與東王這一決策，功勞是不可磨滅的。」

韋昌輝似乎抓住了把柄，反守為攻地吼道：「你，你竟然跟叛賊楊秀清歌功頌德了。莫非你也是東黨，前來替他報仇雪恨的嗎？」

石達開反駁道：「這是你強詞奪理，真是欲加之罪，何患無詞？須知，對歷史、對事、對人的功過是非，應出以公心、本著良心來論斷。昧著良心去待人處事，絕對是不地道的。你騙取天王的詔書，騙取賴后與天妹的信任，用苦肉計到夫子廟請罪，又突然襲擊，殺了所謂東黨五、六千人，韋哥呀，你好卑鄙，你好可恥呀！就憑這一點，你必將是千古罪人！」

此時，韋昌輝自尊心受到了極大的挫傷，發狂地吼道：「石達開，你放清白一點，我是北王六千歲，有你這麼樣狂言亂語玷辱我的嗎？我有你教訓的嗎？」

石達開也毫不示弱地回答：「就事論事，在太平天國，官民人等全是兄弟姊妹相稱，你有六千歲的封號，可沒有一手遮天的權力。請問，天王有詔旨交你殺掉幾萬人嗎？而這幾萬人他們又犯了什麼罪？你公布過一個人的罪狀嗎？」

韋昌輝被斥責得無地自容，在殿堂裡背著手來回走動，氣得心肺快要爆炸了。走到親信大將秦日綱的身邊，兩個人互交眼色，似乎要對石達開下毒手。

這時曾錦謙唰地一下，抽出了斬妖劍，怒目圓睜地吼道：「秦日綱，你這個殺我太平軍的魔鬼，老子今天沒有砍下你的頭，就便宜了你，你們倆膽敢有點小動作，我的斬妖劍不是切蘿葡的！」

寶英本來是站在下階上的，她一個鷂子翻身，飛到石達開的身邊，夾起石達開，高聲喊道：「爹爹，這裡有個鴻門宴，提防他們下毒手，我們走！」

韋昌輝的北王府，殿堂裡的空氣好像凝固了，儘管在殿堂站立上百名衛士，但個個都嚇得呆若木雞。

誰都知道，曾錦謙的武功，在太平軍的心裡哪個不知，誰個不曉，早在攻打岳陽時就是全軍的名將。他可以在萬軍之中梟敵首。

而韓寶英這些年練就的一身本領，飛簷走壁，十八般兵器無所不能，她有「百步穿楊」之功，刀箭不入之能。僅憑他們二人在翼王身邊保駕，韋昌輝、秦日綱之流又豈敢輕舉妄動呢！

石達開回頭正顏厲色地對北王說：「你是放下屠刀，立地成佛，還是砍砍殺殺下去，一切聽便，我石達開不會袖手旁觀的！」

石達開率領隨從人員，快步走出北王府，朝著翼王府走去。走著，走著，韓寶英靠近曾錦謙身邊，悄聲說道：「後面有狼！」

曾錦謙反身揪住兩個暗探，連問都沒有問一聲，便手起刀落，兩個暗探上了西天。

當他們來到翼王府的大門口，忽地從門口閃出一個美貌佳人，攔住翼王，親切地說道：「翼王，您受驚了！」

翼王抬頭一看，這人原來是天王的第六位妃子，人稱方妃。石達開連忙跪下說：「啊，兄嫂，妳怎麼到寒舍來了？」

方妃說：「陪王保駕，義不容辭。」

石達開笑道：「豈敢！豈敢！我打算順路看看母親和家人之後，接著就去看望二兄。」

方妃說：「翼王，這一切的一切都不必要了。你絕對不要去天王府，而且你也別看母親和家人了。你現在只能聽我的安排辦事。曾將軍、寶英姑娘你們趕快送翼王到水西門，讓翼王從城牆上縋城下去，在那江邊，我已安排好了一隻小船，立即過江。翼王凶多吉少！快，快，動作要快！」

方妃說罷，閃出門外，還沒有等石達開說上幾句，她就無影無蹤地消逝在夜幕中了。

方妃走後，翼王親兵侍衛，接連不斷地向翼王府報告軍情：天京城四面八方的城門都已關閉，北王和燕王的大軍已在廣場集合。一陣陣淒厲的號角在夜空迴盪，各條街上傳出士兵奔跑的腳步聲，一股殺氣騰騰的氣氛向翼王府逼來。

石達開是一位非常警覺的主帥。他斷定，韋昌輝要向他開刀了。當機立斷，命令韓寶英：「英子，妳去看看奶奶他們，馬上趕到水西門；謙哥，你照方妃的主意辦，快走！」

他們帶著幾名身強力壯的親兵，從側門逃走。

韋昌輝遭到石達開的嚴厲斥責之後，他的凶相更加暴露無遺了。他覺得，滿朝之中，最能挾持他的除了楊秀清之外，就是石達開了。現在，楊秀清已被除掉了，而石達開呢，他原以為會跟他同路走下去的。倘若翼王跟他同心同德，主宰朝政，即使兩人平分秋色，他也會暫時容忍著。因為，翼王的軍馬實力更大些，不得不暫時仰仗於他。可是，他萬萬沒有想到，石達開這次回朝，完全沒有與他同舟共濟的意向，相反地，處處問罪，咄咄逼人，而且最後發出了警告說「我石達開不會袖手旁觀的」，韋昌輝不得不掂掂這句話的份量了。

當晚，韋昌輝與燕王秦日綱密商之後，決定：關門打虎，不可放虎歸山。趁翼王府毫無戒備之時，按照解決東王府的方法，一舉而殲之。

韋昌輝下了死命令，絕對不准放走石達開，對石達開，活著要見人，死了要見屍！於是，他派兵把翼王府圍得水泄不通。

三聲炮響，秦日綱率領他的屠刀隊衝進了翼王府，逢人就砍。可憐翼王府只有一百多人的士兵，家中老小，又怎麼是這位凶神惡煞的對手，半個時辰，把個翼王府殺得片甲不留了。

好在韓寶英有騰空之術，從天井裡飛上屋頂，逃了出去，一直趕到水西門，正好碰上曾錦謙和幾名武士在城牆內打樁繫纜繩，韓寶英哇地一聲，撲在石達開的懷裡，哭道：「父王，奶奶和親娘以及全家老幼都死在韋昌輝的刀下了，身上沒有一塊好肉，不得了哇，不得了哇，嗚……嗚……嗚……」

石達開反身面向翼王府，雙膝跪下，狂呼哀嚎：「娘，我的親娘，是兒子牽連了妳呀！孩子她媽，妳跟隨我南征百戰，鞍前馬後，從廣西跟到天京，吃盡了苦頭，喝盡了苦水，妳沒有過幾天舒暢的日子，我怎麼對得起妳喲！」

他抹了一下眼淚，問寶英：「英子，你姐呢？」

他這一問，韓寶英更加泣不成聲了：「父王，金子姐被那個畜牲糟蹋得不成樣子，被剁成幾截了。為了保護姐姐，我跟他們拼得血肉橫飛，要不是我從天井臺騰空上了屋頂，也會跟姐姐一道去了哩！」

曾錦謙怒滿胸膛，高聲吼道：「韋昌輝、秦日綱，你倆不死在我的刀下，我枉在世上為人！」

欲知翼王如何動作，暫且不表。

話說韋昌輝、秦日綱率領精兵良將一萬多人，把個翼王府圍得水泄不通。當他們的人馬衝進翼王府時，實以為石達開這一下插翅難飛了。適才，探子報道，石達開已經進了王府，這不是罐子裡捉烏龜，手到擒來嗎？

他坐在翼王府對面的茶樓裡時，蹺起了二郎腿，非常得意地跟秦日綱說：「石達開敬酒不吃，吃罰酒，座上客不當，偏當階下囚了！」

秦日綱輕蔑地一笑說：「世界上就有這麼些怪物，偏不走陽關道，寧願走獨木橋。現在，世局擺得清清楚楚，拔掉了楊秀清，全軍上下，闔朝內外，除了五千歲、你，還有誰能左右天國的大局？」

韋昌輝故意把話岔開說：「啊，天國軍民人等，還是仰天王馬首是瞻哩！」

秦日綱一笑，說：「他，天王，一塊空牌子，哪一支人馬是他的？哪一位王將聽他的號命？你沒聽說嗎？自從建都天京以後，天王就深居宮中，每天只幹三件事。」

韋昌輝腦袋一歪，狡黠地問道：「你也知道他的三件事嗎？」

秦日綱說：「嗨，我是王爵，朝中哪一件事我能不瞭如指掌。天王抱著『太平一統，天子萬年』這八個大字，在宮中品嘗為王的坐江山的滋味哩！他每天做的三件事：念經祈禱、刪改妖書、貪戀女色。」

韋昌輝一笑說：「楊秀清假借天父下凡，逼封萬歲，這真格是『『商女不知亡國恨，隔江猶唱後庭花』』。」

秦日綱索性把話說穿：「快了，快了，北王，只要把翼王一除掉，這太平天國就非你莫屬哇！」

韋昌輝趕緊捂住他的口：「噓——這怎能亂講！我告訴你，凡事只能聽其自然，順勢而行。每件事，提前一天辦了，就叫冒進，推遲一天辦，就叫拖拉，提前辦、推遲辦，全都錯了。只能是瓜熟蒂落、水到渠成。不然，腦袋搬了家還不知道哩！我們即使逮住了石達開，對他還得曉之以理、動之以情，恩威並重，讓他安心安意歸順我們。不然，他的三十多萬人馬，你我統管得了嗎？」

秦日綱連連點頭：「那是，那是。北王言之有理。剛才，那個曾大炮，我就掠他不贏。可以說，太平軍的精兵良將都在他的統帥之下，就是陳玉成、李秀成都甘心樂意聽他的調遣哩！」

他倆正在會心會意地密聊時，北王的士兵總監慌慌張張地跑來報告：「稟六千歲，大事不好，翼王不見了！」

韋昌輝驚問：「他跑到哪裡去了？」

士兵總監答道：「只聽他的衛兵說，翼王剛進門，方妃就跟他嘀嘀咕咕說了一些話，隨後就不知他的去向了。」

韋昌輝罵道：「這狐狸精！肯定是她把石達開窩藏到天王府去了。」

秦日綱說：「對！那個女妖精估量我們不敢搜查天王府。她才膽敢掩護他過關。」

韋昌輝氣憤地說：「別說天王府，你就是藏在天父的床底下，我也要把你搜出來！」舒了口氣之後，又接著問總監：「把翼王府的人都全部收拾乾淨了嗎？」

總監脫口而出：「三百多人都斬盡殺絕了！他的老娘和老婆孩子都剁成八塊了！」

韋昌輝對秦日綱命令道：「火速轉移，全部人馬包圍天王府！千萬不能讓石達開逃出天京城！一定要抓活人，不要他的死屍！」我再補充一句：「誰也不准動他的一根毫毛，倘有傷害，處以點天燈之刑！走！」

韋昌輝和秦日綱率領的人馬，不到一個時辰，像鐵桶似地包圍了天王府。一會兒，部屬們不停地狂呼亂喊：「把石達開交出來！把石達開交出來！」

天王府內，突然一片恐慌，連天王也沒有想到韋昌輝會如此膽大妄為，竟敢圍攻起天王府來了。天王與賴后、蒙得恩緊急商議，該如何處置這一突發事件。

賴后說：「這真是莫名其妙，怎麼找我們要起翼王來了？」

蒙得恩說：「依我看，來者不善，滿朝文武誰也沒有見過翼王回朝。他找天王要石達開，無非是個幌子，他的本意是要攻打天王府，圖謀不軌。」

天王的兩位兄長洪仁達、洪仁發嚇得面如土色，戰戰兢兢地說：「老三，韋昌輝明明是要你洪秀全下皇位呀！」

洪秀全怒目圓睜，高聲吼道：「傳方妃！」

人們莫名其妙，怎麼天王突然找起方妃的麻煩來了？原來，當天早晨，方妃已將翼王回朝並掩護他出城的經過告訴了天王，只是天王和方妃都沒有料到韋昌輝這樣迅速變臉，現在事已至此，天王也就責怪方妃多此事端了。

方妃不用傳喚，泰然自若地走了出來，傲氣十足地說：「怎麼啦？是我捅了漏子嗎？他韋昌輝倘若真的妄想找岔子，篡奪王位的話，咱們交不交翼王，都無關緊要。您聽，外面口口聲聲要攻進天王府，活捉石達開，陛下，司馬昭之心，路人皆知呀！」

天王一向佩服方妃的膽識與才氣，轉而探詢式地問道：「愛妃，依妳之見，該如何處置眼下的局面？」

方妃胸有成竹地說：「我看，打開城門，由陛下親自出面，把韋昌輝請進來，讓他搜查個夠。但陛下必須跟韋昌輝當面說清，倘在天王府搜不出石達開，你韋昌輝就應以武力逼宮之罪，昭告天下，按天律治罪！」

洪秀全聽罷，勇氣倍增，好像回到了金田起義時曾經有過的膽氣一樣，指令方妃率領親信們喊道：「走，打開城門！」

蒙得恩快速傳喚天王的儀仗隊，從正殿直到龍天門，一片高呼萬歲之聲，威風赫赫，猶如雷霆萬頃，山搖地動。天王坐著六十多人抬的駕轎，鼓樂喧天，城門大開。天王下轎，站在丹墀臺上，兩旁擁立著后妃和近臣，天王竟毫無畏懼之色，擺著一統天子的架勢，把他的兩撇鬍子抹了一抹，慢吞吞地說道：「傳北王殿下！」全體人員好像虎豹似的齊聲喊道：「傳北王殿下！」

韋昌輝把天王的這般架勢一看，嚇得渾身打起哆嗦起來，滾鞍下馬，快步跑到天王面前，雙膝跪下，稟道：「臣，韋昌輝見駕。我主萬歲，萬歲，萬萬歲！」

洪秀全瞇縫著眼睛，問道：「昌輝，你這麼興師動眾，把二哥的王府裡三層外三層地包圍起來，是不是想跟我換個位置呀？」

韋昌輝非常了解洪秀全的性格。一年以來，洪秀全只要瞇著眼睛笑著講話，那準是要殺人了。韋昌輝聽到他問換位置時，就已明白了自己犯了砍頭之罪，天王要降詔書宰他了。他一屁股癱落在地，哀聲喊道：「陛下，小弟怎敢那樣膽大，您誤會了！誤會了！我只要石達開跟我共事，重振朝綱罷了。」

洪秀全怒吼似地斥道：「你有什麼根據認定翼王石達開在我的府上？要一個石達開，你就要動用萬軍之眾嗎？誰告訴你的，石達開在我這裡？」

韋昌輝冷汗直冒，結結巴巴地回稟道：「有人說，是，是，是方妃在翼王府見過他。」

方妃猶如一道電光，閃在他的面前：「你血口噴人！誰見過我跟石達開有過來往？你馬上交出這個人來，交不出人來，你就當面給陛下說清楚吧！」

其實，向韋昌輝提供線索的那個人，在血洗翼王府時死在亂軍之中了。

當他啞口無言時，方妃：「稟奏陛下，臣妾近幾日來，何時離開過陛下一步？北王無中生有，挑起事端，除了意欲謀害翼王外，現在又以重兵逼宮，北王的來意妄圖取東王而代之，不是昭然若揭了嗎？」

洪秀全笑嘻嘻地說：「北王，我的宮門已經打開了，請進吧！我現在力不從心，很累，你就在這個位子上坐坐吧！是否選擇一個吉日良辰給你……」

韋昌輝嚇得磕頭如搗蒜地向燕王吼道：「都跟我滾回去！快滾！」

天王府外，一片「撤兵」之聲，此起彼伏。

北王逼宮，自找沒趣，撈來的是天王陰不陰陽不陽的幾句話，但都是殺氣騰騰、磨刀霍霍的語言，其份量，韋昌輝承受得了嗎？

天王以龍威壓退了他。在太平軍中，這位赫赫有名的六千歲，將會扮演什麼樣的角色呢？顯然，天京城裡，現在勢力最強大的還是北王韋昌輝，而人心惶惶的這座天京城，秦淮河還在流著血水，個個製造衙、鉛彈衙、商鋪，一片蕭條，這個爛攤子該如何收拾呢？天王已經十多天沒有上朝了。

天京，瘡痍滿身，誰主沉浮？欲知後事如何，且聽下回分解。

第二回　秦日綱血洗翼王府　石達開巧脫天京城

前回所述，太平天國舉足輕重的人物石達開，此番回朝，招來了身家性命的滅頂之災。他，在刀槍如林的天京城裡，能插翅飛逃嗎？他的骨肉親人和翼王府的親兵侍衛，共三百多人，都能免除殺身之禍嗎？石達開面臨生死關頭，人們無不揪心，無不憂心如焚。

話分兩頭。卻說秦日綱率領他的屠刀隊員們，氣勢洶洶地衝進了翼王府，簡直像入無人之境，很難有人對抗。雖說翼王府的侍衛，一個個都稱得上精兵良將，幾乎沒有一個窩囊廢，可秦日綱率領了一萬多人，進了翼王府，以強凌弱，以眾欺寡。翼王府的侍衛人員完全陷入了人海之中，刀光血影把整個翼王府殺得天昏地暗，殺得屍橫滿院。但是，翼王府的侍衛將士們也決不是坐以待斃、束手就擒。

有位名叫曾錦讓的卒長，本是曾錦謙將軍的親兄弟，他兩兄弟的模樣長得很像，只是在武藝上比他哥哥略遜幾籌，又不通文墨，儘管他也是參加金田起義的老兄弟，可在太平天國唯才是用的制度下，曾錦讓沒有被翼王提拔上去。現在，還仍然是一位卒長之職。有時，他的朋友取笑他：「錦讓錦讓，當個卒長，身無大權，打屁不響。」每聽到這幾句譏笑他的話，他也不生悶氣，更不發大火，反而笑嘻嘻地說：「錦讓錦讓，當個卒長，心滿意足，逐年成長。兄長是兄長，錦讓還是錦讓。」

曾錦讓根本沒有想到，北王膽敢對翼王動刀，更沒想到，翼王此番進京，招來了這麼大的災難。

今天中午吃飯，因為廚師紅燒了一大鍋狗肉，他一聞到那熱氣騰騰的、香噴噴的狗肉，便拿來了一大碗高粱燒，喝了一個夠，感到頭暈，拿起芭蕉扇搧了幾下，就睡著了。

他正好做了一個美夢，夢見哥哥曾錦謙正和一位女才子舉行婚禮時，一陣劈劈啪啪的鞭炮聲把他驚醒了。他睜眼一看，卻不料殺氣騰騰的秦日綱舉著明晃晃的鋼刀，正劈頭蓋腦地向他殺來，曾錦讓忽地爬起來，從枕邊拿出兩把雙面刀，倉促應戰秦日綱，二人的鋼刀相碰，刀光四射，鏗鏘作響，兩個人可算得上棋逢對手，將遇良才，殺得難分難解。

這邊，來個「雙龍絞柱」，逃脫了對方的刀光；那邊，卻來一個白鶴展翅，像老鷹抓小雞似地撲了過來，好不威風，真夠厲害。

曾錦讓畢竟是睡夢中清醒過來的人，這時只有招架之功，很難有回手之力。

屠刀隊員們一擁而上，舉刀劈開了曾錦讓的肚腹，大腸小腸流了出來。這時他意識到，他哥哥在岳陽大戰曾國藩的兄弟，也是被曾國荃的鋼刀劈開了肚子，腸子流了出來，匆忙把腸子一手托起，塞進了肚腹內，一手揮起鋼刀，殺掉了曾國荃的兩名刀斧手。哥哥曾錦謙大戰岳陽的威武之舉，在太平軍中傳為美談佳話。現在，曾錦讓的腸肚也掉出來了，他一手把腸肚塞進腹內，一手舉著大刀，高聲吼叫，要取下秦日綱的狗頭！

秦日綱被他這種發狂的威風震懾住了，趕緊溜之大吉。曾錦讓僅斬殺了兩名兵丁，由於他血流過多，便含笑傲然地倒在翼王府的血泊之中。有〈滿江紅〉為證：

淚滿江河洗不盡古城鮮血，
漫道是晉宮明帳含了冤孽。
昔日倚天杖長劍，
今朝立地扶城闕。
看斯人，浩氣貫乾坤，腸肚裂。
虎狼嘯，風雲泣，

千古恨，憑誰說？
對君王耿耿，
矢志力竭。
飲恨蒙羞簫鼓詠，
長吁短嘆弟兄別，
應道是官小功顯赫，
載史冊！

曾錦讓含冤而死。他哥哥曾錦謙後來在江西寧國府聽到噩耗時，痛哭了兩天。真是男兒一哭，驚天動地，驚動了太平天國號稱女才子的鐘秀英。她曾經在天朝開科取士中，與傅善祥同科考取榜眼。鐘秀英聽到了曾大將軍痛失愛弟的哀聲，便遙寄一首七律弔曾錦讓：

噩耗傳出京城哄，
鼙鼓不聞成鬼雄。
何必動刀欺小卒，

應該弄斧鬧天宮。
無防義士含冤死，
有備奸臣逞大風。
玄武湖邊灑血淚，
猶聞胞弟喚胞兄。

秦日綱把翼王府三百多人的侍衛隊和使女、佣人們斬盡殺絕之後，來到後花園，正好遇上了韋昌輝。他全身沾滿了血跡，手提兩把滴血的鋼刀，叩見韋昌輝。

「啟稟北王殿下，石達開上上下下的人員，現已全部斬訖！」

韋昌輝問道：「他的親人呢？」

「尚未見到一個。」

「我說你是個沒長心眼的人唄！他家的老老少少都跟楊秀清有瓜葛。自從楊賊因謀篡之罪被殺以後，他家的人全都躲在王府地下宮殿裡去了……」

秦日綱沒等他說完，大聲吼道：「啊，躲得脫嗎？爾等就是入了海底，我也要大鬧龍宮，把你摳了出來，走！」

他倆帶領大隊人馬，來到後宮，砸開宮門，順著地下通道，直奔翼王府親屬躲藏之處。原因是，北王與翼王原來交情很深，翼王曾在地下宮殿宴請過北王，所以北王非常熟悉石達開親屬的去所。

他倆進入翼王府的地下寢殿時，在微弱的燈光中，隱隱約約看見翼王府的親屬們，嚇得渾身打哆嗦，蜷縮在一間斗室裡。韋昌輝見狀，便兇狠狠地大叫：「石賊的叛逆親屬們，請聽著：「你們只有一個接一個地出來受刀，以謝天父天兄之恩。快出來！」

死一般的寂靜，沒有一點兒聲響。只見白髮蒼蒼的石老太君一步一個踉蹌，來到韋昌輝的面前。

老太君正氣凜然地說道：「昌輝，從金田舉事開始，你就喊我叫親娘，我也曾把你看作十月少懷的親兒子；你的妹妹嫁給楊秀清的兄弟楊輔清，是你把我請出來作的媒人，這說明我們這幾家是何等的親密無間呀！你、你、你殺的是些什麼人？全都是金田起義的老兄弟、老姊妹、老親人呀！你難道殺得下手嗎？你對石達開的骨肉親人動得了殺機嗎？你在安徽作戰無能，兩次全軍覆沒，是我的達開兒救了你的命呀！你怎麼忘恩負義到了如此這般呀！」

韋昌輝惱羞成怒，高聲吼道：「妳這個老瘋婆，我認妳什麼親媽！妳兒子跟楊秀清同謀叛逆，還有什麼情誼！那本老黃曆救不了妳，此一時也，彼一時也。我為了天國大業，別說我六親不認，八親我也不認！我的妹妹和那個小外甥今天早晨也死在我的刀下了。」

老太君這時怒目圓睜，迎面打一耳光痛罵道：「畜牲，畜牲，中國幾萬萬人就出了你這麼個畜牲，你比清妖還毒，比曾國藩還殘忍。你這個小雜種，你必將被太平軍砍掉你的腦袋，你必將成為千古罪人！萬古罪人……」

老太君的罵聲未完，韋昌輝連喊幾聲：「殺！殺！殺！」刀斧手們就把以老太君為首的翼王親屬一個一個剁成了肉醬，特別是對翼王的妻子黃氏夫人和他的一對兒女，殺得更為殘酷。他們把黃氏夫人肚子剖開，掏出了心臟，然後亂刀砍死，把她的小兒子，用刀尖插進他的肛門，舉了起來，這個年僅四歲半的幼兒一聲聲慘叫，令人目不忍睹，慘不忍聞。

什麼叫滅絕人性？什麼叫喪盡天良？韋昌輝的一切罪行為世人作了注腳。

韋昌輝在血洗翼王府之前，給他的部屬下了一道指令：「進了翼王府，燒殺姦淫，決不過問，斬盡殺絕，收兵回營領賞！」

於是，他的屠夫們，衝進翼王府，見了好東西就搶，碰到女人先是來一番輪姦，然後剁成八塊，甚至只有八、九歲的女孩子也被他們輪污後殺掉。

韋昌輝血洗翼王府的暴行，連李秀成在八年以後的記述中，也羞於很細膩地描寫，只是北王的死黨們在天京城發洩個人的獸性時，流傳到了民間，這才傳了下來。有民謠為證：

板凳搖搖，
上街瞧瞧，
北王來沒來，
來了快快跑。
口喊同胞，
人人過刀，
翼王跑了，
親人糟糕。

當天晚上，死裡逃生的唯獨只有一個女人，她就是韓寶英。倘若寶英沒有練就一身武藝，能飛簷走壁，恐怕也難逃厄運。她在屋脊上看見了秦日綱率領的殺人大隊，兇猛地衝進翼王府，目睹了亂臣賊子們的暴行，她又在地下宮殿的天窗口，目睹了老太君和黃氏夫人被斬殺的實況，她心如刀割，痛苦萬分，可隻身孤影，救不了親人，哭泣著，飛速地趕往水西門，把韋昌輝血洗翼王府的實況痛不欲生地告訴了石達開。然後跪下求道：「爹爹，方妃要您盡快出走！這恩情重如泰山，深如大海呀！爹爹，您怎麼還不過江呀！」

石達開說：「妳沒回到我身邊，我不知道家裡的情況，我怎麼離開得了妳呢？」

韓寶英哭道：「爹，您沒有家了啊！奶奶、娘和弟弟、妹妹們都死在血裡火裡了。您看，那不是翼王府的沖天火光嗎？」

石達開抬頭一看，翼王府果真成了一片火海，他朝著火光，大哭道：「姆媽，我的親娘，我的黃氏夫人，我的兒呀，我的女呀，我親如同胞的親信將士們，你們都死得好慘啊！我石達開若不為你們報仇雪恨，就枉為男子漢！」

站立一旁的曾錦謙，心肺簡直快要爆炸了，他像張飛吼斷當陽橋似的叫道：「老子要殺回天京城，殺得你韋昌輝、秦日綱片甲不留！走，殺回去！」他把韓寶英的手一拉，正拔腿要走，只見潮水般的人流，向水西門湧了過來，驚天動地的吼聲、喊殺聲、馬蹄聲，越來越近，亂臣賊子們快來了。

這時，機靈的寶英，發現了一根又粗又長的纜索，急中生智，把纜索的一頭繫在城垛上，一頭扔下江水中去，跪下求道：「爹爹，快下去，我跟曾大叔斷後掩護您！」

石達開看見了舉著刀光閃閃的人流，瘋狂地撲了過來，不得不聽從韓寶英的勸說，縱身跳上城牆，抓住纜索，快速滑了下去，站立在江邊。這時，正好方妃安排的一隻小船划了過來，船夫問道：「您是翼王五千歲嗎？」

石達開答道：「是，我是石達開。」

「翼王，您還有人呢？」

「還有我的一名大將和女兒。」

那船夫抬頭一望，只見曾錦謙和韓寶英以及幾名隨從正快速滑了下來，忽地到了翼王的身邊，幾人趕緊上了小船。

小船朝著江對面的浦口划去，他們逃出了天京城。

然而，並不等於逃脫了虎口。曾錦謙坐在船尾，氣得上氣不接下氣，憤怒地罵道：「韋昌輝呀，哪怕你布下天羅地網，哪怕你張開了血盆大口，老子們還是逃脫了虎口。」

石達開慢條斯理地說：「謙哥，你以為萬事大吉了嗎？江對面就是浦口，浦口就會是虎口，也許那裡就是真正的虎口咧！」船夫笑嘻嘻地說：「五千歲，這您就別擔心了。方妃娘娘早已謀算好了的，咱們不會送肉上砧板，不會羊入虎口咧。」

這時，大家才發現，小船划到了江中，並沒有向浦口划去。老船夫手上的兩把槳根本沒有使勁，小船順著江流而下，快速地向著斜對岸流去。

這時，韓寶英警覺地問道：「老大爺，您想要把我們送到哪裡去？」

老船夫答道：「方妃面諭：煙花三月下揚州。」

曾錦謙這下才徹底釋疑了。開懷大笑道：「這個方妃，實在是位稱得上深謀遠慮的女人，夠朋友，夠交情！翼王，她是讓我們避實就虛，繞過韋昌輝的防禦重點，讓我們到揚州去，跟陳玉成見面，哈哈哈！陳玉成那小子肯定會用紅燒狗肉招待我們的。」

石達開逗趣地說：「老公公，看來您可真是我天朝一名忠實的臣民啊！」

老船夫回稟道：「五千歲過獎了。我只能告訴您一點心事，天朝的老百姓，哪怕殺得只剩下一個人了，那麼，這個人也不會容許太平軍中任何一個人做壞事。」

韓寶英猛聽這老人的講話，覺得很有份量，索性問道：「老爺爺，您說天京城裡死了這麼多人，是殺人的錯呢？還是被殺的錯呢？」

老船夫似乎不屑於一答地說道：「妳這個小女娃，提到這件事，依我之見，這是狗咬狗，出了太平天國的醜，真臭，真臭！」

石達開深邃的眼光，盯著這位老船夫，足足盯了一袋煙的功夫。他判斷，認定這位老人的來歷不凡，最後突然問道：「老人家，我們的第六位皇嫂方妃是您從上海接來的吧！」

老船夫驚愕地說：「翼王殿下，人說楊秀清專權，朝中之大，是首一人，我說朝中之智高，翼王您才是首一人。諸葛亮神機妙算，既能借東風，又使空城計，叫後人尊為智星，我看您呀，這腦瓜裡，這眼睛裡，沒有什麼瞞得過您的。實話說吧：今日個翼王脫險的一切安排，都是方妃親自操辦的。她，正在揚州城外等著您哩！」

石達開這下越發清楚了，這個老船夫跟方妃的關係非同一般，不然這麼絕密的事他怎麼也瞭如指掌呢？於是，索性自作聰明地問道：「老人家，方妃還有個爹爹吧？您不是血肉親緣，勝似骨肉親緣，對嗎？」

老船夫被石達開這種觀察力和判斷力佩服得五體投地，索性放下雙槳，來到翼王的身邊，坐了下來，對石達開說：「難怪有人說挽救天朝非您莫屬哩！你我素昧平生，從未謀面，今日個您把我跟方妃的關係都猜透了，足見殿下的英明。說真話，方妃這孩子也算得上我天朝的一根頂梁柱啊！她，學識淵博，憂國憂民，如今在朝中陪王伴駕，身不由己；她，是在意外之中，我在上海黃浦灘外遇見的，那時她從香港過來，尋找太平軍，可這孩子初到十里洋場，兩眼一抹黑，上哪兒去找太平軍呢？有一天，我正在那悅來茶館吃早點，她兩眼茫茫地走了進來，挨著我的身邊坐下，幾句寒暄話，就和她接上緣分了。她問起了太平軍，我趕緊捂住了她的口，怕她出事，不動聲色地把她拉出了茶館。」

石達開聽到他和方妃有過這麼一段傳奇式的經歷，問道：「當時上海還是英國人和清妖走狗的天下，您怎麼敢掩護她呢？」

老人說：「像我這樣一個破衣爛衫的老頭，誰會把我看在眼裡，巡捕房怎麼會盯住我呢？

皆因天王有洪福，上帝保佑她遇見我了。」

石達開逗趣地說：「您喜歡她吧？」

老人說：「那還用問，我是個孤老頭子，她那麼標緻的女兒，一肚子學問，還會講洋話，我還能不喜歡她嗎？我把她當作心尖尖上的一坨肉呢？從上海坐著我的小船，我一槳一槳把她划到天京。她口口聲聲喊我『爹』。沒有什麼事情不能告訴我的。」

石達開道：「天王納她為妃的事，她也給您講過嗎？」

老人說：「那是大事咧，還有不給我講的。父母之命，媒妁之言，我不點頭，她敢進王宮？」

石達開說：「天王納她為妃，可謂天作之合啊！」

老人感嘆地說：「那時我也是這麼認為的。天王英明聖主，揭竿起義，救國救民，進入天京之前，勝不驕，敗不餒，叱咤風雲，指揮若定，威震四方，真算得上英明。鴉片戰爭後，民眾處於水深火熱之中，那時出了這個天王，可稱得上『挽狂瀾於既倒，作中流之砥柱』。所以天王納她為妃，我是打心眼裡高興的。伴上這麼一位英明的聖主，有什麼不好呢？儘管她排在第六位，可歷朝的帝王，哪一個不是三宮六院，七十二嬪妃呀！」說到這裡，老人把鬍子一抹，取笑道：「翼王殿下，如今首義諸王中，恐怕還只有您沒有納妃哩！」

坐在船上的韓寶英插話說：「那也說不準，如今俺父王已成了孤家寡人了，他還不找一個？」

曾錦謙笑嘻嘻地說：「他不找，我都跟他找一個。」

石達開嚴肅地訓斥道：「現在是什麼時候？你們別胡說八道了！妳娘屍骨未寒啊！」

小船順著江流，飄飄蕩蕩。夏秋之交季節，在江浙一帶就像火爐子一般。可在這江面上，一陣江風輕輕拂來，感到分外爽快。石達開站了起來，走到船頂，仰視江天，一層層烏雲越過上空，下弦月本來不很明亮，卻時常被烏雲遮蓋，鷗鷺早已棲息沙灘，沒有任何聲響，死一般的寂靜。因小船順江而下，連船頭的水波聲也幾乎消逝了。曾錦謙和韓寶英以及幾個隨從人員，都昏昏欲睡了，只有老船夫掌握航行的方向。這時，石達開坐在船頭，獨自冥思苦想，一段一段的生活經歷，繞在腦際，不禁悲從中來，他陷入了沉思。

現在，國，破爛不堪；家，不復存在。打打殺殺五、六年，風風雨雨度日月，落得個隻身寡影，淚如泉湧。他時而飲淚嘆息，時而拂袖擦拭。

飲痛，挖心挖肝地痛，乃是一個人最難以承受的痛苦，這需要有多大的克制呀！石達開的氣度、份量，也就體現在這裡。

身為主帥的他，此時此刻能夠爆發怒火嗎？能夠悲觀絕望嗎？二者取其一，那都不是石達開了。他只能把一般常人都不能承受的痛苦深深地埋在心頭，藏在腦裡。而事實上，他也是一個有血有肉的人哪！

坐在船頭的石達開，此時心情的沉重，似乎要把這隻小船壓沉了，壓沉了。

他自自然然地想起了他的親娘，在貴縣那個山溝裡，他的家曾經過著早餐吃了愁晚餐的那種日子。老娘親為了哺養他，連紅薯飯也沒有飽吃過一頓；為了讓他在學堂裡多讀點書，把幾個雞蛋攢了下來賣了給他交學費。出身貧寒的石達開從小就很懂事，他拿了雞蛋到學校去搭餐，一次蒸一個，並用筷子劃成兩半，限制自己一餐只能吃一半。老娘親在桐油燈下為他縫補衣裳，他在燈下借光苦讀的情景，都歷歷在目。

進入天京以後，天朝給他修了豪華的王府，為了盡人子之孝，讓母親在王府裡度過享福的晚年，他覺得心安理得。可誰知，白髮蒼蒼的老娘，滿臉皺紋的老娘，雙手長滿厚繭的老娘，慈善如觀音般的老娘，怎麼會死得這麼慘呀？怎麼會連一個完整的身軀也沒有留下呀？

這時，他再也壓抑不住這種悲痛心情，突然在船頭，捶胸頓足，痛哭起來，不斷地高聲喊叫：「姆媽，我的姆媽！我要我的娘呀……」

韓寶英立即跑向船頭，緊緊地抱住爹爹。她知道父王的感情衝動了，長時間的壓抑爆發了，她的眼淚刷刷往下掉，也嚷道：「爹爹，您大聲地哭出來吧！您再不哭，會憋死的！」

這正是：

長江奔流萬千年，
演繹史詩千萬篇；
一葉小船載血淚，
一首史詩記孤篇。

韋昌輝的屠刀血洗了翼王府，但未砍下石達開的頭顱，石達開在方妃的巧妙安排下逃出了天京城，過了揚子江。

欲知翼王脫險後如何動作，且看下回分解。

第三回 老母託夢囑兒挽危局 小姑獻計勸父舉義旗

浪淘盡千古風流人物，浪洗禮世代英豪。

脫了險的石達開，他的名望，他的軍權，他的二十多萬將士，誰也控制不了他的一兵一卒。太平天國的主力和主帥，依然體現在石達開的軍旗上。

現在，天朝的禮制、法規，似乎全都不存在了，人們拭目以待的便是翼王的眼神和決策了。因為，他頓一頓腳，京城的鍾山和紫禁城都會搖搖晃晃的哩！

石達開逃出了魔掌，真是大難不死啊！他，仍然是軍中的靈魂。

他好像下山的猛虎，又好似展翅飛翔的雄鷹。

他，高舉著戰旗，叱咤風雲，馳騁疆場，赫赫男兒的豪氣，將從此化作照耀山河的光芒。

那麼，他的戰旗將指向何方？他會率領他的大軍殺回天京去剿滅韋昌輝嗎？還是返回武昌繼續去南征西討呢？太平天國的臣民們都在引頸相望啊！

石達開和他的隨從人員來到揚州城，在城門口，果然方妃和陳玉成率領文武官員，熱熱鬧鬧地迎候翼王的到來。

陳玉成一見翼王，叩頭便拜：「殿下，您受驚了！」

石達開把陳玉成扶了起來，說道：「我此番進京，未能遏制韋賊的屠刀，反而落得虎口逃生，慚愧呀！」

方妃急忙勸慰道：「翼王，您京城一行，恰好證實了中國人的一句老話『樹欲靜而風不止』，人心隔了肚皮，韋昌輝為人不地道，陽逢陰違，對天王、東王和對您的那副媚相，叫人看了作嘔。您原來認為他是真誠的，可我覺得凡是對有權勢者臭巴結的人，都不是好東西。」

石達開對她的講話引起了興趣，問道：「何以見得？一個身負重任的人，不需要人擁戴嗎？」

方妃斬釘截鐵地回答：「需要，那就看權勢者與部屬之間是不是以真誠相待了。韋昌輝為了臭巴結東王，甘願殺了自己的親哥哥，取信於楊秀清，恰好就是這個韋昌輝在跟他稱兄道弟的時候，鋒利的刀尖插進了楊秀清的心臟，這真是有點像漢代的吳漢殺妻一樣，真狡猾。」

石達開未加可否地說道：「妳這位皇嫂，對本朝手握重權的諸王好像都有妳自己的看法哩。」

方妃接著說：「不錯，我到天王府沒有待上三個月，就把您們身居王位的每一個人看透了。」

石達開一驚：「噢，妳怎麼看的？」

方妃坦然地回答：「我看您的二兄天王，他那一句『只有臣錯無君錯』的狗屁話，就說明他跟歷朝歷代的帝王沒有兩樣，到最後，必然落得個眾叛親離、孤家寡人的下場。」

石達開聽到她冒犯了天律天條，竟敢公然詆毀天王萬歲，不禁勃然大怒，拍案而起，抽出斬妖劍，吼道：「妳膽敢玷辱天王，我宰了妳！」

方妃神情非常鎮定，不僅面無懼色，反而迎上前去，伸出頸脖：「你宰呀！我跟傅善祥不同的一點，就是我不怕死，我不怕闖大禍。可我，非常佩服您對天王的忠誠。中國臣民的愚忠，倒是非常可愛，不過也非常可憐。你翼王五千歲儘管有濟世之才，也掙脫不了這個愚忠的鎖鏈。」

石達開再也承受不了她這種對天王、對自己的淩辱，斬妖劍眼看就要對方妃砍下去時，韓寶英急了，猛搶過去，抓住了翼王的手，大聲叫道：「爹爹，您別胡來呀！」

她一手抓住爹爹握劍的手，一手撫摸著爹爹的胸脯，緩慢而動情地說：「爹，萬萬不可以意氣用事呀，『宰相肚裡能撐船』啊！爹，您本來就是一汪大海，容納百川，胸中自有百萬兵的人，今日個怎麼聽不進一句逆言呢？娘娘的說法未必沒有一點道理嗎？她是個非常有學問、有膽識的一朝女才子，您能殺害她嗎？更何況娘娘是您的救命恩人啊！昨夜，如果沒有她周密的謀劃，我們這幾個人絕對會在韋昌輝的萬軍屠刀下被剁成肉醬了。爹，娘娘冒犯了天王一句話，您就翻臉了，您像個五千歲嗎？我的爹爹，您好糊塗啊！」

韓寶英偎依在他胸前吐出的這一番動情之話，石達開心軟下來，很快察覺自己的行為過份，禮儀失當了。他是個既能正視現實，又能敢於律己的人，馬上對方妃以君臣之禮賠罪，跪下後自責道：「皇嫂恕罪！我石達開已經被天京事變弄得家破人亡，弄得神魂顛倒了。」他把寶劍遞給方妃，又接著說：「請皇嫂治罪！」

方妃接過寶劍，哈哈大笑道：「你這人可愛之處就在這裡，某些大人物對文過飾非既感興趣，又很有考究，明知做錯了，還冠冕堂皇，死要面子，死皮賴臉給自己臉上貼金。恕我直言，這滿朝侯王將相之中，只有你一個人沒有這種愛好，沒有這種特長，正因為你沒有這些，也許你就難以終身顯赫，甚至還會有災難降臨。我不願意韋昌輝的屠刀宰了你，為的就是你的品德很迷人，還有文韜武略的才氣。」

她動情的兩眼，散發出火辣辣的愛意，把他扶了起來，逗趣地一笑：「這是你頭一次向我亮刀，也許這輩子還會有多次哩，不過，我有可能死在你的刀下！好吧，我們走，到陳玉成那裡去吃狗肉。」

陳玉成早已作好了安排，對翼王一行的到來，在接到方妃的指令時，就作好了周密的布置。他早已知道翼王的生活習性和愛好。當翼王來到他的大本營時，石達開感覺到像回到了自己的王府一樣。

從侍奉人員的聲容舉止到臥榻餐飲都好似翼王府一模一樣。石達開在他的大本營約待了一個時辰，就敏感到了，陳玉成用心良苦，對自己的了解和深情，都在這次接待部署中表現出來了。

他聊以自慰的是，這位年輕的將領，沒有枉費培育他一場，不禁自言自語地說：「玉成，你是在用無聲的行動來安慰我這顆受傷的心呀！」

晌午時刻，膳食房的頭領，前來翼王下榻之處，恭請王爺一行就餐。翼王率領隨從人員進了膳食大廳，一跨進廳門，就聽到演奏粵曲《步步高》，這首曲子乃是翼王久聽不厭的名曲。就連這一點，陳玉成也留心到翼王有愛好了。當然，所產生的效應就讓翼王忘卻了一切憂愁與勞累，非常喜悅地入座了。

廚師們端著熱氣騰騰的「紅燒狗肉」、「泥鰍燉豆腐」、「清燉鯿魚」、「排骨燒土豆」、「油煎冬瓜」、「瓦罐雞湯」、「廣西龍虎鬥」……

有段民謠：「三伏六月天，狗肉到嘴邊，四兩包穀酒，快樂似神仙。」

再說，這「泥鰍燉豆腐」，營養又滋補。廚師介紹作法是將鮮活泥鰍洗淨，放入冷水鍋裡，灶內燒火加溫，當冷水散發熱氣時，再將嫩豆腐放下鍋，泥鰍為了逃避高溫，拼命鑽入豆腐塊中，不一會兒，泥鰍全部死在豆腐之中，過後加進香麻油、生薑和各種佐料。這樣，吃起來鮮味無窮。翼王多年來非常喜歡這道菜，無論是在王府還是在軍營中，每隔三、五天就要吃一次。

再說「瓦罐雞湯」，這是翼王在武昌督師時愛上這道菜的。這菜稱得上湖北佬的名菜。漢口有家飯店叫「小陶園」，「瓦罐雞湯」是該店的首創。其作法是，用一小瓦罐，煨一隻約一斤半重的土雞，將生薑、蒜瓣、麻油、豆瓣醬、十三香粉末、鹽等放入罐內，用上木炭火，將瓦罐埋入火中。始則火溫較高，等罐內沸騰時，再降溫，經微溫之火緩緩煎熬，直到雞頭、雞腿與雞骨脫落時，才倒了出來，撒上胡椒粉。那一勺一勺的雞湯送進口中，味道真是美不可言，叫人感到天下美味盡在一勺中。

石達開喝下幾口雞湯，抑鬱之情一掃而盡。他微笑著對陳玉成說：「玉成，你知道我喜歡什麼東西嗎？」

陳玉成立即回答：「包穀燒。」順手就給翼王斟滿一杯。

石達開呡了一口酒，夾了一坨狗肉，望著大家說道：「這酒不可不喝呀！」

方妃插言道：「翼王，您愛包穀酒，每頓喝幾口，多了您不喝，少了還問有沒有，對嗎？」

石達開大笑道：「看來，你們這些人都把我摸透了。」

曾錦謙憨笑著說：「這就叫知人知音嘛！」

韓寶英也湊上一句：「方娘娘不深知我爹，怎麼會擔當如此大的風險，把我爹救出天京咧！爹，您真是虎口餘生啊！」

提到天京城的大屠殺和翼王的脫險，一片歡聲笑語的大廳堂裡，突然又沉靜了下來。方妃和陳玉成垂頭喪氣地坐了下來。陳玉成說：「殿下，我們在這裡暫時安然無恙，可天京城裡仍然在杜鵑啼血，時時都有人頭落地呀！」

方妃沉痛地說：「我從海外飄泊，萬里歸來，投奔太平軍，為的是華夏子孫昂首挺胸地過日子，寄希望於太平軍。翼王，您知道嗎？我們的海外同胞抬不起頭呀！我曾經寫過一首詠嘆調，請指教：

清廷腐敗國力毀，
炎黃子孫仰天悲！
洋虜欺我軟弱又愚昧，
「鴉片」一戰失國威。
鐵蹄踏得人心碎，
我幾曾撕心裂肺淚花飛！

忽聞金田揭竿聚姐妹，
救國救民顯神威。
我是蒙羞受辱一華女，
噙著熱淚遠涉重洋故土歸。
躊躇滿志投身這營壘，
實指望獻我熱血增國威。
又誰知虛度年華伴酒醉，
強拉硬扯當王妃。
耳聞「愛妃」偷滴淚，
掩窗閉戶聽子規。
皆因我生來姿色美，
女人越美命越悲；
皆因我喝了幾年洋墨水，
稀中為貴當成瑪瑙杯。
陷困境，我難進亦難退，

好比那斷翅的鳥兒無處飛。
絕處忽逢您五千歲，
您闖入我夢境常縈迴。
您揮戈戰場我夜不寐，
時時盼您凱旋歸；
您若回朝主政我喜心內，
暗暗為您揚聲威。
眼看這明爭暗鬥鬥得天朝快崩潰，
只盼您大智大勇能挽回！

人們都說金田起義，大地重光。怎知道，而今鬧得兄弟鬧翻，互相殘殺。天京的臣民，倖免災難的人，也在心頭滴血呀！翼王，這血還讓繼續滴下去嗎？」

曾錦謙大聲吼道：「我早就憋不住了，要回天京把那亂臣賊子除掉！」

石達開沉重地說：「謙哥，像這樣你講的砍殺硬拼，那只會是以卵擊石，動不了別人的一根毫毛，反而會招來自己粉身碎骨的。謙哥，魯莽不得呀！」

方妃立即讚賞地說：「翼王深謀遠慮，無堅不克，就連精怪得像狐狸的曾國藩，也一次次敗在你的戰旗下。我認定，滿朝文武正引頸相望。殿下，你可千萬別叫天國的臣民失望呀！」

石達開根本不需要他們的任何提示。他的心裡早就有無數的稻草把子在揉擦著。他不可以喜、怒形於色的原因，也就是在於他的身份不容許他有輕率的任何言行。所以他們說話的時候，石達開就在那裡喝悶酒，不易於把自己的心思表露出來，所謂大將風範也就在此。

他喝了一杯又一杯，似乎一反常態。這時他再也壓抑不住了，瞪著不輕易流露的憤怒目光，對陳玉成說：「你給我再來一大碗包穀燒！」

陳玉成只得惟命是聽，真的斟了一大碗包穀燒。韓寶英趕緊端起這碗酒，勸說道：「爹，您從未喝過這麼多酒……」

方妃接著說道：「翼王好不容易脫險啊，今日就讓他喝個痛快吧！所謂酒醉英雄漢嘛！」方妃的用意是想讓翼王酒後吐真言，是想讓翼王自己把挽救天朝的打算借酒興吐出來。哪知道翼王不是一個普普通通的酒漢。他喝得舌頭都伸不直了，也不吐露行動的任何打算。

他端起了酒碗，正欲一飲而盡的剎那間，韓寶英搶住了，搶過酒碗，高聲叫道：「爹，您不能喝了！」

曾錦謙直言不斷地說：「方娘娘只想讓妳爹講幾句真話，妳偏偏心疼他，怕他傷了身子。

好啊，妳爹也喝得有個八成了。來，咱倆扶他去睡個安穩覺，可妳萬萬不能離開妳爹一步啊！」

方妃在韓寶英身邊，悄聲耳語道：「千萬要注意，妳爹酒醉之後，是不是吐露了他的心聲。」

日有所思，夜有所夢。人們的思緒往往陷入到思維的漩渦中時，就會出現夢魂繚繞。

石達開處在國難家亡的緊要關頭，他的痛苦，他的悲哀，簡直要把他這個五尺男兒摔打得難以自撐，尤其是他那恩重如山的親娘，竟然無辜的被韋昌輝的亂刀砍死，這一慘禍，實在叫石達開難以承受啊！一天來，他的心裡幾乎沒有間斷過呼喊他的姆媽……

現在，韓寶英把他扶上了床，從來沒有飲過這麼多酒的翼王，倒下去就迷糊了。他沒有鼾聲，可他呼吸非常緊促，面部的表情也非常痛苦，好像靈魂也正在受著極大的折磨和殘忍的煎熬。

他，進入了夢境。

他，聲聲呼喚著：「姆媽……」

來了，來了，她邁著老人艱難的步伐緩慢地來了！

她依舊是那麼白髮蒼蒼，臉上布滿皺紋，嘴裡沒有牙齒，嘴巴合不攏了，一手拄著龍頭拐杖，一手撫摸著石達開的面頰，不停地呼叫著：「我的兒呀，我的心肝寶貝，娘終於把你盼回來了……」

石達開動情地呼喚著：「姆媽，兒回來了，您受苦了！」

老娘隱隱約約有板有眼地說道：「兒呀！你看見天京城裡成千上萬的老兄弟、老姐妹含冤而死嗎？你看見東王府那麼多的精兵良將無端被殺嗎？這次你又看見你的一雙兒女慘死的情景嗎？你看見恩愛的妻子被那些禽獸掏心挖腸嗎？你還看過為娘的被剮成了肉醬嗎？兒呀，你做夢也不會想到，太平天國會弄成這麼個樣子！兒呀，你面臨著國破家亡的緊急關頭，你將如何面對這個混亂的局勢呢？」

石達開回答道：「姆媽，您要我怎麼做，我就怎麼做！」

老娘回答：「你小時候，為娘給你講了許多故事，哪個故事你記得最清楚呢？」

石達開斷斷續續地回答道：「故事，故事，姆媽，您講的〈岳母刺字〉的故事，孩兒記得，記得最……」老娘繼續說：「大宋江山面臨滅亡之災時，岳飛的母親給兒子的家教是什麼？」

石達開清晰地回答道：「精——忠——報——國！」

老太君連連點頭：「是呀！我的兒從小就是一個聽娘的話的孝子。現在，娘有話要告訴你：太平天國正當危急關頭，能不能救國救民，我兒身負千斤重擔呀！」

石達開拉著老娘的手急忙道：「姆媽，您說兒該怎麼辦？」

老太君囑咐道：「統領大軍，返旗回朝，翦除奸佞，以清君側。」

沒等石達開回話，便悄然而去。

石達開狂呼大叫：「姆媽！姆媽！您別走啊……」緊接著他大哭起來。

韓寶英完全明白爹爹陷入了痛苦的夢境，趕緊把他搖醒，不停地呼喚：「爹，爹，您做夢了……」

石達開剛從夢中醒來，揉了揉睡眼，發現女兒英子在自己的身邊，急忙說：「英子，快，快，快去追，不讓妳奶奶走了！」

韓寶英眨巴眨巴著眼睛，莫名其妙地問道：「哪來的奶奶！爹，奶奶已走在黃泉路上去了喲！您是在夢中會見了奶奶吧？」

石達開這才慢慢地清醒過來，點頭答道：「是呀，我剛才是做了一個夢，真的遇見妳奶奶了。」

韓寶英探詢似地問道：「爹，奶奶跟您說了好多話吧？」

石達開說：「是呀，奶奶把天京動亂的事都告訴我了，還囑咐我一件大事咧。」

韓寶英急促地問道：「什麼樣的大事呀？」

石達開正顏厲色地說：「國家大事，女孩兒家別過問！」

韓寶英撒嬌似地說：「啥都不讓我知道，連奶奶跟您在夢中講的那些虛無縹緲的話也不告訴我。爹，您是不是把我當作一個蠢寶呀？」

石達開說：「是呀，妳不懂。兒女在爹媽的腦子裡，總看成是個孩子呀。妳又有多大本事逞能啊？」

韓寶英說：「爹，您也太不謙虛了，豈不知，智者千慮必有一失嗎？其實呀，爹爹您有好多失誤咧，都被女兒察覺到了。」

石達開非常驚奇地問：「哎嘿！想不到我的女兒對自己的老子也傲氣十足起來了。您快說說，老子有哪些失誤喲，叫妳抓住小辮子了？」

韓寶英回答：「有哇。首先是用人不當，憑印象用人，犯了一次大錯誤。」

石達開又問：「我用誰不當？」

韓寶英說：「錯用狂妄自大的馬謖，失去了街亭，釀成千古憾事；北伐中原，不能量力而行，勞而無功，落得損兵折將，這個錯誤還小嗎？爹，諸葛亮都有錯，您能說自己是個完人嗎？」

石達開越聽越有趣，越聽感到頭腦越清醒。於是，他正襟危坐起來，笑盈盈地說：「想不到我的女兒也挑剔起老子的缺陷了，今天，我就在陳玉成的這個大營裡，來領略我女兒的濟世之才吧！」

韓寶英嘻嘻地笑著：「真是沒有名堂，哪有老子取笑女兒的？一會兒把我當作永遠長不大的娃娃；一會兒又挖苦女兒有濟世之才。我看您呀，看人沒半個準頭，料理國家大事也沒有個主心骨。」

因為韓寶英父母被鄉紳豪霸逼迫而死，從十一歲起，成了孤兒，被石達開收為義女，帶在身邊哺育成人，好像有一種天緣，使他倆密不可分。她，聰穎過人，美貌出眾，內剛外柔，刻苦勤奮，文師義父翼王，武學曾大將軍，豆蔻年華，出落得一表英才。論文才，出口成章，憑武功，出手不凡。翼王愛如掌上明珠，全家人視為王府千金。現在，她已有十八、九歲了，與翼王鞍前馬後，緊緊相隨，時常出頭露面，全軍上下，幾乎所有的將士都認識這位千金小姐，既羨慕翼王的福氣，又欣賞她的美麗。可在翼王的青年將士中，誰都沒有鳳求凰那種奢望和勇氣。

她，才高膽大，在翼王的面前敢說一個不字的恐怕就只有這位千金小姐，這是因為他倆有著一種特殊的關係，若錯了，了不起遭幾句責罵就是了。她常年跟在翼王身邊，一則有翼王的身傳言教，二則結識人多，廣見世面。尤其是她結識具有高謀略的人多，又加上天性好學，經、史、子、集、孫子兵法，都在翼王的直接教誨下，雖談不到精通，也算得上精讀了。腹中有才膽便壯，眼前的韓寶英的確具備了不少治國安邦之才，可謂石達開的得力助手啊！

適才，她守在翼王身邊，翼王進入夢境講的話，她全部猜透了。這下處於翼王在舉棋不定之時，在痛苦思索之中。他的思緒，他的想像，他的決策，都託付在自己所崇敬的母親身上去了。與其說「興師靖難」是母親對他的囑咐，不如說這一決策是他自己的既定方案。他斷斷續續的夢話，被韓寶英猜透了。所以，當韓寶英批評他優柔寡斷，沒有主心骨時，石達開心身為之一震。

石達開坐不住了，霍地站了起來，他的心血、毛孔都在劇烈地運動著。他在寢房內來回走動，他仔細思索女兒的批評。不停地暗暗讚賞女兒的勇氣：「是呀，是呀，小乖乖，她長大了，成材了！我說她有濟世之才，本是一句調侃之語，哪知道孩子真能學以致用，可以在我身邊運籌帷幄了。現在，她既然提到了天國大事，說明也已經有了決策大計。嘿嘿，孔夫子都還不恥下問，我也不妨來個向自己的孩子求教吧。」

於是，石達開轉憂為喜，面帶笑容，放下王爺的架子，嘻皮笑臉地對韓寶英說：「我的王府千金小姐，看來妳對天國的安危思慮不少啊。」

韓寶英說：「那當然囉，國家興亡，匹夫有責嘛！身為王府千金，耳聞目睹了天京事變，豈能高枕無憂，熟視無睹嗎？」

石達開問：「那依妳之見呢？如何處之？」

韓寶英侃侃而談，坦然以答：「父王，韋昌輝殺楊秀清其用心是為天王除奸嗎？他為何抗拒聖旨『不可多殺』之令而亂殺無辜呢？」

石達開回答：「排斥異己嘛！」

韓寶英接著說：「對，幾乎跟東王有瓜葛的，在韋昌輝看來都是異己，連父王您也不例外哩！再請問：韋昌輝這麼亂砍亂殺，是忠君呢還是叛君呢？是強太平軍之力呢還是削太平軍之力呢？」

石達開越發來了興趣，暗自讚道：「後生可畏，後生可畏！子承父業，子超父才，我天朝有幸！這丫頭真的身懷智謀，胸有百姓，可喜，可喜！」

近些年來，生活在石達開身邊的韓寶英長成了大姑娘，為父的就沒有再親吻過她。今日父女倆談話投機，興致甚濃，翼王在暗自讚賞之後，便一反常態情不自禁地把寶英抱在懷裡，像親小孩似的吻著她，並邊吻邊說：「英子，妳有什麼妙計，快跟爹講，快講呀！」

石達開過於激動，把女兒抱得很緊，親吻得很熱烈，自然觸發了一個成年女子本能的羞澀。儘管平時父女相稱，可這時突然出現翼王親義女的舉動，猝不及防的韓寶英心理上和生理上都出現了重重的刺激，面頰羞得緋紅，好半天才緩過氣來。她沉默了，頭垂下，既不是責備，也不是興奮。此時，她的感情上產生了波瀾，她的心怦怦怦跳得激烈了。她暗自琢磨著：「父王怎麼會有這樣一種衝動的感情流露呢……」

韓寶英避開了石達開的眼神，站在那兒沉默不語，這倒引起石達開著急起來。便催問道：「丫頭，妳怎麼不說話了？快，把妳的錦囊妙計吐出來，讓老子領教領教。說，快說呀！」

在他催問幾次之後，韓寶英的情緒逐漸恢復正常，慢慢地回過頭來，以極嚴峻的面孔勸說道：「爹，您非常清楚，天朝的命運繫於您一身啊！天京亂成了這個樣子，除了您，又有誰能收拾得了呢？韋昌輝、秦日綱這兩條瘋狗，除了您又有誰出來降伏得了他們？爹，您還能只帶著我和曾大叔苟且偷生嗎？」

石達開被韓寶英問得瞠目結舌了，全身幾乎在顫抖，那難以抑制的感情，發狂地喊道：「妳要我如何處之嘛！」

韓寶英凜然地諫議道：「興師靖亂，拯救天國，須借天王之手除掉亂臣賊子。這既可仰天王之威，又無需與北王刀兵相見。由天王詔書父王回朝，統攬軍政大權，懲治貪贓枉法之徒，即令皇親國戚，也不饒半分。」

石達開說：「妳跟爹說說如何作法吧！」

韓寶英邊說邊遞上一張文稿，交給父王，然後恭敬地說道：「父王，請過目。」

石達開接過文稿摘要地念道：「興師靖亂……剿滅天京……」

韓寶英問道：「爹，您覺得這樣做，是不是會感到咄咄逼人呀？」

石達開說：「是呀，是有點咄咄逼人呀！」

韓寶英進一步說：「不逼，天王下不了決心；不逼，韋昌輝的人頭不會落地；不逼，父王您挽救不了天國；不逼，我們永遠回不了天京！爹，我已經給您把奏章寫好了，請您簽名吧！」

石達開在這份最後通牒似的奏章簽上名沒有呢？欲知後事，且看下回分解。

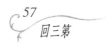

第四回 徽元兇洪宣嬌走馬交首級 接大印石達開回京掌朝權

軍情如火急，寸陰不失。天京內訌的信息傳播出去，滿清朝廷裡上至咸豐皇帝，下至文武大臣們，個個欣喜若狂，興奮得難以按捺激動之情的便是軍機大臣僧格林沁和不久前從丹陽前線敗下陣來的張國樑。他們聯名向皇上奏本，請求頒發急令，召清軍主力全面進攻，一舉攻陷太平軍的老窩金陵。

咸豐皇帝的急令，發出後僅十多天，清軍便在長江中下游展開了全線反攻。

楊載福率領的水師，截斷了九江水路，直逼上游武漢三鎮；和春率領的八旗兵直指安徽首府安慶；李鴻章和左宗棠率領的江浙大軍在上海、臨安、蕪湖，風馳電掣般地前進。三路大軍形成對天京城的合圍局勢。

腐敗透頂的滿清王朝，好像一位獨留人世，奄奄一息的老朽。此刻，忽然之間來了個返老還陽了。咸豐老兒的詔令，此刻也發揮了威力，一呼百諾了。

曾國藩從湖南湘鄉晝夜兼程，趕往江西湖口。他，一到湖口，部屬向他陳述了內訌的詳情。他認定：長毛的氣數快到了盡頭，眼下，正是快刀斬亂麻的時候，朝廷對長毛發動總圍剿非常適時。

於是，他即令駐守在安徽三河的兄弟曾國華部，配合朝廷的綠營大軍擺成口袋之陣，向安慶猛攻；又即令防守鎮江外圍的親兄弟曾國荃部，以迅雷不及掩耳之勢，奪取鎮江，然後，馬不停蹄地向匪巢金陵推進。他本人則率湘軍頭目李續賓、李續宜兄弟的部屬，從湖口順長江而與張國梁、僧格林沁等緊密配合，掃蕩長江全境匪患，截斷匪巢金陵的上游糧道。

曾國藩在作了整體戰略部署之後，穩坐太師椅上，右手捻著八字鬍，時刻不離開他一步的女傭陳香媛，非常機靈地、適時地給他送上水煙袋。左手接過煙袋，由陳香媛裝上煙，點上火，他叭噠叭噠幾口，只見幾縷白煙在他面前飄繞。曾國藩的心裡美極了，舒服極了，非常得意地說：「我這幾著棋，哼，哼，哼，長毛賊子們不是戰死，也會圍在金陵城內餓死，他又叭噠叭噠了二口煙之後，還引用詩句：「人生得意須盡歡，莫使金樽空對月。」

陳香媛心領神會，知道大帥要借酒尋歡了。她把手向後一招，幾名女婢很快就擺上了酒菜杯盤，於是，陪著曾國藩痛飲起來。

陳香媛感到這時正是顯示自己才氣邀幸取寵的好機會，表現出替大帥分擔思慮，嬌聲說道：「大帥，您用兵如神，早為國人崇敬。適才，這些所向披靡的戰略部署，是多麼壯觀的一幅決戰圖啊！依我看，不出三個月，即可將長毛削除淨盡。」

她這時站了起來，端起酒杯，含情脈脈地說：「大帥，祝您旗開得勝，馬到功成！」

曾國藩得意地笑道：「知我者，香媛也。誰能想到我的湘軍呼嚕一下在江西、江蘇和安徽神出鬼沒地馳騁疆場？洪秀全呀洪秀全，你把楊秀清弄死，你就成了赤身裸體的一條孤漢了，我捉你好比甕中捉鱉了！哈、哈、哈……」

陳香媛又趕緊斟上一杯，奉承地說：「大帥，為國除害，您占首功，封侯晉爵，指日可待！來，再乾一杯！」

曾國藩心裡喜得癢癢的，自我陶醉地摸了一下陳香媛的手，誇獎地說：「妳的心真貼近了我的心，我的心真被妳看透了；妳的心是為我長著，我的心是為妳跳著。嘻、嘻、嘻……」

陳香媛接過話題，秋波閃閃，柔情似水地說：「這就叫做心心相印嘛！」

二人就像喝交杯似的又乾了一杯。

飲幾杯之後，曾國藩忽然感到全身發熱，臉上泛起紅潤，不自覺地在身上搔起癢來。

陳香媛看到這情景，知道曾國藩的老病又犯了。因為她早知道，這位大帥身患搔癢的不治之症，趕緊伸出手去，挽著大帥說：「您的病又發了，只有我才能給您止癢。走吧，快到寢房去給您搔癢。」

面對以曾國藩、僧格林沁、和春以及張國梁這一群梟雄悍將，對太平天國展開了全面反攻的局勢。洪秀全束手無策，而韋昌輝、秦日綱之流，依然在天京城砍砍殺殺，天朝的命運真是岌岌可危了。

怎麼辦？各個戰場告急求援的飛馬不停地奔向天京。洪秀全猶如熱鍋上的螞蟻，片刻難耐。這天，他躺在寢房的靠背椅上，哀聲嘆氣，自悔自責：我他媽的怎麼這樣糊裡糊塗當了昏君昏君！倘或朕不急召韋賊進京誅楊，又怎麼可能釀成這麼大的災禍？他虔誠地望著天父天兄的神像，磕頭如搗蒜似地說：「天父天兄啊，您給孩兒指一條路吧！快救一救天朝啊！救一救我洪家的性命吧！」

洪秀全正在自悔自責之時，一個女人端著一碗熱騰騰、甜津津的參湯進來了，她，便是方妃。

方妃微笑著說：「陛下，天父天兄此刻聽不到您的一字一句了，也救不了天朝的危樓。韋賊也不可能放下他的屠刀。因為他很聰明，所以，他認定了他的頭號敵人是石達開，這才率領他的大軍，在天王府逼宮！陛下，他為什麼死死地要您交出石達開呢？」

「還不是因為石達開掌握軍權，韋昌輝不敢為所欲為嘛！」洪秀全不作思索地說。

「對！實力和兵力如今就是說話的本錢。恕我直言，陛下，您如今成了一位實實在在的孤家寡人啊！除了王宮裡不到三千人的侍衛隊員外，滿朝握有軍權的將帥，誰是您的嫡系？誰是您的親信？陛下，您現在只有一塊神聖不可侵犯的空牌子，朝野內外誰都不敢冒犯天王！」方妃作了這番剖析之後，她又伏在他的身邊，輕輕地、親暱地說：「您這塊牌子該用上了。」

「怎麼個用法！我的愛妃。」洪秀全睜著兩隻大眼急問道。

「密召韋昌輝進宮！只讓他一人前來與陛下密謀，內容是如何派人殺掉石達開。」

「啊，妳又要叫韋昌輝去殺石達開？」洪秀全有點懵住了。

「陛下，豈不知醉翁之意不在酒？中國人有句名言：無毒不丈夫。陛下如果不以殺石達開的名義，韋昌輝會來嗎？」方妃明確陳詞。

「對，對，對，那他不得來的。」洪秀全連連地點頭。

「是喲，釣魚上鉤不放香噴噴的誘餌，魚兒是上不了鉤的。」方妃闡明得夠清楚了。

洪秀全急眼了：「那萬一他來了，朕對付得了他嗎？」

方妃胸有成竹地說：「這就不用陛下擔心了，妾妃已與天妹商量停妥，取下韋賊的首級不需用陛下一兵一卒。」

這時，洪秀全才覺得方妃智慧過人，膽量也過人，為他出了一個除掉韋賊的好計。於是他誇獎道：「我的愛妃，妳真是我洪氏江山的保駕臣啊！這個韋昌輝不除掉，我們遲早都會是他的刀下鬼！」

美麗迷人的方妃，這時才撒起嬌來，撲在天王懷裡，抱著天王，給了天王一陣狂吻，柔情地說道：「陛下同伙早已看清了韋昌輝的陰謀，也明白了陛下您處事的輕率。這麼多天來，妾妃為您、為天王的江山，憂心如焚啊！倘若這一危局挽回不了，我從海外歸來，投奔陛下，那就枉費心機了。」

她，深深地吸了一口氣，感到天王的思緒脈路已經跟她合流，心頭的一塊石頭總算落地了。此時，她才坦然磊落地告訴天王：「陛下，石達開是妾妃掩護逃脫天京城的，免除了他的殺身之禍！」

洪秀全大吃一驚：「哎呀，我的愛妃，妳的膽量真大啊，了不起！了不起！這麼說，翼王已安全脫險了，他在哪兒？」

方妃賣關子似地回答道：「他在哪兒？恕不奉告。因為您這個人出爾反爾。至於他怎麼脫險，已成了歷史事實，妾妃可以點滴不漏地稟告陛下。」

方妃把掩護石達開脫險的詳細情節告訴了天王，把洪秀全樂得前仰後合。這時，洪秀全把方妃摟在懷裡，一個勁兒地誇獎：「愛妃，做得果斷，妳救了一個石達開，就救了朕的天下！快，快給我下詔書，令翼王立即回朝，為朕提理軍政大事。」

方妃冷靜地回答道：「陛下，京城只要有個韋昌輝存在，翼王難道像隻狗您喚他來他就會來嗎？」

洪秀全一聽，像刺破了的皮球，洩氣了：「是呀，他是不會輕易來的。他全家的骨肉親人都被韋昌輝殺光了，他，他，他會來嗎？」

方妃緊接著說：「所以，我們必須取下韋昌輝的首級，派遣陛下的得力親信提著首級，並帶著陛下簽名的急詔，到翼王那裡去，恭請翼王回朝提理政務。」

人世間總會出現某些巧合的事件。恰在此時，翼王的飛馬從江西的寧國府送來了興師靖難的最後通牒信，直呈天王陛下，這是封十萬火急的信函。

洪秀全展開閱覽，信函曰：

我主天王陛下聖鑒：

京城肇事，禍國殃民，刀光血影，萬民喪生，陰森可怖，軍民揪心，秦淮河中，鮮血傾盆，玄武湖邊，遊蕩鬼魂。是天意之滅我耶？抑奸佞之造孽耶？微臣明察暗訪，邊聽邊信，是乃韋賊昌輝，居心叵測之所為也，罪莫大焉！

本王為救天朝危亡之際，誓與將士同心。自寧國府發布興師靖難之令，本王將率三十萬大軍順江直下天京。限陛下三日之內交來韋賊首級，如有違誤，靖難大軍立即返旆回朝，剿滅天京！

飛馬急報，最後通牒。誠願

天王萬歲，萬歲，萬萬歲！

太平天國左軍主將石達開（簽字）

太平天國丙辰六年十月七日

洪秀全覽畢，滿頭大豆似的汗珠順頰而下，雙手雙腳像篩糠似的哆嗦，呼天喊地叫道：「不得了！不得了！這次石達開最後通牒了，他是一個說得到做得到的人啦！怎麼辦？怎麼辦？怎麼辦！」

方妃和賴后站在房門邊，哈哈聲打破了天。她們覺得這位神聖不可侵犯的天王，眼前這狼狽相，簡直太可笑了。

當洪秀全被威逼得幾乎站立不穩的時候，方妃上前扶住了他，說道：「陛下，您在金田起義、永安突圍、岳陽大戰、揮師下江的那股氣魄到哪兒去了？在強手如林的清妖面前，您有萬夫不擋之勇，頂天立地之才，怎麼現在面對親如手足的自家兄弟的一封公函，就把您嚇得變成一堆稀泥了呢！嘻，嘻，嘻，哈，哈，哈，哈……」她停了停，接著說：「剛才不是跟您說過了嗎！取下韋賊的首級，一切後事迎刃而解，這叫做用一把鑰匙開一把鎖哩！當翼王親眼看見韋賊的腦袋時，公仇私仇都報了，您們弟兄之間的疑霧消逝了。陛下仍然是翼王的『二兄』，而翼王仍然是天王的『達胞』。這不就化干戈為玉帛了嗎？」

洪秀全無限激動地喊道：「愛妃，所言極是！所言極是！快，快，快將文房四寶侍候。愛妃，為朕代筆，急詔北王進宮。」

單線聯繫，獨來獨往。天王令天妹洪宣嬌秘密進入北王府。天妹令北王斥退身邊所有人員，獨自一人與北王在寢宮一間小房內密談，並送上天王親筆簽字的密詔。當韋昌輝閱畢，舉棋不定之時，洪宣嬌莞爾一笑：「北王，怎麼樣！您猶豫了？『一朝之大，是首一人』的九千歲，您都將他宰了；難道這個五千歲您還怕他嗎？更何況有我這個小妹多多少少還能為您助一臂之力呢！」說話時，天妹給他送了一個秋波，並在他的臉上摸了幾下。

北王受寵若驚。當晚，他與天妹手牽手地進了天王府。

韋昌輝大模大樣與洪宣嬌來到天王的寢宮，早已布置妥當的天王府內，表面上非常寧靜、雅致，一個個女親兵爭相給北王獻媚，一道道好菜端了上來，一杯杯美酒送到北王的嘴邊，在場的天王與他不時稱兄道弟。北王因受到天王如此熱情款待，腦子裡有些暈暈糊糊了。天王感到時機成熟，便把北王的手一牽，示意去密談：「昌胞，我倆到後宮去，細細地商量那件事吧。」

韋昌輝喜之不勝，像一條馴服的狗跟在主人的後面，搖頭擺尾地一腳踏上天王的寢殿時，天王大喊一聲：「接駕！」

早已埋伏在寢宮周圍的刀斧手們，一聲喊「殺」！便一擁而上，尖刀從韋昌輝的後背刺穿到前胸，一陣亂砍，韋昌輝倒下了，他那罪惡的雙手一動也不動了，他那惡貫滿盈的腦袋被洪宣嬌輕而易舉地割下了。

她提起那顆沒有閉眼的腦袋，來到天王面前：「哥哥，如何處置？」

洪秀全捻了一下八字鬍，對洪宣嬌說道：「妳去找方妃，拿過我的詔書，由妳帶幾名得力的隨從，晝夜兼程，趕赴寧國府，把韋賊的人頭交給翼王過目；並代替我請翼王回朝。」

洪宣嬌受兄長之令，來到方妃的寢房，正好遇上賴后與方妃在這裡商量起草下詔的事兒。她走到書案前，驚喜地說道：「哎呀！方姐的一筆字寫得真清秀。我看，除了女丞相傅善祥外，天朝的女人沒有一個比得上妳的。」

方妃笑道：「天妹，妳別這樣逗我了，還有鐘秀英、林麗花這些榜眼、探花，哪個不比我強哩！好了，別扯這些了。天妹，妳這回去寧國府肩上有千斤重擔呀，能否把翼王請回朝就看妳的本事了。」天妹也感到責任重大，事關天國的大局，感到力不勝任，便誠懇地央求道：「方姐，小妹確是只懂得擺弄刀槍，拼殺戰場；翼王又是個文武全才，性情固執的人。萬一我請他不來，妳看如何是好？不如我們倆同行一趟，如何？」

方妃說：「這可萬萬使不得，我去了，反而會把事情搞糟。」

「為什麼？」洪宣嬌瞪起兩隻大眼問道。

方妃含糊其辭地說：「這其中原因很複雜，不是一、二句話能說得清楚的。妳跟翼王南征北戰，戎馬倥傯，早已結下兄妹之情，不管怎麼的，他總得要買妳的面子嘛！」

洪宣嬌說：「他萬一不買我的面子呢？」

方妃說：「那妳就撒嬌，哭鼻子、抹眼淚，拖都要把他拖回天京。」

方妃的幾句話，說得賴后捧起肚子大笑：「方妹講的這幾句話，說不定天妹真的會這麼哭鼻子、抹眼淚哩！」

方妃見到洪宣嬌站在那兒不動，就走到她的身邊，拍了拍她的肩頭，說：「天妹，妳放心地去吧，我相信翼王會通情達理回朝理事，也相信天妹有此才幹說服翼王。時間不早了，趕快安排起程吧！」

賴后說：「天妹是有身份的人，就這麼隨隨便便……」

方妃接過她的話說：「大姐，我懂得妳的意思。現在是緊急關頭，刻不容緩，本來天妹出行，是要擺鑾駕的。一方面路途遙遠，避免引起不測，另一方面就這麼微服出行，倒會顯得天妹平易近人，也顯示了天妹與翼王的兄妹情份。」

洪宣嬌被方妃入情入理的一番話講得心服口服，當即表態：「二位王嫂，宣嬌我此行決不辱使命！妳們作好一切準備，待我會見王兄簽字後立即動身。」她把雙手一拱：「二位王嫂，多多保重！」

洪宣嬌一陣風似地飛跑而去。

話說翼王到了武昌城，剛剛坐下，江西寧國府守將吳如孝的遣使飛馬前來向翼王告急：清妖曾國藩將寧國府四面包圍，兵臨城下，太平軍糧餉短缺，彈矢無濟，連日連夜激戰，我軍傷亡慘重。翼王若不緊急馳援，寧國府指日便將陷落。

石達開接過吳如孝的告急信，身上冒出了一身冷汗，連連說道：「戰情緊迫！」

此時，國恨家仇，全都不在他的心上了。而寧國府的陷落，將可能使得太平軍在江西全省徹底崩潰。

吳如孝是翼王的忠實愛將。此人是一位百折不撓的鐵漢子，平生為人一絲不苟，你就是卡住他的脖子講句假話都是講不出來的。翼王拿著他的告急信，兩手發抖，心裡掂量著他現在的處境。翼王暗自說道：「如孝不到萬不得已，他是不會向我告急的。既是飛馬馳援，可以肯定，他已經抵擋不住曾國藩的進攻了。」

於是，翼王立即發布了軍令：全軍出動，晝夜兼程，分四路撤離武昌，只留下一名旅帥固守武昌城。三千多人要當三萬多人守城，以一當十，虛張聲勢，充分備好糧彈，加固防禦工事，迫使胡林翼不敢輕舉妄動，顯示太平軍在武昌固若金湯。翼王則親率大軍向寧國府馳援。

真乃是上帝保佑。三天之後，當翼王的大軍從四面八方把曾國藩的湘軍包圍的信息，傳到曾國藩的營帳時，這位正躺在床上享受安徽名妓陳香媛給他搔癢按摩的時候，猛聽石達開的大軍已將湘軍重重反包圍，且有石達開親自督戰，曾國藩全身的肌肉都顫抖起來了。這位素來不講一句粗野話的儒家傳人，也按捺不住一時的衝動，竟然用了句湖南方言髒話：「入他媽媽屄！難道石達開是神兵天將，怎麼一下子就跑到江西寧國府來了？」

這位從不輕易動怒的曾大帥，也情不自禁地發起了大火，蠻橫不講理地把他的探馬和陳香媛都拳打腳踢起來，連聲罵道：「蠢豬，蠢豬！石達開的十萬大軍，千里迢迢的在路上行動，為何無一人發現？蠢豬，蠢豬！你們都他媽的嫖賭逍遙去了，老子入他媽媽的屄！」

曾國藩一陣暴怒之後，鎮靜下來，他想：我不可能在寧國府讓石達開打得一敗塗地，更不可能把自己的本錢在石達開面前全部輸光，必須立即行動，「三十六計，走為上計」。石達開在天京內亂之後，復仇心切，此人領兵前來，必然銳不可擋，避其銳氣，軍家上策。

於是，他親筆下了軍令：全軍撤退，循山地小路密撤，沿途做到百姓無聞，雞犬無聲。

石達開從武昌率軍來到寧國府前線，日夜兼程，確也鞍馬勞頓了。當他抵達前線營帳後，安安穩穩地睡了一夜。

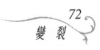

次日清晨，韓寶英和曾錦謙突然稟報：「翼王，曾妖頭的嘍囉們全都無影無蹤了！」

石達開瞇縫著眼睛，半信半疑地問道：「這怎麼可能呢？難道他的湘勇們個個都長了翅膀嗎？」

曾錦謙大模大樣地說：「這還不簡單呀！曾妖頭聽到您石達開的威名，也許尿都被嚇出來了，不連夜悄悄逃命才怪呢！」

石達開既向自己又向對方慢吞吞地道：「難道我軍將士就沒有一個人知道？」

韓寶英笑著說：「爹，您率大軍馳援寧國府，從武昌一路走來，不也是沒有驚動雞犬嗎？人家曾妖頭豈是等閒人物？連清妖的皇帝老兒都說要拜他為師呢？」

石達開連連點頭道：「不錯，不錯。曾妖頭確也稱得上繼韓愈、朱熹、司馬光之後，儒家學派的一位傳人，哪本書他沒有讀過？哪條計策他不會運用？論學識，妳爹還遠遠不如他呢？」

曾錦謙高聲叫道：「論打仗，他曾妖頭哪一仗不是殿下的手下敗將？」

石達開不費一兵一卒，解了寧國府之圍困，這在太平軍史上留下了千古流傳的讚歌：

百戰沙場猛似虎，
救民水火到寧府。
君威浩蕩動天地，
青史帥才載萬古。

石達開率領他的親信大將們和他的征討大軍，浩浩蕩蕩、威威武武地開進了寧國府城。在西門城門口，守城大將、冬官丞相吳如孝率領所部將士早已迎候在城門口了，迎接翼王入城。當翼王的獵獵戰旗出現在吳如孝的眼前時，他頓地趴在地上，嚎啕大哭起來：「翼王，五千歲，我的殿下，您實在是仁厚之帥，您實在是天下臣民的救苦救難之星。您若遲來一步，寧國府就完了，江西省這個戰略要地就完了，我吳如孝也就提早見了天父啊！」

在吳如孝趴在地上痛哭時，寧國府的軍民全都趴在地上痛哭起來。誰都知道，一八五四年，翼王在安徽撫民的許多德政。現在，翼王駕到，救了垂亡於旦夕的寧國府，哪能不引起老百姓引頸高歌：

早也盼來晚也瞧，
望斷蒼天白雲飄。
虎頭山上爬了一百回，
今朝才看見太平軍哥哥回來了。
熱粑粑暖在鍋灶裡，
飛跑回家把茶燒。
太平軍哥哥救了命，
送茶送飯把鑼鼓敲。

當人們正激情高唱翼王功德時，太平天國號稱女軍的首領、天王洪秀全之妹、西王蕭朝貴之妻、被朝野內外軍民人等稱為「天妹」的洪宣嬌騎著一匹高大的白龍馬，奔馳到了翼王身邊。當時，翼王的部屬正在入城，誰也沒有想到，就在城門口，天妹滾鞍下馬，手提血淋淋的韋昌輝的人頭，快步來到翼王的馬前。因為她是天王的妹妹，又是金田起義的女軍首領，又與石達開長期兄妹相稱，按太平天國禮制，她覲拜見諸王，免去跪拜，只拱手向翼王稟道：「達哥，已奉天王之命，將韋賊斬首！」她把韋昌輝的人頭向翼王面前一扔，繼續說道：「請達哥驗證！」壓抑了心中悲憤這麼多天的石達開親見親聞自己的頭號敵人的首級已擺在面前，不覺得驚喜交加，快速下得馬來，提起韋賊的人頭辨認，不停地喊道：「是他，是他，是那個十惡不赦的韋昌輝！耳垂下的這顆黑痣，還有那凹眼睛、鉤鼻子，全是他那副賊相，一點不錯，一點不假。」

這時，他才看了來人，看清了是天妹洪宣嬌，連忙伸出手來，緊緊握住她的手，反身把跪在身邊的吳如孝扶了起來：「孝老弟，快，給天妹下榻之處安置好。她，為天朝除奸，乃首功之臣也！」

於是，以石達開為首的太平軍將帥，威威赫赫地擁進了寧國府。

中秋時節的一個晚上，江西寧國府的氣溫非常宜人，月亮高懸在湛藍的天空。古人說：「春暖觀魚躍，秋高聽鹿鳴。」不知道此地有無家鹿和野鹿。倘或真有，大概也被曾國藩的湘軍殺光了、嚇跑了。反正石達開進城的這天晚上，誰都沒有聽到一聲鹿鳴。夜深人靜，萬籟無聲。石達開端坐在燈前，正在審閱批改吳如孝呈送給他的一疊文書案卷，忽然，吱呀一聲，房門被推開了，他的義女韓寶英笑盈盈地走了進來，親昵地喊道：「爹，您看誰來看您來了？」

石達開抬頭一看，原來是頭戴金冠、身穿黃緞龍袍、爵同王位的女首領洪宣嬌進來了。她雙手一拱，親切地說道：「我來打攪您了。」

石達開說道：「別這麼說，妳這麼勞累地從京城下來，並為我朝除掉了心腹大患，我還沒來得及看望妳、感謝妳哩，請坐，請坐；寶英，快給姑姑沏茶。」

幾句寒喧之後，洪宣嬌切入正題，發難地問道：「達哥，太平天國就這樣從此倒旗嗎？」

「此話怎講？」石達開不解地忙問。

「你沒看清楚嗎？從永安封王開始，東、西、南、北四大王，全都嗚呼哀哉了；太平禮制、朝綱朝儀全都瓦解了，只剩下我哥哥一個空頭天王萬歲了。下一步棋該如何走？達哥，你想好了沒有？」

石達開慢條斯理地說：「我想過了，不然我也不會向二兄逼駕，發出興師靖難、剿滅天京這些過火之語的奏摺。」

洪宣嬌笑道：「你逼著我哥哥下決心除掉韋昌輝，誰不懂你這番用意呀。這不，韋昌輝的賊頭給你送來了。達哥，國難家仇全給你報了。我只這個能耐，反正我不管了，下一步怎麼辦，你考慮吧！」

石達開反問道：「妳叫我怎麼辦？」

洪宣嬌筆直地說：「我要你跟我一道回朝！」
石達開快速地反問：「要我回朝幹什麼？」
洪宣嬌也快速地回答：「要你回朝主政！」
石達開一怔，沒有馬上作答，望著房子四周，站了起來，來回踱步。
韓寶英見到這情景，忙插話道：「爹，您莫站在黃鶴樓上看翻船呀！太平天國的哪一件危難之事，您袖手旁觀過？解除天京之圍，拔掉清妖江南、江北之大營，您出兵親自督戰；安徽饑民動亂，您不辭勞苦，舌疲唇焦，勸說安撫民眾；韋昌輝這個賊頭擴大事態，亂殺無辜，您隻身闖入狼窩，痛斥奸賊，難道這不是您為了天國安危之大局挺身而出嗎？這次吳如孝陷入重圍告急，不又是您出兵解救的嗎？爹，半壁江山，偏安一隅，內部紛爭，民心惶惶，國力銳減，聖主憂心如焚，您能眼睜睜地看著洪伯伯發愁嗎？您能讓千百萬人頭換來的偉業望水流舟嗎？」
韓寶英越說越激動，竟然嚎啕大哭起來。
石達開對女兒的講話，並未感到驚奇，不動聲色地說道：「我的乖女兒，妳著什麼急呢？朝中仁人志士多得很，滿朝文武雙全的大臣有的是，還稀罕我這個石達開嗎？」說罷，斜瞟了洪宣嬌一眼。
心直口快的洪宣嬌非常心領神會地理解翼王講的這幾句話，便直不攏統地說道：「喲，端什麼架子？達哥，你說說，滿朝文武中除了你，還有誰出來收拾這個爛攤子？」

突然，她臉色一沉，極其莊嚴地走到案臺前，高聲宣布：「太平天國，聖主天王陛下，特遣天妹洪宣嬌代傳聖旨，太平天國左軍主將翼王石達開接旨！」

石達開一聽，知道天妹動了真格的，急忙跪下來：「臣，石達開領旨。」

洪宣嬌一字一句、有板有眼，宣讀詔書：

太平天國天王罪己詔，天父天兄，遣秀全於下界，救黎民於水火，掃除妖氛，滅除邪惡，六載殺伐，億民得救，仰天父天兄之神威，賴精兵良將之英勇，國之洪福，民之幸運。正值太平偉業，方興未艾之際，詎料楊逆專權，陰謀篡位，韋賊逞兇，亂殺無辜，民怨沸騰，朕心刀割，痛甚悲甚！

禍亂發端，雖始起於楊韋二賊，實本源於朕躬。自定都以來，朕疏於政務，乃至楊賊專權獨攬，狂妄自尊，欺凌群臣，愈演愈烈，乃有京都之變，萬人被戮之災。孤之過也，孤之罪也！

近三月來，京都被毀過甚，百廢待興，朝野上下景仰翼王之才謀，朕引領閤朝內外，懇請翼王回朝，提領軍政大事。達胞幸勿卻意。是囑！是盼！

欽此！

洪秀全（簽章）

洪宣嬌念罷，石達開高呼：「謝主隆恩！吾主萬歲、萬歲、萬萬歲！」

洪宣嬌趁熱打鐵，接著說：「達哥，走吧！寶英姑娘，快給妳爹備馬；曾老將軍，請挑選一百名精兵良將，護送翼王回京！」

這位風風火火的天妹，拉起翼王的手，即刻就走。

「妳怎麼如此心急，還得商量商量嘛。」石達開說。

「爹，您剛才說謝主隆恩，怎麼又變卦了。」韓寶英說。

「出爾反爾，算什麼男子漢大丈夫！」洪宣嬌在韓寶英的話之後補充道。

素來處事穩重、深謀遠慮的石達開吞吞吐吐地說：「我，我去提理軍政大事，妳哥哥二兄天王，會真的對我放心嗎？」

洪宣嬌極不嚴肅地笑道：「他的詔書寫得明明白白；即使不放心又怎麼的，反正大權都在你手裡了，我小妹一定和你一個鼻孔出氣，他若猜疑你，我們就捨得一身剮，敢把天王拉下馬！」

翼王板起臉孔斥責道：「放莊重點，妳這是胡說八道，講些要砍頭殺身的話，這是能隨便講的嗎？是妳這種身份的人講的嗎？」

洪宣嬌漲紅著臉，覺得達哥的話不無道理。她忽而也板起面孔問道：「你到底去不去？」

「我不去！」石達開脫口而出。

這時，洪宣嬌見到石達開說得肯定，便哇地一聲，大哭起來，眼淚洗面：「朝中的軍政大事誰管囉，嗚，嗚，嗚，吾朝的老百姓怎麼活下去啊，嗚，嗚，嗚……」她像小孩子似的，一屁股坐在地上，兩腳直蹬地皮，哭聲越來越大，感情越來越悲傷，令人聽得越來越淒慘。

石達開站在一旁，始而感到她的撒嬌，顯得她頭腦簡單，稚氣十足；繼而感到她的哭聲情真意切，從而意識到她對太平天國的無比忠誠，令人可親可敬。他被她哭得動情了，心軟了。

於是，他以一位兄長的身份把這位妹妹扶起來，安慰地說：「天妹，別哭了，別哭了，我聽妳的，立即回朝！」

洪宣嬌破涕為笑，趕緊抓住石達開的臂膀，連說：「真的，真的！」她喜得跳了起來，又說：「你真能識大局，我的好哥哥！我們一道回朝！」

韓寶英說：「我的好爹爹！」

看完了這幕轉悲為喜的曾老將軍，此時禁不住拍了一下自己的大肚皮，高聲笑道：「哈、哈、哈，這真是英雄敵不過美人淚呀！」

又是幾天幾夜，翼王一行人馬，晝夜兼程，回到了天京。

八名彪形大漢早已飛馬稟報天王、賴后與方妃等人。當翼王率領隨從人員到達天京朝陽門口時，一個隆重而龐大的歡迎儀式開始了。

首先，由贊王蒙得恩高聲宣告：「太平天國天王陛下、皇后、王娘偕滿朝文武百官以及京城軍民人等，熱忱歡迎翼王五千歲回朝。現在，我宣布歡迎儀式開始，鳴禮炮二十一響，全體軍民人等晉見天王陛下，山呼萬歲！」

朝陽門內外，一片山呼海嘯般的聲浪，此起彼伏，萬人俯首高呼。

蒙得恩又高聲宣告：「翼王五千歲晉見天王陛下。」

洪秀全兩眼淚汪汪，邁著急速的步伐向朝陽門外走去。

石達開帶小跑似地向著朝陽門內奔來。

二人相見，兄弟情義，溢於言表，兩人緊緊擁抱，一個高聲喊叫：「二兄」，一個用發顫的聲音呼叫：「達胞，我的好兄弟……」

石達開突然意識到了，此處該行君臣之禮，便馬上跪了下來，喊道：「微臣石達開晉見吾王天王陛下，萬歲，萬歲，萬萬歲！」

洪秀全立即把他拉了起來，二人手挽手地站著。

蒙得恩又宣布：「現在，文武百官和演藝衙高唱翼王讚歌。」

但聞朝陽門內歌聲驟起，近三百人的大合唱把這次歡迎的儀式推向了高潮。

請聽：

南征北伐，
風雨同舟，
誰不讚翼王有勇有謀，
誰不說翼王才是真友。
翼王一雙手，
砥柱中流；
翼王一聲吼，
清妖萬人斷了頭；
翼王一顆心，
與天王共喜憂。
看京都，

折楊柳，
毀門樓，
只待翼王來挽救，
摧枯拉朽建新樓。
死鬼哭訴，
翼王啊翼王，
戰旗下，
祝您重寫春秋！

歌畢，蒙得恩整理了一下自己的衣冠。此時，他下意識地感到，儀式要更莊重，於是，嗓音更為高亢：「現在，由皇后、王娘代天王陛下向翼王五千歲授印授旗。」

此時，鼓樂喧天，鞭炮齊鳴，萬民歡呼，熱鬧非凡。

洪秀全緊緊握住石達開的手說道：「達胞，金田起義六兄弟，就只剩下你我二人了，如今一場內亂，百廢待興，達胞，你我生死相依，同舟共濟吧！」

石達開聽到洪秀全吐露的真誠之言，深受感動，認定洪秀全還是當初崇拜的那位仁厚兄長，還是那個可以信賴的兄長，還是那個寬宏大量的好兄長，還是那個為天國大業操心勞神的好兄長。

於是，他淚眼汪汪地撲在洪秀全的胸前，喃喃地說道：「二兄，我石達開平生只重情義，赴湯蹈火，血染戰袍，都是為了黎民百姓和弟兄，化干戈為玉帛，我怎能坐視不動？報天國，挽危局，我石達開責任千斤重。儘管前面有萬丈深淵，困難重重，我石達開義無反顧，一往直前，鞠躬盡瘁，死而後已！」

說罷，他挺起胸膛，邁開大步，從賴后手裡接過提理天朝政務的大印，從方妃手裡接過指揮太平軍各路人馬的戰旗。戰旗上書寫著「太平天國通軍主帥石」。

石達開將大印順手交給韓寶英，抬頭看著迎風飄揚的戰旗，他思考著，思考著……

從現在開始，石達開頂替了東王楊秀清的位置，總攬了太平軍的大權。他將怎樣使用這種權力呢？他將如何治理這個千瘡百孔的天京城呢？他將如何協調滿朝文武之間的利弊關係呢？他將怎樣走出困境呢？欲知後事如何，請看下回分解。

第五回　生祭同僚燕王人頭落地　死赦餘黨翼王胸懷寥天

中外古今，有志之士也好，謀篡奸雄也罷，他們嘔心瀝血為了啥？一言以蔽之——權。

這個「權」字，包含高深莫測的學問，包含無窮無盡的魅力。為了權，可以拼掉頭顱；為了權，可以甘心情願當走狗；為了權，時時刻刻把黎民百姓掛心中，面對屠刀不低頭；為了權，禮義廉恥全都可丟，哪怕身後萬年臭。

楊秀清當了九千歲，他還不滿足，就為了加上那「一千歲」，落得個雞飛蛋打自己和親友全都被砍了頭。如今，他的屍首在哪裡？也許丟在哪個陰溝裡與他的名聲一起在發臭。

至於韋昌輝，他更是一名小丑，別以為他封了個六千歲，其實他比茅廁裡的蛆蟲叫人看了都難受。所以有人說，即使再過一萬年，也沒有史學家來為他翻案，因為他太壞了。

石達開不管在太平天國的正史或野史上，他在離開天京出朝的那段歲月，誰都可以證實他是一位受人尊敬的智勇雙全的統帥。原因是他的為人，格調太高了；他的處事，能耐太強了。

現在他回朝掌管軍政大權，處於一人之下，萬人之上的地位。太平天國的興衰存亡繫於他一身。然而，滿朝文武通軍上下都會心悅誠服地對他唯命是從嗎？

他現在沒有王府也沒有家了。他聽了曾錦謙的話，搬進了𦵣王府，料理國家大事。倒是一位有心人，在暗中心痛他，幫助他重建他的府第。

有一天，方妃請來執掌百工衙、職同侯爵的賓福壽，她對這位廣西起事的老前輩說：「賓大叔，京都所有的王府，都是您老人家一手籌建的，被賊子們毀成瓦礫堆了。現在翼王府更毀得不堪了，您要按照原樣，花一個月的時間，把它恢復起來，如何？」

賓福壽答道：「誰修啊？一個月時間倒是足夠了，只是……」

「有難處嗎？」方妃問。

「眼下百工衙啥事都幹不成了，三千多人被這次動亂攪和得三個多月未發糧餉了，哪有錢去買磚和木料？」賓福壽抬頭問著。

方妃笑道：「這還不好辦。由我一個人承擔全部開銷。您計謀計謀，需要多少錢？材料要買上等的，王府要修得比原樣更巍峨些。」

賓福壽驚問道：「您有那麼多錢？」

方妃微笑著說：「您不知道我是從國外回來的？我老爹和哥哥都是南洋的巨富，馬來西亞的橡膠大王啊！沒錢，我哪能救國救民？」

賓福壽說：「那您如今是天王之妃，怎不幫天王一把呢？」

方妃說：「值得幫的，我一擲千金；不值得幫的，我一毛不拔。」

賓福壽連連點頭：「娘娘真是慧眼識人啊！如今，朝野內外全都把眼睛睜得大大的，正心急火燎地期盼著翼王啊。他身上那麼重的擔子，連個辦事的窩都沒有。方娘娘，您這件事做對了。我老漢不吃不喝不睡覺，也要在一個月內把翼王府重建起來。」

方妃站了起來握住賓福壽的手：「謝謝您！」

賓福壽滿面春風，高高興興地離開了方妃。

不多日，翼王府內又熱鬧起來，工匠們日夜趕修著。石達開的隨從親信們，文官武將們，陸陸續續來到了天京城。

石達開順順當當地組合了各類管事衙門，做到了人盡其才，各得其所。很快摸清了天京動亂的人和事，詳細查清了災情損耗，傾聽到了受難者的呼聲。

一天晚上，他把曾錦謙喊到身邊，面授軍機。事後，曾錦謙單槍匹馬出行了。

次日正午，石達開在燕王府門前的廣場上，擺開了極為壯觀而異常恐怖的刑場，把天王和他的皇親國戚、文武大臣、后妃親屬，全都請了過來，由翼王的得力助手、職同丞相的張遂謀主持行刑大禮，連天王的所有隨從要員均不知所為何事，只有天王洪秀全一人才知道石達開的葫蘆裡裝的是什麼藥。事實上，天王早就想除掉此人，只是力不從心罷了。當張遂謀高聲宣布：「太平天國左輔正軍師翼王，現在發布命令。」

石達開板著鐵青的面孔，大聲說道：「天王陛下、文武百官、各位軍民人等，近兩三個月以來，在太平天國京城，發生了一場慘不忍睹的內禍，數萬人斷頭，上十萬百姓遭災，這是耳聞目睹的。本王奉命，正本清源，為了重振朝綱，按照天條天律，處置罪魁禍首，以平民憤。眼下，唯有兇殘暴戾，罪惡累累，雙手沾滿軍民鮮血的燕王秦日綱，應血債血還，以正國法。把秦日綱拖上來！」

頓時，刑場音樂驟起，全場氣氛突然緊張，人們赫然大驚。但聞人群中竊竊私語：「嗨，是燕王這個大傢伙！」

曾錦謙押著五花大綁的秦日綱，推推搡搡地把秦日綱推到臺邊。秦日綱也不失為一代英豪，昂首挺胸，高視闊步走到臺前，對臺上和臺下的人不卑不亢，像一根大樹，一動不動。只聽得臺下人群中：「這麼大的人物翼王都敢斬」臺上的洪氏家族在私語：「他是開國元勳，翼王殺得下手嗎？」有位人物也接著說：「諒他不敢！」臺下紛紛議論：「這個罪魁禍首不殺，京城百姓誰敢開門囉！」「斬殺大臣，看翼王有沒有這個膽識喲……」

在人們議論紛紛的嘈雜聲中，石達開平平和和地說道：「寶英，給我擺上香案，上供果。」

韓寶英心領神會，早知道這是行刑的部署，命令早已安排好的人員擺上香案、供果和祭奠用品。

張遂謀高聲宣布：「生祭開始！」

石達開緩慢而沉痛地走到秦日綱的面前，把他的雙肩一拍，顫聲說道：「綱哥，你不失為一代英豪，永安突圍，奪取武昌，解救天京，你曾立下汗馬功勞，有史可查，萬民感佩；可是，今天你要人頭落地了，我痛心疾首，在你臨走之前，我為你舉行生祭。我寫了一首感嘆詞……」他喉頭哽塞，淚眼汪汪，本想自己朗誦這首詞的，翼王竟然讀不下去了，便輕聲叫道：「遂謀，你替我念一念〈送綱哥登程〉。」說罷，石達開便跪了下來。

張遂謀遵命，接過他寫好了的稿紙，哀聲念道：

石達開躬身下拜，

三拜九叩送我的綱哥赴泉臺。

多謝你，百戰沙場五、六載；

多謝你，功高威大留下戰績來。
可恨你，一代英豪成禍害。
可嘆你，滿腹怨氣難丟開。
我天朝，好似朝霞放光彩。
一陣風雨怎能蔽住紅日又出來。
天在地在山在水在天朝在。
一統之日我定親自慰泉臺；
愛你，恨你，殺你，
祭你此情難解，
難分難捨，
難捨難分還得把刀開！
我的綱哥啊，
你欠下的血債還要還血債，
石達開好似孔明揮淚斬將才！
安心去吧！

你的妻兒老小絕無妨礙，
小弟我，自會照應自會有安排。

天王洪秀全這時不斷地流著眼淚，非常痛心，再也坐不住了，來到秦日綱面前，動情地說：「綱老弟，你是我拜上帝會的首批會友，要論起你的功勞，可謂勞苦功高；要說起你的戰績，可謂赫赫有名。太平天國的江山，你稱得上是開國元勳之一，可是你今天，我這位天王萬歲也救不了你的命。達胞現在主宰軍政大權，他如果放了你，他就不成其為左輔正軍師了；我捨不得你，此時此刻只希望你留下幾句真話吧。」

秦日綱仰天大笑，好像一個做了惡夢的人，頭腦清醒過來，坦然磊落地說道：「我秦日綱糊裡糊塗來到這個世界，糊裡糊塗拜了上帝，糊裡糊塗參加了金田起義，糊裡糊塗拼命殺敵，糊裡糊塗得了王位，糊裡糊塗與韋昌輝唇齒相依，糊裡糊塗殺了自家兄弟。砍砍殺殺，打打鬧鬧到了刑場，才知道自己留下了劣跡。天王陛下，達開兄弟，我知道你倆，崇仁尚義，才氣橫溢，指揮若定，所向無敵，可要時時刻刻把老百姓放在心裡，同舟共濟。萬萬不可互相猜忌，人心隔了肚皮，倘若不能一根竹篙撐到底，你這位陛下，當不了一統江山的皇帝；你這位正軍師，也難免分崩離析。達開呀，我望你豁達為懷，陛下呀，我願你用人莫疑；否則，你倆的結局不會更好，我在黃泉路上等著你。哈哈哈，自己兄弟死在我手裡，我也死在自己兄弟手裡。」他轉向曾錦謙，怒目圓睜，吼道：「黑老曾，你這個大騙子，向我開刀吧。」

曾錦謙並不惱羞成怒，反而嘻皮笑臉地對秦日綱說道：「喂，你別對我發氣，怪只能怪你自己。好漢做事好漢當，你該自己割下自己的首級，來祭掃亡靈，來謝天謝地，來向成千上萬的冤魂賠罪！不錯，我跟你是結拜的同庚兄弟，好似一娘生二胞，一樣的脾氣。我倆同上戰場，同殺妖敵，只是你的戰功大一點，爵位高一級；可你的屁股坐錯了靠背椅，我卻靠上了良師益友達開兄弟。跟好人學好人，跟上賊子學奸細。犯了哪條辦哪條，你別怪我無情義。你手握大軍權，哪能夠捉到你？為了天朝的大江山，我頭一次耍了個鬼把戲，才把你騙得溜溜轉，騙你跟著我來上狗肉席，我若帶著人馬來抓你，說不定死在你的手裡。你糊裡糊塗跟我來，清清白白砍首級。看穿了沒啥了不起，二十年後又是一條好漢子，你重返天朝，我在這裡等著你。」

他這一番寓莊於諧的談吐，把秦日綱也說得高興起來，連聲說道：「黑老曾，我不怪你了，我先到陰曹地府去，你什麼時候來，我都用紅燒狗肉款待你。」

張遂謀高聲說道：「午時三刻，行刑，時辰已到，請王爺發令。」

石達開正要將斬殺的標籤交給曾錦謙時，天王的大哥洪仁發、二哥洪仁達，突然抓住了石達開的手，奪過了標籤。洪仁發不陰不陽地說：「翼王殿下，像這樣的開國元勳、封疆大臣，你殺得下手嗎？」

洪仁達也補充說：「新官上任三把火，想不到你頭一把火就燒到天王的重臣身上了。翼王，你做人不要做絕了啊！」

石達開早有準備，異常沉穩地說道：「二位國宗，依你們之見，該如何處置？」

洪仁發說：「可將功折死罪。」

洪仁達又補充說道：「死罪可免，活罪難逃。責打五百軍棍，如何？」

曾錦謙大聲說道：「豈有此理！你兩兄弟的尾巴一翹，我就知道你們拉的是什麼屎。你們是明罰暗保，你以為我黑老曾就不知道你們和他的關係嗎？我是他的結拜弟兄，對於這個血債累累的哥兒們，我決不含糊，要殺！」

洪仁發還不死心，企圖拿天牌壓地牌，在洪秀全的耳邊悄悄嘀咕道：「老三，咱們聖庫靠的是萁王的刀槍保護的呀！」反過身來，又對曾錦謙說：「侯爺，萁王的十萬大軍正在蘇福省浴血奮戰咧，兵無將帥，如何對敵呀？」

這時韓寶英挺身而出，說道：「這不用二位國宗操心，既然通軍上下統歸翼王指揮，自然就有人統領萁王大軍嘛！對秦日綱，只能按天條天律辦事，非斬不可！」

洪氏兄弟瘋狂地吼著：「殺不得！」

曾錦謙、張遂謀、韓寶英等如雷霆般地吼道：「非殺不可！」

蒙得恩湊近天王耳邊，小聲說道：「陛下，這殺不殺，還得靠您的金口玉言咧。」

石達開看見人山人海，像海浪般地吼聲：「非殺不可！」「殺死這個罪大惡極的秦日綱！」「千刀萬剮秦日綱！」

這時，石達開也走近洪秀全身邊，問道：「天王，您看怎麼處置？」

洪秀全瞧了瞧周圍的人群，面帶難色，便對翼王說：「是赦，是殺？你有權處置。」

石達開聽罷，發出斬釘截鐵的命令說：「處斬！」

張遂謀宣布斬令，此時，八把長號指向天空，一種恐怖的聲音在燕王門前的廣場上空迴盪，震撼人心，萬民百姓踮起腳來，觀看這個殺人場景。

曾錦謙命令四條大漢，把秦日綱高高舉起，他抽出明晃晃的大刀，脫掉上身衣服，光著膀子，顯出殺氣騰騰的一副刀斧手氣魄，把秦日綱押到刑場，讓他面對他的燕王府，舉起大刀，高喊一聲：「我的拜把兄弟，永別了！」

手起刀落，燕王人頭落地。

人群中，歡呼聲，鼓掌聲，嘈雜聲，為曾大將軍壯了膽，助了威。他提著血淋淋的大刀來到天王和翼王面前稟道：「啟稟陛下、翼王，我已奉命將人犯斬訖！」

洪秀全因秦日綱這位老兄弟被斬，感情上還是難以抑制，掉下一串眼淚。剛才，石達開當場宣布過，要對燕王的親人們進行安慰，洪秀全對石達開說：「達胞，你一向仁義為懷，現在燕王已走了，你的家也被韋賊毀了，依朕之見，燕王府第，你就暫做安身之所吧。一則燕王的父母和家小，你可關照一下；二則，你料理軍政大事，也需要一個寬敞的場所。朕如此安排，達胞意下如何？」

石達開少許猶豫一下，跪稟道：「謹遵聖命，謝主隆恩！」

廣場上的人海目睹了燕王秦日綱被斬，大快人心，紛紛離去。天王目睹了軍民人等心悅誠服，又感覺到了翼王心緒穩定，贊同了他所提的讓翼王駐進燕王府的建議，他認為他該做的事都已經做完了，他便給蒙得恩使了個眼色，只聽蒙得恩高喊一聲：「擺駕回宮！」

翼王送走天王之後，回到了燕王府內，他覺得要做的第一件事便是如何向燕王親屬做好安撫工作。於是，他喊來韓寶英、張遂謀、曾錦謙三人，向他們說明了自己的動機，便帶領他們進入了燕王府的後殿。請朝門侍衛官稟報柳氏老太君：「石達開來看望老太君了！」

不一會兒，柳老太君率全家老小，主動前來迎接翼王。老太君一見翼王到來，萬分激動地說：「翼王五千歲，老身這廂有禮了。」

老夫人正要跪了下去，翼王奔了過來。搶在太君前面跪下，扶住老夫人，說：「罪煞我了。

您老人家稱得上我天朝有功勞的國母之一。從金田起義，直到進都天京，您老人家對太平軍長年簞食壺漿，洗衣送飯，照料傷員，哪一天也沒有間斷過，哪一仗您老人家都參戰過，您老人家為曾天養包傷的那件事，至今還在太平軍裡傳為佳話哩！」

柳老太君鼻子一酸，眼淚刷刷地掉了下來：「達開，你還記得這些小事啊，我的兒子犯下了點天燈、下油鍋的大罪，千不該萬不該，他不該對你下毒手，絕了你的後代，滅了你的家口，我還以為你是一報還一報哩！」

石達開激動地說道：「我達開怎麼會呢，老媽媽。一人做事一人當，誅滅九族，禍及親人，那是傷天害理的事，天朝的天律天條，沒有這些規定；更何況您老人家也算得上我天朝的開國功臣之一呀！」

石達開順便對韓寶英說：「英子，妳沒有奶奶了，來，快跪下，妳拜一個奶奶！」

韓寶英遵囑，忙跪下喊叫：「奶奶！奶奶！我的親奶奶！」

接著，曾錦謙和張遂謀也幾乎同時跪下，連說：「我們也拜個老娘！」

本來，一個誅滅翼王全家的禍首，又一個被滅掉了獨生兒子的老娘，按情理，他們之間的仇恨心理，似乎永遠都不可化解的。中國人對於殺家滅口，斷子絕根這類事情，便發明創造了一句成語，名曰「不共戴天」。

石達開在斬秦日綱的決策之前，他就思慮到了王侯將相之間的仇恨，互相殘殺的野蠻暴行，還讓這種暴行繼續演繹下去嗎？仁者為懷。孔夫子倡導的「仁」，並非絕無可取之處。天王陛下把孔孟之道和諸子百家之著，統統視為妖書，依我看，有許多東西並不「妖」，而且還稱得上「精華」哩！人不可沒有主心骨。國家、民族也不可能沒有自己的經典，天父天兄的經典不一定完全符合華夏民族的血統和習尚。

石達開正因為有個人自己獨特的見解，他才能放下一朝宰輔的架子，前來向這個白髮蒼蒼、風燭殘年的老人，掏出仁愛之心，慰藉她晚年失子的痛苦。翼王這一舉動，可謂感天地泣鬼神，很快就傳遍了朝野內外，全民歡呼：「翼王德政！」

接著，以張遂謀為首的一班文人學士，秉承翼王旨意，搖桿動筆，起草各類檄文，頒令天下。

石達開非常清醒地認識到：天朝被這次動亂攪得一塌糊塗。眼前，各生產衙全都癱瘓，玄武湖上沒有人夜遊了，青樓舞榭沒有歌聲了，軍機製造作坊的爐火熄滅了，而秦淮河上運送糧米、鹽鐵的船隊依舊源源不斷地送來天京，城郊的農夫把蔬菜禽蛋等物送到城門口，不敢進城，守城的鎮江侯曾錦謙每日把這些民情，實情向翼王稟報一次。

翼王認定，天京城的繁榮景象，並非無法挽回，而是要像做文章一樣做得切題，才是正理。

大手筆的文人，能夠抓住題旨，寫出洋洋萬言的佳作；治國安邦的賢良宰輔，能夠梳理千頭萬緒、錯綜複雜的國事。找出一件大事的癥結，就像一位能工巧匠製造一把鑰匙開一把金鎖一樣，那把封閉殿堂的鎖打開了，一切問題也就迎刃而解了。

石達開把天京的現狀，歸納為四個字：「人心思危」。

楊、韋內訌，誅連到數以萬計的各家各戶，哪一家都關起門來在竊竊私語：「翼王回朝他還不殺得昏天昏地呀！剷滅天京這句話，石達開說到就會做到的喲！」尤其是那些參加過楊黨的親屬們和直接在韋昌輝、秦日綱麾下做過壞事的人和親屬，簡直是惶惶不可終日，提心弔膽過日子，甚至有的人想著伸起脖子去挨翼王的屠刀哩。

當翼王在燕王府斬了秦日綱之後，許多人像吃了第一顆定心丸，再也不擔心燕王及其部下的魔刀再來傷害他們了；又當翼王的安民告示頒布之後，天京城像開水鍋一樣，沸騰起來，人們奔走相告，「翼王不殺人了」，「連殺過人的人都赦免了」，「跟著韋昌輝幹了壞事的人都要官復原職了」。曾一度萬戶蕭疏的天京城，萬門打開了，萬家燈火輝煌了，萬民齊聲歡呼了，萬種生產，日用貨物上市了。天京城像剛出浴的美女，再現她容顏的美貌和多姿的風采。

各種原材料從聖庫裡運了出來，供應生產和銷售，並流通到百姓手中。正像一部大機器啟動了，個個部件都轉動得非常自然，不到一個月的時間，太平天國國泰民安、年豐物阜、人面桃花，真個是天王親筆書寫在榮天門的那副對聯：「太平一統，天子萬年」八個字的氣氛一樣。

在十月小陽春的日子裡，方妃乘坐鸞轎，來到燕王府，會見翼王石達開。這一次，她面帶笑容，大大方方，開門見山地對翼王說：「五千歲，我奉天王之命，前來恭請你和王府的文武大臣們喬遷回府。」

石達開聽罷大驚：「你，你說的什麼？我回哪個王府去？」

方妃並不正面看著他，並背過身去回答他：「殿下的王府已被韋賊夷為瓦礫堆了，滿朝群臣無不痛心。現在，殿下回朝，總領軍政大事，怎能長期寄人籬下？天王陛下時刻都在關懷殿下的安居，他早已詔令，限賓福壽大叔在一個月之內重建翼王府。昨晚，賓大叔進宮稟報，翼王府提前竣工，我是特來向殿下送恭賀的。請你明日回府理事。」

石達開一聽，不禁大聲吼道：「怎麼？這麼大的事情，天王陛下為什麼不事先向我打個招呼？今民窮財困，怎麼打著我的牌子大興土木修建王府？我回朝不到一個月，就幹了這件不光彩的事，老百姓不罵我的祖宗八代那才怪呢，這，這，太不應該了！」

任憑石達開如何發火、暴怒，方妃卻在暗中好笑，覺得這個廣西山溝裡出來的鄉巴佬質樸得太可愛了。方妃便問：「翼王，你知道我是從哪裡回來的嗎？」石達開說：「這誰不知道？妳是從國外回來的一個『洋包子』！」

「是喲，重建翼王府的這筆資財，是南洋的一位巨富，久仰你的文韜武略，是他捐獻的，錢還沒有花完咧！」方妃解釋說。

「原來如此，哎呀，海外同胞太可敬佩了！我非常感謝他！我等只有重振國威、國力，海外的親人們才能挺直腰桿，在國外興家創業。我石達開只要活著，一定當海外親人們的脊梁骨！皇嫂，你替我向他們表示感謝！」石達開轉怒為喜地如是說。

第二天，翼王石達開喬遷回府的消息一傳開，文武百官前來賀喜，天王特遣蒙得恩向翼王贈送金匾一塊，上書四個大字：「翼王府第」。

翼王來到府門前，下轎一看，果然與三個月前的翼王府沒有什麼差異，他大步跨入殿堂，就連他的桌椅和臥榻裝飾以及膳食用品，都好像是他用過的原物。於是，他有點生疑了：這府內的一切不是早已毀滅殆盡了嗎？怎麼又有這些東西？現在弄出來讓我高興高興咧。不錯，不錯，此人很有謀心，很有才氣，此人一定對我赤膽忠心。

翼王心緒極其愉快，回到他的王府中，是那麼熟悉，那麼親切，那麼習慣。當他進到書房的時候，文房四寶和書桌椅都似乎跟原來擺設相同，此時他的治國方略便油然而生。他來回在書房裡踱步，好像站在前沿陣地，看到成千上萬的聖兵們，正在伸手向他要糧，要槍彈。他坐了下來，又好像聽到了朝野內外無數的饑民在向他哀聲求告：翼王，我們快要餓死了，您要救救我們呀！他坐了一會兒，又站了起來，走了幾步，又走到床邊，上床躺了下去，輾轉反側，夜不能寐。最後從床上起來，把桌子一拍，兩眼放射出智慧與剛毅的光芒：「就這麼辦！寶英，快來！」

韓寶英急忙披衣前來，問道：「爹，啥事？」

石達開剛毅地說道：「老子要捅破天！妳快去把張遂謀、曾錦謙兩位伯伯請進來，我們今晚要磋商國家大事。」

韓寶英眨巴眨巴眼睛，不知爹爹的葫蘆裡賣的是什麼藥，只好遵命而行。

韓寶英走到門口時，翼王叫住了她：「英兒，妳叫曾伯伯多帶點包穀燒來，妳去通知膳食房給我弄點下酒的菜，今晚我們要商量大事，一直到天明，妳就幫我做好紀錄，一條一條記清楚。快，我已經耐不住了，快叫曾伯伯去！」

要知翼王與他的親密伙伴們今晚要商量什麼大事，且看下回分解。

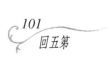

第六回　籌軍餉借錢借糧觸權勢　治創傷免捐免稅孚民心

我們的祖先，留下了一組成語：「眾怒難犯，專欲難成。」真可謂千古名訓。

我以為把這兩句成語可譯為：「眾愛不犯，專欲莫行。」這比較符合於中國自鴉片戰爭以後我們華夏民族的心態，或進一步翻譯為現代時髦的語言，叫做「發揚民主，尊重民意」吧。

石達開和他的親信鐵哥兒們，關閉在他那間房裡，整整商量了一宿，而且形成了文字，制訂了行動方案。

第二天，以左輔正軍師石達開的名義，首先向天王陛下呈送奏摺；緊接著，向朝野內外頒布法令，克日執行。

一天早朝前，天王讓方妃替他洗漱完畢之後，在和方妃進膳時，徵詢地問方妃道：「愛妃，昨天我收到達胞的一封奏摺。」

方妃故意問道：「什麼內容？」

洪秀全說：「主要意思是，天朝錢糧短缺，前方將士幾個月沒有發餉了，為了解除困境，他向我奏請要向有錢有糧的富戶借錢借糧。」

方妃再次故意問道：「借錢借糧，不知他打算向誰借？」

洪秀全不假思索地說：「反正他不得向妳我借就是了。妳替我在奏摺上批覆一下：准奏！」

方妃喜之不盡，便揮筆就批，動腳就派人把批覆送到了翼王府。

翼王接到天王的批覆後，他的各部各衙，快速地行動起來。在天京城和各重要口岸，開始了全面摸底察訪。

有天，擔負著天京防務之重任、晉封為鎮江侯的曾錦謙，在他的衙裡進早餐時，忽然，他手下的一位軍帥，押著一個身穿黃袍的國宗大人來見曾將軍，跪稟道：「啟稟將軍，小弟在水洑洲口岸，逮住了一名『國宗』，他押運一支船隊，私自運來盜購的九十萬斤糧米，現在已被我軍查獲，請將軍發落。」

曾錦謙一聽有人竟敢盜購如此巨量的糧米，不禁觸目驚心，立即離開座位，走到「國宗」面前，瞪起大眼問道：「盜購九十萬斤糧米，真有此事嗎？」

「國宗」大人神態傲然地回答道：「不知道！」

曾錦謙又問：「你是哪家王爺的國宗？」

這位「國宗」大人斜瞟了他一眼：「這個，無可奉告！」

曾錦謙滿臉怒容，自言自語地說：「丟他個老姆，老子誰個不知？哪個我不認得？皇親國戚，誰都在我這裡有本帳，老子從未見過這個活寶，嗯，這「國宗」，肯定是個冒牌貨！」

突然，他反過身來，抓住這名「國宗」的衣領，狂吼道：「你他媽的冒充「國宗」，盜運糧米。說，誰指使你這麼幹的？」

「國宗」不屑於一瞥地睜大眼，沉默不語。

「說不說！」曾錦謙怒氣更大了。

「國宗」還是不予理睬。

曾錦謙再也忍不住了，發布命令：「來人呀，這位『國宗』大人藐視天條天律，咱們現在就來他個朝拜天宮。」

武士們將「國宗」的雙手捆住，懸空吊在梁柱上。

「國宗」嘗到了皮肉之苦，不停地喊道：「哎呦！哎呦！」

曾錦謙又問道：「怎麼樣！『國宗』大人，那天宮乃神仙進出之地，我黑老曾，為了表示對你的尊敬之情，怎麼樣？你覺得還舒服嗎？」接著臉色一沉，厲聲吼道：「說，糧米從哪裡來的？」

「國宗」大人臉上冒出豆大的汗珠，喘著粗氣，罵道：「你這個黑老曾，狗膽包天，你敢欺到我的頭上來了！告訴你，你和你的石達開都下不了臺，等著瞧吧！」

曾錦謙揶揄地說：「哎嘿，來頭不小哇！不過，你可在滿朝文武中察訪，看曾錦謙是個什麼人？說，誰准許你盜購糧米的？」

「國宗」大人回答：「老子說出來，要嚇破你的膽！你扣運我的糧米，白日做夢！」

曾錦謙譏笑道：「哎嘿，你倒是哪家王爺養的一條很聽話的狗哇！好，我現在成全你，向你家王爺拜一拜。來人，再給他一個拜地府。」

武士們遵命，將「國宗」放了下來，把他的兩條腿牢牢綁緊，來了個腳朝天，頭朝地，又在木梁柱上吊了起來。

曾錦謙說：「『國宗』大人，這個拜地府，要非常虔誠才是，怎麼樣？比朝天宮該快活一點吧？」

這時，「國宗」大人滿臉漲得通紅，像灌了豬血一般，腿也軟了，連聲喊著：「哎呦，我的腿要斷了呢！黑老曾呀，你竟敢如此欺辱我，折磨我，改明日老子我要你和你的石達開都不得好死！」

曾錦謙更為憤怒地說：「唉嘿，你真的來頭不小哇！老子不光只收你九十萬斤糧米；挖不出你禍國殃民的毒根，老子決不罷休！丟你個老姆，如今國難當頭，軍無糧草，民不飽腹，百業蕭條，萬民無業，府庫空虛，財源不廣，你們他媽的目無國法，盜買盜賣，挖空心思，以權牟私，囤積居奇，搜刮民脂民膏，貪圖享受，紙醉金迷，燈紅酒綠，肆意揮霍。你們他媽的，哪裡聽得到市民百姓饑寒交迫的心聲？哪裡看得到前方戰士的情景？你們他媽的醉生夢死，不顧天律國法，為所欲為，爾等藐視翼王的政令，瞞天過海，欺上瞞下，中飽私囊，幹出許多見不得人的勾當！你們他媽的，還有臉穿上黃袍嗎？你有資格當官嗎？數十萬兄弟灑鮮血、拋頭顱打下的江山，我豈能容許你們用險惡的心，骯髒的手來肆意毀掉？你聽著，老子們搞金田起義，為的是什麼？從廣西到廣東，到湖南，到湖北，到江西，到安徽，到福建，到浙江，咱們死了多少兄弟，咱們救了多少苦難的百姓，咱們哪一天不是把天朝的偉業放在心裡，誰又計較過報酬？冬天不畏嚴寒，牙齒敲梆；夏日不畏炎熱，渾身冒油，哪有像你們他媽的如此貪得無厭，盡情享樂，揮霍無度？」

曾錦謙越說越氣憤，肺都快氣炸了。跑到「國宗」的身邊，對「國宗」連打了兩耳光，追問：「哪個要你盜購糧米的？說，你們把糧食藏到什麼地方去了？」

「國宗」儘管被吊得再也支持不住了，渾身汗如雨下，仍不低頭認罪，冷冷地、斷斷續續地說：「你，黑老曾，你吊死我，打死我，我也不告訴你們誰是我的後臺。」

曾錦謙也許是連罵帶氣搞累了，有氣無力地說道：「沒想到，這家王爺養的這條狗，如此忠心耿耿，也許是他的嘴巴很甜，兩條腿跑得很快的緣故吧。來人呀，他的腿長得很，把他的腿鋸掉五寸去；他的舌頭甜得很，把他的舌頭割下來，老子也要讓他知道什麼是酷刑？」

這時曾錦謙抽出了匕首，武士們也拿起了刀斧。說時遲，那時快，正要動刀時，韓寶英風風火火地引著翼王來了。

韓寶英大聲喊道：「曾大叔慢著，翼王到！」

翼王走到曾將軍身邊問道：「聽說你抓住了一位盜運糧米的國宗大人，我就和寶英趕來了。謙哥，到底是怎麼回事呀？」

曾錦謙氣鼓鼓地回答：「就是這個活寶，冒充國宗，盜押九十萬斤糧米的船隊，被我部抓獲。他媽的，這套黃馬褂，好大的威風，竟敢把天條天律都遮蓋住了。我問他到底是哪家王爺叫他這麼幹的，這條狗死也不回答。我看這條狗太忠心實意，太勤快了，給他獎勵了一個『朝天宮』，一個『拜地府』；他的狗腿，比一般人的腿長些，我正準備把他的腿剁短一點哩！」

石達開一目了然，胸有成竹，把他拉到一旁，悄聲地說道：「謙哥，這條小狗哪能會有這麼大的資產，盜購如此大量的糧食呀？又哪有這麼大的狗膽敢穿上國宗的服飾？眼下，東西南北幾位王府的家，都已經鳥飛獸散，只剩下我這個翼王府了，他們還有家嗎？這是癩子頭上的蝨子，明擺著的嘛！」

經翼王這麼一解剖，曾錦謙如夢醒來，直率地說：「那就是天王的兩位兄長當上了竊國大盜！是吧？」

石達開微微點頭，說：「你把他放下來，我來使軟的收拾他。」

曾錦謙說：「弟兄們，看在翼王的份上，給他鬆綁。」

石達開來到「國宗」的身邊，吩咐道：「謙哥，請兩位國醫來，替『國宗』大人治治傷；再令膳食房，請『國宗』大人美美吃一頓，我來陪『國宗』大人喝幾杯！」

石達開以豁達的氣度，談笑風生地把這位「國宗」請往膳食廳，好像安撫一位受傷的將士一樣，笑著說：「對你這位大人，暫時不好怎麼稱呼，只是我的謙哥，他的性情有些過激；不過，可以理解，眼下，困難重重，民不聊生，你就大人大量、包涵包涵吧。」

這位「國宗」大人餘怒未消，氣鼓鼓地說：「翼王殿下，黑老曾千不該對我動此大刑，不瞞您說，我那洪仁發大哥，從來都把我當作上等賓客接待的，他欺辱我，不等於就欺辱天王的大哥了嗎？」

石達開感到果然不出所料，這位「國宗」的確來歷不凡，他不知不覺地包子露出了餡兒，完全可以證實，盜購糧米，是天王的兩位兄長，是他們操縱、策劃、指使的，石達開沒有追問糧米的來龍去脈，倒是很親切地問道：「啊！原來你跟仁發、仁達兩位兄長，非同一般朋友啊！」

「那還用說，要不他怎麼會把國宗的朝服給我穿？讓我押運如此龐大的運糧船隊？」這位「國宗」，滿滿地喝了一口酒，夾了一塊大肉，竟借機自吹自擂起來：「翼王，不瞞您說，那天王的兩位兄長沒有什麼事兒不告訴我的。」

石達開順著這位「國宗」的口氣說：「那是呀，朋友相交，就在於信賴。孔夫子說『與朋友交言而有信』嘛！來，我們交個朋友。」他滿滿地便喝了一杯！

這位「國宗」，看到翼王如此瞧得起他，他感到受寵若驚，又品嘗到包穀酒和這桌好菜，他那種飄飄然的興奮之情，難以自控了，端起酒杯說：「翼王，難怪通軍上、下都稱讚您是最重仁義的王爺，您這麼大的人物跟我敬酒，夠朋友，夠朋友！翼王敬我一杯，我要敬翼王三杯！」

果然，他一飲而盡，樂不可支。霎時間，幾杯燒酒，下了腸肚，話匣子就打開了。從他在廣州花縣結拜弟兄講到他們一起跑單幫，又一直講到如何隱瞞官民人等，在江浙一帶利用什麼手段盜購糧米，在哪兒哪兒盜購多少，講到如何把糧米運到天京城，儲藏到什麼地方，又怎樣控制市場，抬高糧價，倒賣出去，每擔穀能賺多少。如今，洪氏兄弟擁有多少資產，乃至洪仁達盜購鹽鐵，又藏在何處，又賺了多少，全都叫化子過河——全盤托出了。

韓寶英躲在後房，把這位「國宗」講的情況刷刷地記錄了下來。

這位「國宗」也並非失去判斷能力的純草包，他那一對賊眼，緊緊地盯住翼王平和自然的表情，這時才忽然感到：石達開是個非常精明的人物，我講這些事的時候，他沒有說一句話，莫非他是從我的口裡掏出兩位洪大哥的機密……

從此，他結束了滔滔言談。對於洪氏兄弟搜刮民財，危害天國的貪婪行為卻再也一言不發，只是大口大口地吃了不少菜，喝乾了包穀酒，便站了起來：「翼王，今日謝謝您！屈尊大駕陪我這個沒有一點身份的人物痛飲包穀酒，謝謝！」

他正欲準備離去的時候，翼王攔住了他，便說：「『國宗』大人，我看你喝過了一點酒量，請你去王府後殿安安穩穩睡上一宿。你現在行走不便，就不必離開曾將軍這個營帳吧。等你睡足了覺，心情完全舒暢的時候，我再派人請你去作客。」說罷，給守衛人員使了一個眼色，便離開了鎮江侯曾錦謙的江防營帳。

這一夜，石達開辛苦勞累和敢闖敢拼的膽識，不亞於金田起義到天京建都這一段艱辛的歷程。

翼王告別曾錦謙之後，又令韓寶英核查洪仁發、洪仁達的私藏糧米和鹽鐵庫，核實洪氏兄弟近兩年來掠奪的錢財和物資。

一夜的勞累，韓寶英把洪氏兄弟盜購糧米和聚斂錢財的物證、人證都落實了。

第二天早晨，一輪紅日從東海冉冉升起，百鳥離巢，啾啾地歌唱著；玄武湖邊，一些金田起義的老兄弟拄著拐杖在湖邊漫步；王妃們的大宅屋頂上的琉璃瓦在晨光的反照下，放射出五光十色的美豔；下弦月兒在早晨還殘存著，像美女羞媚的神態掛在天壁，一隊鶺鴒小心翼翼地飛了回來，棲息在玄武湖畔的水邊，尋尋覓覓，攝取牠們聊以飽腹的食物；夫子廟的屠工們，宰了為數不多的豬、牛、羊，給菜市場川流不息的顧客們送去。

天京城的軍民百姓們的生活狀況已初步穩定了下來，根本談不上富足，而其中的不少市民由於動亂中被掠奪，不少人還處於饑寒的邊緣線上。百工衙一些無事可做的工匠們，由於幾個月得不到充足的餉銀，他們搖著芭蕉扇，打著赤膊，躺在竹床上，發著牢騷，咒罵著。

前方將士缺糧餉、缺槍彈的信函不停地向翼王府飛來。翼王表面鎮靜，可他的內心裡心急如焚。

這天早晨，他收到韋昌輝的兄弟、在黃州城督師的韋俊的一封咄咄逼人的求援信，其中有不少發洩私仇，凌辱翼王的語句，並威脅翼王，「倘三日之內，仍無糧彈運到，則將倒下天朝旗幟，另謀生路，並將我部以親為仇，不惜身負『反水』之嫌。」

其實，韋軍背叛，早在石達開的預料之中。但他覺得，韋軍所部僅三萬餘人，掀不起多大的風浪，只不過在太平天國的旗幟上抹了一點黑罷了。

韋俊的威逼信恰好給石達開提供了他決意借錢借糧的驅動力。

石達開早就令張遂謀，帶上早已商量起草好的行動方案，率領儀仗隊進宮，晉見天王陛下。天王正在方妃寢宮裡安睡，聽見蒙得恩報稟翼王求見，方妃趕緊催他起床，快手快腳地幫他洗漱穿戴完畢。陪伴天王登上正殿。

石達開看見天王臨朝，與張遂謀、曾錦謙一道，行君臣之禮，跪下喊道：「二兄陛下與娘娘，萬福金安！」

洪秀全說：「達胞平身，免禮。達胞，這麼早進宮，有何急事稟報？」

石達開將一疊前方求援的信和天京城軍民缺衣少食的調查文稿，呈上天王過目。一會兒，等到天王審閱完畢之後，便問：「陛下，臣前日呈送來的奏稟，您審閱過了嗎？」

洪秀全回答道：「看過了。朕還與方愛妃商議過。但不知道你是否有借錢借糧的對象？」

石達開說：「有。在京城，許多王、侯、將、相及其親屬中占了天朝全部資產一半以上的只有兩位國宗大人。」

洪秀全急問：「誰？誰？」

「陛下的長兄洪仁發、二兄洪仁達。」石達開毫不含糊地說了出來。

「呵！達胞有何證據？」洪秀全裝模作樣地吃驚似地問。

張遂謀將一份一份的調查文稿，呈送到天王案前，並一處一處說明哪個地方存放多少斤糧食，哪座聖庫存放多少金銀財寶，在哪裡盜購了多少糧米和鹽鐵，一條一條向天王解釋完畢之後，石達開鄭重而威嚴地說：「陛下，這是公然違抗天條天律，國法不容的啊！陛下，兩位國宗，如此膽大妄為，還派人冒充國宗，押運糧米，陛下您知內情嗎？」

洪秀全被追問得瞠目結舌，斷斷續續地說：「這，這，朕，朕不很清楚……」

方妃見狀，趕緊打圓場，接過話說道：「陛下哪能管得上兩位兄長的私事啊！果真如此，要論觸犯國法之罪，兩位國宗可點天燈，或者五馬分屍，不過，他們既身為國宗，看在陛下的份上，翼王，您就饒了他們吧！」

石達開含笑地說道：「我哪能給國宗治罪呢？只是請陛下恩准，要在他們身上拔幾根毛罷了，借錢借糧該是可行的呦！」

洪秀全處於尷尬的境地，還想為兩位兄長開脫一些罪責，在石達開的言詞中找點岔子，慢吞吞地問：「達胞，你剛才說他們派人冒充『國宗』，押運船隊，難道真有此事？」

曾錦謙大聲說：「怎麼沒有？身著黃袍大褂，押送船隊的那個大人物，還是我部下抓獲的呢！」

洪秀全慌忙問道：「人呢？」

「我早料到陛下會要人證的。小臣已把他帶進宮來了。」曾錦謙胸有成竹地說，接著朝後面望了望，喊道：「把那個冒牌貨押上殿來！」

只見兩個侍衛把那「國宗」五花大綁，押上來了。那「國宗」一見天王，連忙跪下，不停地磕頭。說著：「天王萬歲，萬萬歲！饒恕小人冒充國宗之罪。」

洪秀全勃然大怒，拍著聖案，吼道：「你這賊子，竟敢玷辱皇家聲譽，罪該萬死！我問你，你這黃袍是從哪裡來的？」

「國宗」答道：「是我的拜把庚兄洪仁發給我的。」

洪秀全又問：「你護身腰牌又是誰給你的？」

「國宗」答道：「是他老弟洪仁達給我的。」

洪秀全怒不可遏地吼道：「把那兩個敗類喊來對質！」

蒙得恩飛跑而去，一會兒又飛跑而來，氣喘吁吁地領來了二位國宗，他倆滿不在乎地來到大殿，好像在廣東花縣老家一樣，洪仁達大模大樣地喊道：「喂，老三，我們哥倆正在鬥蛐蛐兒，眼看大哥就要輸了，你幹嘛找我們呀!?」

倒是老練於世故的洪仁發，一見穿著黃袍的那位假國宗，頓覺大事不妙，跑上前去，對著那「國宗」就是兩耳光：「你這個強盜，把我的黃袍偷了，老子要宰了你！」

洪仁發這麼一吼叫，幾乎把所有的人都驚醒了。當時，石達開和方妃，心中像明鏡似的，洪仁發要殺人滅口了。

當冒牌「國宗」猝不及防，弄不清洪仁發的意願時，只是結結巴巴嘀咕道：「這黃袍，不是……是……不是……」

石達開見狀趕緊問道：「這黃袍難道不是天王長兄的嗎？」

假「國宗」答道：「是，是……」

「是嘛！那必然就是你偷的喲！」石達開故意說。

方妃心領意會地補充說：「你這賊子，膽敢偷盜王府寶衣，罪該萬死！」

洪秀全就樹爬高似地吼道：「這賊子該殺。殺，殺，殺！」

聖命一下，蒙得恩飛快地動作，像老鷹抓小雞，便將「國宗」推出殿外，一刀剁了。

這場假把戲演到這裡。可翼王借錢借糧的奏稟一事，便順水推舟似地催稟道：「陛下，為解軍民燃眉之急，請求借錢借糧的事……」

洪秀全心煩意亂地開了金口：「准奏！他們倆有錢有糧，你就向他們借吧！方愛妃，由妳全權處理。」說罷，天王便退朝回到後宮去了。

在大殿裡，一場借與不借的較量開始了。

既然天王已對翼王的奏稟，說出了「准奏」二字，當然就是金口玉言了。

石達開如同接過了尚方寶劍，方妃也就有了暗中幫翼王使勁的動力；而洪仁發、洪仁達，就好像喉嚨管裡扎進了一根魚刺，吞吐不得只好哭喪著臉，幾乎異口同聲地對石達開說：「翼王，軍民缺衣缺食少槍彈，怎麼能找到我們頭上來呢？」

石達開微笑著說：「找二位國宗伸手，一則因二位威高勢大，你們施捨一點，可為天王陛下爭光，二則你們精通經略之道，這幾年財運很好，成了天朝首富，本著《天情道理書》之宗旨，『有飯人人吃，有衣人人穿，有錢人人使』。二位國宗，天朝軍民平等，眼下，他們饑餓難忍，你們看得下去嗎？你們從這些人的身上榨下來的油水，喝得下去嗎？」

洪仁達歪著脖子辯解道：「我們哪裡有錢糧？天朝人人平等，我們還不是跟你們一樣的，你掌管朝政，喝老百姓的油水未必比我們少些？」

洪仁達這番話，對翼王是莫大的污辱，韓寶英再也忍受不了了，她把翼王的朝服脫了下來，露出了補丁加補丁的內衣，幾乎哭訴著喊道：「國宗大人，我爹過的是什麼日子，你們知道嗎？他除了朝廷賜給他的王服外，哪件衣服不是我一針一線給他縫補的呀！哪年發給他的餉銀不是救濟了窮苦百姓？他沒有亂花過錢，也不懂得如何花錢，你們玷辱我清政廉潔的父王，多麼卑劣，太可恥了！」

曾錦謙扯著喉嚨吼道：「你們身為國宗，顧名思義，應該是國家的祖宗，起碼要像個人樣。現在，你們倆把天朝的財源幾乎擄盡了，還公然撒謊說沒有錢糧，早知你們洪家出了爾等這種吸血鬼，我就不得參加金田起義了！」

洪仁發勃然大怒，就好像抓住了曾錦謙的把柄，一語千斤地逼問道：「黑老曾，看來你露出了反骨，難道你參加金田起義後悔了嗎？天王陛下封了你為侯爵，還不夠嗎？」

曾錦謙毫不示弱，針鋒相對地說：「我封侯爵是我的血和命換來的。而你們幹了些什麼？老子們拼命的時候，你們還在廣東跑單幫哩！」

雙方爭執不下，眼下這個暴烈如火的曾錦謙和兩位威高權大的國宗，爆發出短刀相接的拼鬥了。

非常深謀老練的張遂謀，立即出面，打了一張和牌，站在中間和解道：「各位大人、錦謙老兄，你們都是朝中重臣。常言說得好：『家醜不可外揚』。咱們都是老兄老弟了，怎麼可以把一些醜事張揚出去呢？好啦，好啦。二位國宗就多少表示一點。連春秋時期的墨子都能夠做到摩頂放踵利天下哩，千萬莫學那個『拔一毛而利天下不為也』的楊朱呀！」

張遂謀的幾句話，語言說得很輕，份量卻下得很重。石達開深邃的兩眼覺察到了洪仁發臉上極其尷尬的表情，翼王這才警告似地說道：「二位國宗，我們決意向你們借糧、借銀，是出於敬意，可別敬酒不吃吃罰酒哇！既然陛下恩准了本王的奏稟，我們也就只得按天條天律行事了！」說罷，便對張遂謀、曾錦謙命令道：「回府！」

午夜時分，天京城裡，再一次出現人聲攘攘、車馬奔馳的局面，守城的親兵們，全副武裝護衛著一輛一輛滿載錢糧貨物的大車，向著一幢一幢的「聖庫」開去。儘管人聲、戰馬的嘶叫聲、大車的滾動聲，鬧得天京城徹夜不寧，然而這次行動完全是有條不紊地進行著，因為這次行動是早已安排妥當了的。

原來，洪氏兄弟在京城裡將金錢物資暗藏在一百三十八處秘密點，早已被翼王府的執事人員暗中核實得清清楚楚。在翼王的周密部署下，在城防重要人物曾錦謙的具體指揮下，哪幾個窩點的東西運往哪一座「聖庫」，就好像一幅作戰圖一樣，一目了然。

這天晚上忙得黑汗水流的曾錦謙和張遂謀心情非常激動。曾錦謙打著哈哈說道：「丟他個老姆，這下好了，別說發三個月的糧食，吃三年也夠呀！咱們翼王這個借字，比諸葛亮『借東風』也不得差哩！」

張遂謀望了望曾錦謙，放低聲音說：「謙哥，翼王這幾著棋吃掉了國宗大人的『車、馬、炮』，他們心裡舒服嗎？」

曾錦謙滿不在乎地說：「他們不舒服又敢把老子怎麼樣！連天王府的侍衛親兵都是由老子派駐的，老子怕他個鳥！」

這個質樸豪爽的大漢，反過來以教訓的口氣對張遂謀說：「我告訴你，凡是對老百姓有利的事，凡是對天朝江山有利的事，你只管放心大膽地幹，沒錯！」這時，他非常激動。因為有這次大收獲，又笑著補充說：「你們這些文墨多的人，總是猶豫不決，斯斯文文的，連吃狗肉都沒我吃得香。」

他們倆一文一武，指揮了這次借錢借糧的大行動。一天一夜，順順當當地把京城的幾座大「聖庫」裝得庫盈倉滿。當他們領著幾名指揮大將回到王府向翼王稟告的時候，一個個臉上都樂開了花。曾錦謙眉飛色舞地高聲嚷道：「翼王，真痛快！痛快！明天就可以通告全軍，發放糧餉！」

石達開總把喜悅藏在心裡，他非常鎮定地對下屬們說：「一天一夜，也都辛苦了！你們回去好好地洗個澡，美美地吃頓飯，安安穩穩地睡個覺。遂謀，你還得多勞累一點，你讓那些財神爺，把許多個『聖庫』的清單認真歸總一下，到底有多少財寶，多少糧米，多少鹽鐵，以便我安排行事，好吧，各位回府去吧。」

張遂謀率領他的「筆桿子」們，進行了徹夜清理，分類整理出來了一批清單。

恩准丞相張遂謀確也足智多謀。他在向翼王呈送清單時，又帶好起草的事關百姓利益的國策，即依據所收繳的財物，按太平天國轄區的老百姓的官稅負擔，足以免稅半年，建議翼王昭告天下免捐免稅。這一舉動完全符合甲寅四年翼王在安徽撫民的策略主張。

石達開接過清單和國策書，高興地說：「遂謀有謀，你的國策書和我想到一起去了，老百姓飽受動亂之苦，該讓他們休養生息了。那你就還勞頓一下，把免捐免稅的項目、數額、時間、條件等等都一一闡明清楚。行嗎？」

張遂謀聽了，心領神會，滿口答應：「很快即可辦成。只是清單的事……」

石達開問道：「你覺得還有後患嗎？」

張遂謀點了點頭：「我們在熱火朝天地借錢借糧……」

石達開緊接下句：「人家卻在背後罵爹罵娘！」

兩人同時心照不宣地笑道：「我們又想到一起去了。」

石達開說：「這事兒我早就思慮過了，好似兩位國宗的心肝寶貝兒子叫別人抱起跑了，心裡能舒服嗎?他們不把石達開的祖宗八代罵夠才怪哩!可為了軍民，我就顧不了他們舒服不舒服了。」

張遂謀補充道：「周朝搞了井田制，觸犯了王公士大夫的權益；王安石變了法，老百姓都得到了益處。儘管有過風波一迭，乃至幾迭的危險，總還是挺身而出過來了。只要老百姓得到了實惠，還管那麼多幹啥！」

石達開敞懷大笑道：「如今印把子、刀把子都在我手裡，諒他倆也翻不起多大的浪花來。」

三天以後，太平天國京城出動了運載貨物的船隊和車隊，把「聖庫」裡的財物運往前線陣地；太平天國左輔正軍師、翼王石達開的政令，昭告天下，宣布自丙辰六年十二月一日起，至丁巳七年六月一日止，半年之內，所有窮戶人家一律免捐免稅。

石達開的政令，及其從京城派出的車隊和船隊，抵達浙、鄂、皖、蘇、湘、閩多部營帳之後，前方將士視為雪中送炭，士氣倍增。陳玉成和李秀成針對曾國藩的瘋狂進犯，他倆開始周密策劃調兵遣將，準備一場全殲曾國藩的大戰。而太平天國所管轄的各省民眾，看到翼王石達開免捐免稅的昭示之後，那死寂般的廣袤農莊，頓時像開水鍋似的沸騰起來，老百姓向各地的官府敲鑼打鼓送來「澤被萬民」、「千秋德政」、「解民倒懸」等匾額，甚是感人之極。

太平天國重新煥發了青春。沉默了一段時間的那首民謠又傳誦起來：

板凳搖搖，
上街瞧瞧，

太平軍來沒來，
來了把門開開。

這首流傳各省的歌謠，更加深入人心，連小孩子們都會唱了。「簞食壺漿，以迎王師」又成了現實生活的寫照。

話說洪氏兄弟，他們在幹什麼？石達開的思慮也成了事實。洪仁發、洪仁達的心頭在滴血，他們罵爹罵娘的聲浪不絕於耳。

有一天，天王的兩位哥哥，得知一百多處的私庫財物全部被翼王借走之後，來到天王的金龍殿，正碰上天王率領著妃嬪們，面對天父天兄神像在祈禱，洪秀全吟道：「天父天兄有靈眼，賜生秀全福壽全，開疆拓土仰上帝，一統江山萬萬年。」但見洪秀全每吟一句，妃嬪們就高聲唱和。金龍殿熱熱鬧鬧之時，洪秀全的二位哥哥闖了進來，洪仁發吼道：「老三，你就別吟這個萬年經了，如此下去，只怕一年都保不住你這個龍位了。」

洪秀全若無其事地說：「大哥，休得胡言，朕有天父天兄保佑，誰敢輕舉妄動？楊秀清、韋昌輝圖謀不軌，不都身首異處，罪有應得了嗎？」

洪仁達含沙射影地說：「只怕又有人比楊秀清更厲害呢！」

洪秀全警醒地問道：「你是說石達開？」

洪仁發說：「正是。」

洪秀全滿有把握地笑道：「不會，不會的。金田起義的六兄弟，如今只剩下朕和他了。我倆是同舟共濟呀！」

洪仁發悲哀地喊道：「你靠他嗎？老三呀，你好糊塗呀！」他邊哭邊吟唱：

你好愚，你好迂，
還像在花縣讀死書。
不識那濃雲之中藏暴雨，
不識人心難測曲裡拐彎好崎嶇。
你曾對東王事事都讓步，
他卻把你當死豬；
你曾輕信北王甜言和蜜語，
他領兵逼宮把你當死魚。
稱兄道弟他們處處都欺主，

你還不醒悟還在念經書。
老三呀老三，
我們為你氣炸了肺氣破了腸和肚。

站在一旁的洪仁達，趁此火上加油，接過洪仁發的胡唱，又是一段淒婉哀切地說道：「老三，再這樣下去，別說你當不了萬歲爺，我看你不久要餓死街頭呀！」

洪秀全斥責道：「你也在胡說八道了！朕的私藏府庫，八輩子也吃不完，哪個皇帝老子是餓死的？」

洪仁達說：「老三，我看你是蓋橫了被褥還在做大夢喲。我們三兄弟建立的一百多處府庫，全都被石達開借光了。」

洪秀全大驚失色地問道：「啊，他說是借錢借糧，就只是借我們洪家的？你快說說，他是怎麼借的？」

洪仁達哭喪著臉繪聲繪色地唱道：

那一日，

我在秣陵府第選茶葉，
來了一群兵老爺，
有威風，不粗野，
笑容可掬送上翼王的大名帖，
幾張借據他親筆寫，
借糧米，借珠寶，
借我洪氏的金銀鹽銅鐵。
他威高權大我怎敢惹，
我忍氣吞聲暗自嗟！
不答應吧，
怕給咱洪家結冤孽；
答應吧，
又怕虧了你萬歲爺。
我好似老鼠鑽風箱——
兩頭受憋！

洪秀全漲紅著臉問道：「後來怎麼樣？」

洪仁達垂頭喪氣地回答說：「我只好睜一隻眼、閉一隻眼，讓他們搬。」

洪秀全大怒道：「大哥，當時你怎麼不派人來稟告我一聲呀？」

洪仁達反駁道：「你是金口玉言說了恩准了的嘛？我們還敢放個屁？再說，天京城各位王家的侍衛親兵哪個不是黑老曾的部屬，我們調動得了嗎？」

洪秀全絕望似地問道：「這麼說，我們在秣陵路的一點看家本錢也搬完了喲——」

洪仁發說：「都搬光了，只留下一堆借條。喏，你看。」

洪秀全翻閱那一張張借據，渾身發抖，大汗直冒，兩眼放射出凶光，腦袋嗡嗡作響，大喊一聲：「天啦！」癱坐在龍位上——

天王到底是氣死了呢？還是要重振龍威呢？該又有了什麼新的決策呢？欲知後事，且看下回分解。

第七回

天王府翼王府妙計各展
兄弟情兒女情異曲同工

話說洪秀全發抖的雙手拿著一堆借據，氣得兩眼發白，倒在龍椅之上，把他的一班隨身侍從、嬪妃和兩位兄長，人人都嚇得手足無措，提心弔膽，擔心天王一命升天。

洪氏兄弟在殿前大呼：「太醫快來呀！」

正當他們驚慌狂呼亂叫之時，洪秀全呵責道：「喊什麼?大驚小怪的！」

洪仁達嘻嘻笑道：「剛才，我還以為你會嗚呼哀哉咧。」

洪秀全罵道：「放屁！朕乃天父之子。天父沒有詔令我升天，誰敢動我一根毫毛！」

洪仁發說：「這你就別過於自信了。天父沒有動你的一點財物，怎麼你的金銀珠寶和糧米，一下子別人就可以搬走光了?」

洪秀全無可奈何地說：「千怪萬怪，只怪那楊秀清、韋昌輝，成天到晚明爭暗鬥，互相撤臺，把個好端端的天朝，鬧得雞犬不寧。他們發亂，死了那麼多的人，把朕的頭腦弄得稀裡糊塗了，哪管得上朝政和前方的征戰？」

洪仁發說：「是呀，你不過問朝政，別人可就日以繼夜、挖空心思，乃至拼下頭顱來抓這個印把子了！楊秀清如此，韋昌輝如此，嘿嘿，現在……」

洪秀全敏感地問道：「你是說石達開也如此？」

洪仁發狡猾地回答道：「我看啦，哎，只當我什麼也沒說。倘若說走了嘴，你一怒之下發了脾氣，我這個吃飯的傢伙就得搬家了。」

洪秀全下了龍位，來回在殿堂走了幾步，自言自語地說：「那倒不至於……」

洪仁達跟在洪秀全的屁股後面說：「老三，什麼不至於、不至於的呀！上回我懷疑方妃會偷人，你一怒之下，差點剁掉我的腦袋。如今你是萬歲爺了，金口玉言。大哥如果說錯了的話，你還不照樣嚴辦？」

洪秀全反身說道：「你嘀咕些什麼東西呀，我說那倒不至於是指什麼事說的呀！」他輕輕地把手一揮，蒙得恩領著隨身男女侍衛退了殿，只留下二位兄長在旁。

少頃，他輕聲說道：「大哥的意思我聽懂了，你們以為除掉了楊、韋二賊，石達開也會是跟他們一樣的貨色。我說的那倒不至於，指的是石達開不至於像楊、韋二賊那樣壞！楊秀清是個不重情義的人，連秦日綱、黃玉崑這樣的王侯他都要鞭打，可石達開仁義為懷，滿朝文武無不稱讚他這一點。」

洪仁達說：「我看你真是個書呆子！如今誰相信得誰？『畫龍畫虎難畫骨，知人知面難知心』呀！你曉得石達開肚子裡藏的是一顆什麼心？我看啦，他比你厲害得多。」

洪秀全問道：「此話怎講？」

「我說不明白，還是大哥講吧。」洪仁達推諉道。

洪仁發把洪秀全的表情斜瞟了一下，似乎感到天王將透露什麼妙計似的，便慢條斯理地說：「有句古話『智者千慮，必有一失』呀。可身為天子的人，就失誤不得一著棋呀。所謂『一失足成千古恨，再回頭來百年身』。老三，你沒有警覺到楊秀清、韋昌輝的險惡用心，釀成了這樣一場大災難，損失多慘，走了多大的一段彎路喲！可現在掌管軍政大權的石達開，他的那顆心你摸透了嗎？」

洪秀全反問道：「你又摸透了嗎？」

洪仁發說：「我不懂，我只會就事論事。他一回朝，就使出了他的殺手鐧，來了程咬金的三板斧：第一，斬殺開國元勳秦日綱，既報了私仇，又獲得了名聲；第二，收繳皇親國戚的錢、財、糧、物，樹立了他個人的威望；第三，發放了全軍的糧餉，免除了老百姓的捐稅。他的這三斧頭，軍民人等把他的恩德和威望當歌唱哩！老三，他這深得民心的三板斧，哪一件是以你的名義主持的？我看你呀，你身在龍位，可坐的是冷板凳呢！」

洪秀全早已成竹在胸，大哥的這一番說教，在他聽來，並不覺新鮮。他畢竟是一位風流人物，畢竟闖蕩出了這麼大一片江山。他畢竟不是個窩囊廢。他的大哥洪仁發只是講了別人不敢講的話而已。而事實上，從石達開回朝主政以來，他幾乎時時刻刻都在留心翼王的一舉一動。然而，令他做夢都沒有想到的是，在他們洪氏兄弟磋商國事大計之前，那位胸有城府、智慧超人的方妃，因為看不得兩位兄長的神態，聽不得他倆吐字發聲，早已暗暗地退下殿去，可她非常敏感地覺得他三兄弟必有心裡話密談，便輕手輕腳地躲入龍位的屏風背後，將他們談話的內容，全都裝進了記憶的倉庫。

最後，洪秀全向二位兄長說：「你們的講話，不是完全沒有道理，到底還是同胞兄弟，骨肉相親。依你們之見，我該如何對付翼王？」

洪仁達說：「喊咻咔嚓，派人一刀——」

洪仁發罵道：「活草包！你這樣是要老三當千古罪人！殺了石達開，他的龍位會坐不了三天。依我看，軟對付，在這個『權』字上下功夫，抓住他的某件錯事，給他個厲害瞧瞧！」

洪秀全開朗地笑道：「不，你們講的主意都錯了。我不僅要保住他的爵位，還要給他加官晉爵，授予最高榮譽，頒詔天下，欽封石達開為『義』王！」

洪仁達不解地問道：「他不早就是翼王了嗎？」

洪秀全解釋道：「這個是仁義的義字，義王乃仁義之王嘛！不過到時候，我也還有殺手鐧哩！」

洪仁達問道：「你有什麼殺手鐧？」

洪秀全盯了他一眼，嚴肅地說：「你的嘴巴不穩，就別問了。往後，該你說的話要看場合、看對象說，不該說的話，就別說一個字。」

說罷，三兄弟各回各的小天地去了。

在他們三兄弟分手之前，方妃早已無聲無息地閃出了大殿。回到寢宮，若無其事地照常處理文書案卷。

她的女侍告訴她，天王今晚到賴后那裡去了。方妃急忙草書一張紙條，令親信女侍秘密送往翼王手中。

翼王府裡寂靜無聲。各衙各署的執事人員都安歇了。唯有翼王的寢房裡射出道道燭光，把寢房照耀得那麼輝煌。寢房的左右坐著他的親臣和武將。

翼王背著手，來回地走動，韓寶英忙於給各位伯伯叔叔們沏茶送煙，翼王就像一位教師一樣，給他的部下講課似的，談吐自如，滿堂氣氛顯得相當和諧。

今晚的會議，中心議題是翼王點兵點將，在江西湖口跟曾國藩決一死戰。

太平天國目前的戰爭局勢，形成了與敵對峙的局面。天京上游，儘管長江主幹道已經被太平軍疏通了，但許多支流線，比如贛江、漢水和陸路上的驛馬大道，都被敵人切斷了。糧道與貨運車馬，不能與京城暢通，隨時都有被清妖扼殺喉頭的危險。

石達開認定：盤踞在湖北的胡林翼的楚軍，不足為慮；李鴻章和左宗棠的勢力尚不足以對太平天國構成威脅；而最兇悍的、且經過嚴格訓練的首要對手，則是曾國藩率領的湘軍。

曾國藩精通兵法，素來愛兵愛民，且有號稱天下第一水師的楊載福幾年精心培育的一支龐大的艦隊。曾國藩的親信將領們，比如李續宜、李續賓兩兄弟和他自己的兩個親兄弟曾國荃、曾國華，都是智謀超群、驍勇善戰的名將。曾國藩把石達開視為眼中釘，石達開也把曾國藩視為肉中刺。

在十九世紀五十年代的中國，政壇和戰場上的這一對冤家結成了，而且越結越深，兩兵相鬥，各為其主。鏖戰的場面，經過雙方醞釀，各自的兵力都向湖口一帶結集。

在臨戰之前，石達開急令他的將領們來到了翼王府，好像一次實戰演習似的，湖口之戰的態勢圖，身為主帥的翼王已經繪製出來了。

翼王問吳如孝：「你的口袋是怎樣打開的？」

吳如孝站起來回答道：「按翼王之令，我用諸葛亮『木牛流馬』之法，在湖口水陸上布置了一個迷魂陣，眼下，我的部隊還在那裡流動哩！」

接著，翼王又問李秀成：「秀成兄弟，你的網撒開得有多大？準備了多少人拉網？」

李秀成笑嘻嘻地回答道：「我這個網，距湖口外圍三十里撒開，十萬五千名精壯兵力拉網。主要任務是逮住李續賓、李續宜兩條大魚。」

石達開環視四周，便詢問大家：「那麼，楊載福的水師呢？」

陳玉成異常詼諧地回答道：「懇請翼王把這塊肥肉送給我吃了吧。」

翼王笑著問：「你怎麼吃法？」

陳玉成喊著韓寶英：「寶英姑娘，請妳拿支筆來。」

韓寶英問道：「你們在這裡論戰，是不是要我作個紀錄？」

陳玉成說：「不，只要妳給我支筆就行了。剛才，翼王問我怎麼樣吃這塊肥肉，我要跟翼王玩點文字遊戲。」

韓寶英很快拿來了筆，交給陳玉成。

陳玉成便笑盈盈地走到翼王面前，謙虛地懇求道：「翼王殿下，赤壁之戰時，諸葛亮和周瑜，較量了一次智謀，不用口，只用筆，結果英雄所見略同。我小弟現在向翼王請教。翼王，請。」

石達開接過筆，高興地在手上寫了一個字，把筆又交給陳玉成：「請。」

陳玉成遵令也寫下了一個字。

這時，張遂謀和曾錦謙扯起大喉嚨喊道：「現在，亮牌——」石達開與陳玉成各自把寫的字進行攤牌，兩人手上都寫下個「火」字。頓時，將領們都喊道：「好樣的！好樣的！將帥同心，戰無不勝！」

石達開高高興興地說：「可見，陳玉成兄弟，對楊載福的水師瞭如指掌。曾妖頭的水師提督楊載福這個老傢伙，在洞庭湖建立水師，打造戰艦，從洞庭湖的風浪中起伏摔打，順長江而下，直指鄱陽湖，威風凜凜，不可一世，水上稱霸，欺我太平軍只能陸戰，不能水戰。他與曾妖頭搞了個五艘戰艦相組合編隊，這可避免單一為戰和為對方各個擊破的危險。五艦一體，好像誰也奈何不得似的。前不久，韋俊在黃洲想攔截一陣，結果在赤壁之下吃了個大虧。這次，曾妖頭又把楊載福調集在湖口，企圖鎖住我軍的咽喉。在座的各位，你們聽聽陳玉成的錦囊妙計吧。」

陳玉成這位英姿勃勃的小將，好像勝券在握似地侃侃而談：「各位兄長，翼王殿下曾經教我讀過一篇文章〈李陵答蘇武書〉，意思是教導我，終生懷有鏖戰沙場之志。文章說的是漢朝的大將李陵，率領五千人馬，與匈奴十萬大軍血戰沙場的壯烈事跡。他以五千之眾，對付十萬之軍；我現在，以一葉扁舟，對付楊載福的五艘戰艦，就要把他們燒得寸木不存、片甲不留！」

曾錦謙倚老賣老地質問道：「小兒子，你別吹牛皮吹破了，人家五艘戰艦，好大一堆龐然大物，你小子的一隻小船，想幹掉那大傢伙，談何容易啊！」

陳玉成拱手答道：「老前輩，我的小船，絕對不裝刀槍箭矢，船頭船尾，兩名喬裝漁夫的聖兵，輕悄悄地靠攏戰艦，兩桶煤油一潑，一把火一點，我的聖兵便朝水中一鑽，等那些妖頭燒得喊爹叫娘、烏焦巴躬的時候，還不曉得哪裡來的天火送他們歸陰哩！」

石達開非常滿意地補充道：「這叫火攻戰術。」

在座的將領們，又一次爆發出熱烈的掌聲。

韓寶英趕緊送上一杯茶，親切地喊道：「陳大哥，發火之前，請你先喝一杯水，祝你火到功成！」

石達開最後叮囑眾將領：「各位兄弟，馬上回營。按照部署，火速行動，作好準備。三天之後子時三刻，由吳如孝將軍的疑兵大隊，打響第一槍，以示進攻的信號。李秀成拉開的大網，全線的排炮一起響，把他們從睡夢中打得驚慌失措。接著，我和曾錦謙大哥，率領萬人馬隊，以迅雷不及掩耳之勢，直插曾國荃、曾國華的大營，陳玉成獨有的水師……」

曾錦謙打斷翼王的話說：「翼王，嘿嘿嘿，他這算什麼水師喲，戰艦都沒有一艘！人家楊載福那個老妖頭有三百多艘戰艦，那才叫水師咧！」

石達開說：「嘿，謙哥，你別瞧不起我們自己的水師咧，陳玉成的二、三百人的水師個個都訓練成了《水滸》中浪裡白條式的人物，小兵打大仗，以弱勝強，古今中外的戰場上屢見不鮮！」

陳玉成笑著對曾錦謙說：「曾大叔，你別瞧不起我這個小傢伙，我這回就要跟那個楊妖頭較量較量！」

曾錦謙善意地鼓動他一句：「老子祝你這仗大獲全勝，回營後到我那裡去犒賞你，吃『蛇羹』、『龍虎鬥』、燜狗肉，外加包穀燒，讓你小子吃個夠、喝個夠！」

石達開打斷他的話說：「謙哥，別說吃的喝的了。我補充說兩句，玉成兄弟，這場大決戰，能否大獲全勝，能否打掉湘軍的囂張氣焰，取決於你的水師能否在鄱陽湖上重演一曲火燒戰艦的讚歌呀！根據我獲得的軍情，曾國藩這個老妖頭的指揮船，就設在楊載福的一號戰艦上，到時命令你的『浪裡白條』們，一定要逮住這條大泥鰍！秀成兄弟，李續賓、李續宜哥倆，都是年輕好強的妖頭，他們既野心勃勃，又詭計多端，我料想在湖口大戰激戰之際，這兩個狡猾的妖頭，不會跟我軍硬拼，趁吳如孝的主力撤走之後，這兩個妖頭一定會回師奪走寧國府，逼往寧國府的途中，你要在崇山峻嶺之間設下埋伏來個突襲，攔腰截斷，力爭全殲！」

石達開部署完畢。眾將領幾乎人人都心有靈犀一點通，一個個意氣風發。他們將按照翼王的部署，再演一曲華夏民族發生在江西鄱陽湖口的「赤壁大戰」，或者是像苻堅所指揮的「淝水大戰」。這是後話。

當將領們離去之後，不一會兒，方妃所派遣貼身女侍，名叫媚莉，急沖沖地來到翼王的面前，什麼話也沒有說，只把方妃親筆寫的一張字條交給了翼王，掉頭就跑了。

石達開把密封的字條打開一看，上書：「疑忌迭生，謹防大權旁落。」

翼王閱畢，他捧著這小小的字條，好像捧著一隻難以下手的刺蝟，扎得他雙手疼痛，心裡出血。

翼王從天京脫險，就早已敏感到，方妃在真心實意地保護著他，關照著他。今天這一張小小的字條，儘管沒有寫任何的事情，但他卻已看懂了方妃的用意，在於提醒他觸犯了龍顏，不然，她不可能用「謹防大權旁落」這樣的警語。

借錢借糧之策，在實施以前，石達開不是沒有考慮、擔心天王出面阻撓；但他相信洪秀全畢竟是聖明的君主，能夠以國事為重，所以當他獲得「准奏」的聖旨以後，義無反顧地、而且是雷厲風行地收繳了洪氏兄弟的錢、糧、物。

現在，翼王相信方妃提供的情報是非常可靠的，而且判定天王必然對他的行動產生了抵觸情緒；進一步斷定：也許在收繳的這些錢、糧、物之中，肯定還有天王的私藏部分；還可以斷定，天王的兩位兄長，必然在天王面前做了小動作。而他們之間畢竟還是同胞兄弟呀！我石達開捅了漏子，後果將是怎樣的結局呢？方妃警示「謹防大權旁落」，想必就是為借錢、糧、物所掀起的風波吧！

從金田起義以來，石達開由於品德高尚，才氣過人，屢建奇功，而且在太平軍中，實權最大。洪秀全一直把他看成親如手足的達胞，視作羽翼他一統江山的股肱之臣。所以，在永安封王時，洪秀全把他列為核心首領人物之一，列為同是天父之子的親弟兄，封為五千歲，以年齡排行，稱為「幼弟」。

在戎馬倥傯、烽火連天的歲月裡，洪秀全、石達開兄弟之間，幾乎沒有分過手，更沒有發生過大的意見分歧，那真是水乳交融、情真義篤的弟兄啊！

那時，大至建國大計，作戰方略，小至飲食起居，家務瑣事，都無所不談，無所不交流。甚至跟女人們的隱私，二人之間，都可以推誠相見，調侃逗笑，他們兩人之間不存在任何隔閡。

楊秀清企圖篡權自立，直接威脅到洪秀全的龍位時，洪秀全首先考慮的忠臣良將，便是石達開。他在給韋昌輝、石達開下密詔，令他們勤王靖難的第一個被挑選的對象也是石達開。

不料，韋昌輝先下手為強，而石達開卻按兵不動。這不僅不影響洪秀全對石達開的好感，當韋昌輝擴大事態、瘋狂大屠殺的時候，他反而覺得石達開處事穩重、老練，越發增強了他對石達開的信賴。

所以，當翼王回朝，天王在迎接他的儀式上，兩人緊緊擁抱在一起，淚眼滂沱，成千上萬的人們，看到那個場面，人人都說：「這才是真正的兩兄弟呀！」

洪秀全和石達開兄弟相稱，那是他們崇奉的虛無縹渺的天父而自命的人員關係，而洪秀全與洪仁發、洪仁達的關係則是同父同母血緣相連的骨肉關係。兩者的感情平衡，洪秀全心靈上天平上的砝碼，哪一邊偏重一點呢？不言而喻，洪仁發、洪仁達儘管是輕得僅僅只有四兩，可四兩壓千斤呀！這是力學原理。因為，中國人的心理上的巨大能量，血緣、親緣比一切一切的「緣」都會顯得重要。任何一個朝代的帝王，他都會把江山傳給他的血緣或親緣的後代。

洪秀全生活在十九世紀中葉的年代裡，他不可能超脫他所生活的那個時代；更何況石達開捅了這個大漏子，不僅得罪了他的親哥哥，並且挖掉了他本人防生保命的聖庫。當兩位親哥哥藉石達開收繳錢、糧、物的舉措，挑撥洪、石之間的兄弟關係時，就好比在洪秀全怒火燃燒的鍋裡，又潑澆了一桶油。

位尊九五的天王，他能容忍石達開淩駕於自己的頭上嗎？他怎麼不會猜疑又是一個「楊秀清」在他面前「挾天子以令諸侯」呢？他必將採取強有力的手段，來對付這位在朝中立足未穩的翼王五千歲了。

他對付的手段是怎樣的，這是後話。

現在，我們要敘述翼王在接到方妃的字條以後，心裡的波瀾頓時升騰起來。他已經敏感到，已經觸犯了天王和他的親兄長，但不相信會跟他馬上翻臉，更判定天王不敢輕易對他採取什麼斷然措施，爭奪他的軍政大權；他也相信天王除了自己，暫時還物色不到一個權威的人士來替換他的職位。儘管天王如何對他不滿，也不會在短時間之內，割斷幾年的患難之情。這樣思考的結果，石達開心情又舒展了。這一夜，思考的點點滴滴，沒有向他的親信們透露一字一句。

石達開把最大的歡樂藏在心裡，把最大的憂愁與痛苦也藏在心裡。人說翼王喜怒不形於色。按照軍界一般狀況來概括，大概就是將帥風範吧。

石達開理清了這場矛盾鬥爭的脈絡之後，他確定了一個具體的行動方案。那便是，要搶在時間的前頭，打開一個新局面，重振軍威，殺一殺曾國藩妖頭的兇焰，給閤朝內外、通軍上下展示一下新的戰績、新的政績。

醞釀中的湖口之戰，便是此番較量中的中心焦點。

倘或大戰告捷，那麼，洪氏兄弟和天王，怎樣撼動他的權威，也就無能為力了。

石達開想到這裡，心情愈發快活起來，他全身的毛孔都沁出了熱汗。他逗步到房門口，喊了一聲「寶英」。

韓寶英早已進入了夢鄉，忽聽父王一聲喊叫，立即醒了過來，披上衣服，下得床來，便問：「爹，什麼事啊？」

石達開說：「老子睡不著，出了一些汗，妳給我到廚房裡擔兩桶熱水來，我想痛痛快快地洗個澡。」

韓寶英遵命而行，不一會兒，挑來兩大桶熱水，倒進了浴洗室的澡盆裡，反身就說了聲：「爹，您洗吧。」她便挑著空桶出去了。

石達開進了浴洗室，全身汗涔涔地，感到很是燥悶，僅將門一推，便迅速脫去了衣褲，一絲不掛地跨入盆中。他躺在盆裡，微微的熱氣繚繞著，好像神仙進入了宮殿，舒適無比，不覺飄飄然、蕩蕩然。這時，什麼國家大事，前方的戰事，幾乎全都不在他的腦海裡了。生理上的享受，占領了他心理上的一切領域。

他拿起浴巾，在頸部、背部、胸部、腹部進行強有力的擦拭，皮膚都擦紅了，手也覺得累了，動作逐步緩慢起來。

這時，他不自主地想起了黃氏夫人，想起了那甜甜蜜蜜的夫妻生活，在廣西貴縣鴛鴦合枕的情景歷歷在目。從新婚之日起，兩人是那麼情投意合，黃氏夫人是那麼賢慧，眼睛是那麼動人，兩人經常洗著鴛鴦澡……

一會兒，石達開不知不覺感情衝動了，他閉上眼睛，口裡喃喃地叨念：「我的靚妹！我的靚妹！我想妳呀！我要妳呀……」姻緣巧合。所謂「緣分」這個詞組，絕對是從男女之間相愛而得來的。

現在，韓寶英從浴洗室的窗前經過，無意中，發現了她這位洗澡中的義父。她，看著、看著，想著、想著，他怎麼會有如此強大的魅力呀！

韓寶英在一飽眼福的同時，隱隱約約聽見了石達開發出的「我的靚妹！我的靚妹！」的呼喚聲。

他，依舊是閉著眼睛在呼喚，心神一直凝集在他的黃氏夫人身上，壓根兒沒有發現窗外有人在諦聽、偷看著他；而她，全神貫注在他身上，從驚奇、獵奇、渴慕到淒惋的同情與憐憫。

韓寶英看見石達開面部的表情，是在憧憬他那甜蜜的歲月，是在回味他那快活的夫妻生活，又是那麼痛苦地渴求愛的滋潤……

她，自自然然地想到了翼王，心裡在說：翼王，您多麼需要一個朝夕相隨的伴侶，又多麼需要一個幸福美滿的家呀！一個統帥大軍的人物，怎麼隻身寡影度日月呢？滿朝文武大臣，誰個不是三妻四妾了，翼王，您好苦、好可憐喲……

石達開在澡盆裡，足足泡了半個時辰，感到渾身輕鬆愉快，無限的滿足，便站了起來。韓寶英拔腿就跑。石達開大驚：「是誰呀！」

了無聲息。

石達開自斥道：「哎，我怎麼粗心大意，沒有把窗簾拉上！」

韓寶英飛也似的跑回到了自己的寢室，逕自往床上一倒，感情的波濤掀動了起來。好像一把鑰匙，打開了她那封閉的靈魂，閨閣女子羞羞答答的生活形態，一下子被一江春水沖垮了。人說，少女的心，似春天的氣候，惹動了春心，必然會引發一場「龍捲風」！

韓寶英感情上掀起的「龍捲風」開始爆發了。

她不停地責怪自己，也同時責怪翼王：「為什麼您要我喊您做『爹』？為什麼我甘心情願做您的女兒？為什麼我不叫您做哥？為什麼您不喊我做小妹？您僅僅只大我十一歲，哪有二十八、九歲的爹養得出十九歲的女兒？」

中國人所信奉的「五倫」——君臣、父子、兄弟、夫婦、朋友。許許多多合理的或本不合理的組成關係，以致造成了喜劇的或者悲劇的命運結局。

石達開與韓寶英，既已形成了父女關係，能否會演變為夫婦關係呢？即使是太平天國主張清除封建禮教的統帥人物石達開，恐怕也難以超越這個「五倫」的規範哩！

到底石達開能否納韓寶英為妃？欲知端的，請拭目以待。

第八回　指揮有計石達開得道拓土　慘敗無言曾國藩尋死投江

戰爭的勝負，決定於雙方實力優劣；而實力的對壘又決定於天時地利人和。

石達開主持朝政，在調整與清理了內部矛盾之後，勢所必然，他的注意力就放在跟清廷用兵，同曾國藩較量這件大事上去了。

他認定，敵對勢力最兇悍的就是曾國藩的湘軍及其由他統帥的長江以南的清軍，而曾國藩恰好就在天京發生內亂之時，乘人之危，妄圖把太平軍扼死在內外交困的險境之中。

由於太平軍的主力，大部分集中在江西。此時，偏偏出現了韋昌輝之弟「反水」，武昌失守，黃州陷落，而困守在九江和湖口的太平軍，猶如失去了屏障，惶惶不可終日。

湖口與九江，似唇齒相依，拿下了湖口，九江就會唇亡齒寒了。

老謀深算的曾國藩看到了這一點，所以，他令水陸主要兵力向湖口奔來，真有泰山壓頂之勢。

曾國藩大筆寫文章，大手揮雄師，確也有幾分氣吞山河之概。當他在南昌大本營會聚他的將領們時，他那濃密的八字鬍被他的笑口翹得豎了起來；他那微彎的駝背，也顯得挺直了許多；他那長年瞇縫著的雙眼，也似乎睜大了不少；他那平時講話好像口中有痰發出的沙啞聲，此刻他吐字行腔也琅琅上口了；他那一口湖南湘鄉的土話，不知什麼時候改變成了湘鄉京腔。

這一天，他早早地起了床，穿上了一品侯爵的朝服，叫陳香媛拿出他兩年都捨不得穿的、皇上恩賜的黃馬褂，套在外面。在他的會議大廳裡，來回邁著方步，等候各路將領前來聚會。今天，他要在大戰之前，犒賞他的三軍將士，部署他的作戰方略，論證湖口之戰的重大作用，激勵將士們的必勝信心。

這次將領聚會，曾國藩極為重視，前幾天就作出了安排，就連膳食房的炊具、餐具以及酒宴時的歌舞都一一過問了，真所謂事必親躬啊！

將領們按照曾大帥命令的時間，一個個魚貫而入會議廳。他們之中，有號稱清廷名將的胡林翼、楊載福、彭玉麟、李續賓、李續宜、塔齊布、鮑超等風雲人物。位居三品的有七八個人。其餘有巡撫、州官、府官、總兵、提督、千總、縣令等高層人物，把個會議大廳塞得滿滿的。

當然，在臺上就坐的也就只有巡撫、提督和三品以上的文武官員了。

這次會議開得很隆重。曾大帥把這次會議看作是誓師大會。因此，他動用了禮、樂和相似國宴的接待。

與會人員感到氣氛很莊嚴，心理上自然就出現了一種壓抑感。聰明的曾大帥從大家的面部表情就覺察到了他的部下，一個個精神頗為緊張。當號聲、鞭炮聲停止之後，坐在臺中央的曾大帥滿臉露著微笑，一手將八字鬍擰了幾擰，笑容可掬地說：「各位文武大員，你們想不想欣賞一下我的歌妓班，她們可以載歌載舞，也可以唱、做、念、打，還可以滑稽逗樂，蠻有味嘞！」他掃視了一下全場，又接著說：「先快樂一陣子，再來議事吧。」曾大帥這麼幾句話，呼地一下，就把那緊張氣氛化為烏有，與會者一個個臉上樂開了花，巡撫彭玉麟那粗壯的喉嚨高聲讚美道：「大帥平易近人，恩威並重！」他帶頭鼓起掌來，又繼續吼道：「熱烈歡迎大帥的歌妓班，一個個漂亮的小娘們，出來表演表演囉！」

全場似春雷般的掌聲響徹整個大廳。

但見那歌妓班的美人兒，排列成兩隊，合著音樂的節拍，踩著舞步，從左右兩邊出場，輕盈地走上舞臺，只聽得她們唱道：

風和日麗，

春暖馬蹄急。
且看貔貅過境地，
馬首是瞻大帥旗。
向河梁指處，
強虜滅，
鬼神泣。
待到班師回朝日，
光照門庭，
榮耀嬌妻。
凱旋歌聲起，
紫綬玉帶等著你，等著你！

歌妓們唱到「等著你」時，這群豔麗的小娘們一個個像燕子飛到臺前，含情脈脈地向臺下的將領飛送秋波，甜美的歌聲把與會者一個個都唱得迷了，暈了，醉了……

在座的將領們，陶醉於女色之時，粗喉嚨、大嗓門的彭玉麟，儼然以會議主持人自居厲聲喊道：「喂，弟兄們，玩玩樂樂暫停，全神貫注，整齊坐好，聽大帥主講軍機大事。商量大事之後，專門安排你們玩一陣子。大本營裡，多的是小娘們，誰想怎麼玩就怎麼玩吧！現在聽大帥訓話。」

曾國藩斯斯文文地走上講臺，坐了下來，擰了一下八字鬚，飲了幾口茉莉茶，清理了一下喉嚨，小咳了幾聲，慢條斯理地說：「我這次把大家請來，一則是想在湖口大戰之前，讓各位輕鬆一下；二則是借此機會商量一下我們的用兵之計。我先牽個頭，說幾點想法，說對了，你們照著辦；說錯了，只當我沒有放這個屁。」

全場寂靜無聲，將領們提了提神，靜候著曾大帥的演講。

曾國藩接著侃侃而談，儼然他早已成竹在胸，他的講話一氣呵成。他說：「我跟你們講三條道理：第一，叫做戰爭之氣，我現在拉開了這麼大的場面，可以說孤注一擲，一鼓作氣。你們都讀過《左傳》，〈鄭伯克段于鄢〉一文中，鄭伯為什麼打贏了仗，就因為他掌握了戰機，一鼓作氣。現在，當我軍以泰山壓頂之勢，向敵方撲了過去的時候，那就要一股作氣。打得長毛抬不起頭，伸不起腰，這就叫『再而衰，三而竭，彼竭我盈，故克之』，也就是鄭伯打贏仗的道理。我現在就用了這麼一套。長毛以前互相殘殺，內外交困，洪秀全誰也不相信，他們內部簡直成了一團糟。朋友們，這是我軍千載難逢的戰機啊！所以我老頭子孤注一擲，調動二十萬大軍，就集中湖口，把髮匪的主力一齊送到長江去餵魚。現在兵力部署，都已經各就各位了，當第一聲炮響的時候，你們就給我以迅雷不及掩耳之勢，發起猛攻。一鼓作氣，活捉石達開！這是我要講的第一點。

第二點，要了解敵情。孫臏說：『知己知彼，百戰不殆。』目前，我軍處於絕對優勢，我的湘軍已經休整快一年了。陸戰、水戰，他們駕輕就熟。我已經跟皇上呈上奏摺，楊載福、彭玉麟兩位老弟為皇上建水師，立下了卓越的功勞。昨天你們看了一下停泊在鄱陽湖上的戰艦，真叫人要『把酒臨江，橫槊賦詩』呀！髮匪有艦隊嗎？髮匪有我們這麼多洋槍洋炮嗎？髮匪有像我們在座的各位將領指揮若定的才幹嗎？這，就是知己；但發匪也不是一堆爛泥巴，尤其是不可忽視的狡詐詭計的石達開，他經常使人感到不堪一擊，可他卻有突然襲擊之術；其次，那兩個小傢伙，陳玉成和李秀成很會用兵，他們在江西、安徽，尤其是在無錫、蕪湖這一帶，我軍吃過他不少苦頭，他們把楊秀清的百鳥陣、麻雀陣都學會了。你們在兵書上能找得到這些『陣』嗎？我老頭子在長沙靖港就吃夠了他們的苦頭啊，這真叫教師爺怕『哈』師爺哩！注意，要小心這兩個小傢伙。在座的各位，誰要是逮住了他們，我奏請皇上重重有賞！

「第三，關於輜重問題。古人說，『兵馬未動，糧草先行。』二十多萬人的吃喝拉撒，武器彈藥，軍糧馬草，必須要提前三天運往前方，確保部隊吃得飽、吃得好，油水要重，葷菜要多。

朋友們，要愛兵啊，在座的各位紫袍玉帶，光宗耀祖，一頂頂烏紗帽，都是兵的血汗換來的。誰要無緣無故懲罰了兵，虐待了部屬，我就要繩之以軍法。我的話講完了。」

全場譁然，掌聲繞梁。

彭玉麟宣布散會。他笑嘻嘻地說：「今天晚上，讓大家在城裡吃喝玩樂，想怎麼開心就怎麼開心吧！」

事物的發展和運行，常常不能按照事物的主宰者的意願來運作。淝水之戰的主帥人物謝安，根本沒有想到，會打贏得那麼漂亮；赤壁之戰的曹操，更沒有意想到，他會輸得那麼慘，以致在華容道上險些丟了自己的性命。

現在，這位躊躇滿志的曾國藩，在湖口之戰的最後結局勝負將會如何呢？難說，人們常說，作最好的努力，作最壞的打算。這又是《左傳》上的名言：「且夫天下之事，勝於懼，而敗於忽。懼者，福之源；忽者，禍之門也。」

曾大帥精讀過《左傳》，可是學以致用，他就不那麼潛心在意了。倘或他讀的孔孟之書，以「仁」為核心的儒家學說，真能融會貫通到個人的行為，他就不會殺那麼多的人了。

人啊，人啊，多麼複雜的人啦！

石達開跟曾國藩一樣，又何嘗不是如此呢？他忠誠於天王洪秀全，可又覺得他這位二兄「洪皇帝」，完全沒有必要把自己的「左右膀」狠心斬殺。儘管楊秀清作風上獨斷專行，總不至於要將他斬草除根呀；儘管他恨透了曾國藩，可又對這位清妖大帥的做人又佩服得五體投地。有一次，他的侍衛親兵，送來了一封從前方繳獲的曾國藩給九弟曾國荃的家書，語重心長地囑咐他要愛護部屬，石達開非常受感動，受啟發，從中學到了曾國藩的治軍之理。

我們可以肯定，在湖口之戰中，倘或曾國藩敗倒在石達開的馬下，石達開決不會一刀斬下他的頭顱。

現在，這兩位千古留名的敵對帥才，馬上就要刀槍相見了。誰勝誰負，請看筆者慢慢道來。

這一天，長江與鄱陽湖的水面，沒有大風大浪。湖面上，只有細細的波紋不停的晃動，好像一位歷史老人露著滿臉笑紋，正在笑看兩個歷史人物的精彩表演似的。

沒有聲音的語言：「江湖逐鹿，鹿死誰手？」

石達開按照他的戰略部署，把他所統帥的十幾萬大軍，在一夜之間撤出了所有的陣地。湖口縣空了城，看不見太平軍的一個人影兒。

探馬不斷地向曾國藩報告：「他媽的，發匪全都土遁了，城裡連一個人也見不到。」

曾國藩又忘記了「兵不厭詐」這句名言。聽到部下稟報後，沒有想起諸葛亮用過的空城計，反而覺得石達開就像司馬懿一樣，「畏蜀如虎」，他捧著肚子哈哈大笑：「石達開呀石達開，你也畏清如虎呀！」

於是，他把八字髫一擰，果斷地下達命令，「我老頭子要叫你發匪無藏身之地，給我把湖口縣城炸得片瓦不存，開炮！」

一聲令下，萬炮齊發。剎時間，烽煙滾滾，殺聲陣陣，旌旗漫捲，戰馬奔騰。

陸上，人馬好似排山倒海，幾乎連草木也要斬草除根。從湖口逃難的老弱婦孺，不是被戰馬鐵蹄踏死，就是被狂吼聲中的弁勇，亂刀結果了性命，屍首遍野；水上，飄著曾大帥旗幟的戰艦上，欣賞他所繪製的一幅戰爭壯觀圖，他興奮極了，便命令他的幕僚趙烈文，代他起草向皇上稟報大戰告捷的奏摺。

突然，他全身感到奇癢，雙手在後頸窩裡不停地搔動著。早已心領神會的陳香媛，看到大帥舊病復發了，馬上把大帥的官服脫下，也不迴避眾人眼目，將她那雙玉手伸向大帥的身體的每個部位，使勁地替他搔癢。只聽得大帥不停地喊著：「好舒服，好舒服，快，快往下身去一點，對，就在這裡，用勁搔呀！」

趙烈文實在看不下去了，便示意陳香媛把大帥扶進內艙歇息去了。

話說翼王石達開，洞察到了曾國藩來勢洶洶的全貌，當機立斷，避其銳氣，命令全軍撤退到第二防線，做到鴉雀無聲，雞犬不聞。從湖口到小池口，把兩個口袋都敞開，讓清妖大模大樣走了進來。他的命令由韓寶英起草下達。寶英下達軍令之後，石達開問道：「英子，妳說我是不是膽小鬼？」

寶英笑嘻嘻地回答：「爹，您就別考我了。驕兵銳氣不可對陣，您這叫戰略的轉移。」

石達開高興地放開兩隻大手，把這位大姑娘摟在懷裡，「我的乖乖，有學問，成熟了，成熟了！」

當他把她緊緊摟在懷裡的時候，恰好莽漢曾錦謙衝了進來，看見這幅畫面，驚呆了！「啊，你們倆抱在一起了……我沒看見，我沒看見，我什麼也沒看見！」

韓寶英羞得面頰紅到了耳根，感到無地自容，直朝曾錦謙的胸部像捶鼓似地，連聲說：「你真壞！你真壞！」

石達開倒覺得沒有什麼失態。韓寶英領悟到了自己的用兵之計，情不自禁地對孩子親暱一下，沒有什麼大驚小怪的。

許多男人，常常對於女人缺乏性心理的認識和分析，乃致走了許多彎路，梁山伯對於祝英台就是典型的一例。

曾錦謙正欲走開時，石達開叫住了他：「謙哥，你幹嘛要走呢？」

曾錦謙結結巴巴地說：「我不是，我是，我是來向你稟報李秀成的兵力部署的。」停了一下，把手一揚，又說：「達老弟，告訴你一個好消息，東王的小兄弟楊輔清，聽說你在湖口與曾國藩交戰，他統帥四萬多人馬，從湘贛邊境飛速地趕來參戰，聽候翼王調遣。」

石達開聽罷，感動得老半天說不出話來，不禁喃喃地說：「輔清呀輔清，你真是太平天國的忠臣良將啊！」

曾錦謙答道：「是呀，我聽說，天地會也是窮苦農民兄弟的子弟兵，輔清與天地會關係密切，可以攜起手來，共同剿滅滿妖！」

石達開沉思良久，儼然有一種大統帥的氣度，把整個戰爭的格局歸納成幾句話。他回過頭來，對曾錦謙說：「謙哥，多好的作戰形勢。我太平軍現有實力總共六十多萬人，加上天地會兵力，上海小刀會也有十多萬人，而滿妖充其量也不超過一百萬人，況且他們的戰線拉得太長，過分分散，既有海岸線的防守，又有數萬里的邊疆防線，倘若我們做到政通人和，胸懷全局，以國家安危、百姓生存安居樂業為己任，清除內部紛爭，遏止爭權奪利，鏟除貪贓枉法。我相信，太平天國必將一統天下，光照史冊！你我也不枉在人世間走了一趟。也無愧於老百姓的擁戴呀！這一次的湖口戰役，棋逢對手，曾國藩必然輸得更慘。」

曾錦謙眨眨眼睛，望著石達開說：「你有十足把握嗎？你根據什麼預測曾妖頭會慘敗？」

石達開有條不紊地說：「我的根據是，曾妖頭的眼睛看錯了人，他只知我天朝內部不和，互相摩擦，卻不知太平天國有無數忠臣孝子，曾妖頭天天都講『知己知彼，百戰不殆』，可他就沒有摸準你我這些人的脈搏，是怎樣跳動的。比方說，兄弟兩人不和鬧架，可一旦有外人欺侮哥哥或者弟弟，那麼這兄弟二人必將一致對外的。天地會、小刀會發現曾妖頭在欺侮我們，而他們就主動與我們聯合，來共同對付曾妖頭了。我還可以引申一下，如果列強洋鬼子敢再像鴉片戰爭時那樣欺負中國，只要滿妖願意同我合作，我方還可以跟他們聯兵對敵、一致對外，直至把洋鬼子徹底趕跑！」他把曾錦謙輕輕一拉，拍了拍肩膀，小聲說：「這是我私下跟你講的話，可不能張揚出去喲！懂嗎？」

曾錦謙一笑，連連點頭：「我懂。在你的麾下為將，是一根鐵棒，也會叫你磨成繡花針！跟著你身經百戰，哪一仗不是靠你的聰明才智打贏的嘛！現在，我也認定曾國藩輸定了。」

石達開舒心地一笑：「這叫將帥合心，戰無不勝！謙哥，曾妖頭的水師艦隊開進鄱陽湖了嗎？」

曾錦謙說：「到前三天黃昏時分全都進來了，狗日的曾國藩好威風，三百八十艘戰艦，五艦一鎖鏈，旌旗招展，駐進三天三夜了。」

石達開又問：「湖口外的江面上，曾國藩還有多少艦艇在游弋嗎？」

曾錦謙回笑道：「連一艘鳥船都沒有，全都開進鄱陽湖了，只有幾艘洋鬼子的火輪在江面上冒煙呢。」

石達開問：「有武器嗎？」

「有，腦袋、屁股上都架起了炮。」

「諒他們不敢輕舉妄動，因為他們宣布保持中立了的。」

「曾妖頭進了湖口的艦隊，是怎樣作戰前準備的？」

「他們準備個鳥！胡林翼、李續賓、塔齊布這些雜種們，天天都在互相捧場，歌功頌德，說什麼大清帝國的軍隊，不費一兵一卒，就把長毛從湖口趕走了。曾妖頭報捷的奏摺送到皇上那裡去了，一個個都等著領賞哩！昨天晚上，一個總兵跟他的狐群狗黨比賽。」

石達開打斷曾錦謙的話問：「比什麼賽？」

「聽說那個姓林的總兵，一個晚上嫖了十八個妓女，得了頭名。」

石達開大笑道：「滿清的腐敗可見一斑囉！曾國藩治軍不敢恭維！他的湘軍為什麼在湖南站不住腳？太嬌慣了，他們的錢多、糧多、槍炮子彈多，朝廷獎賞的銀兩多，隨軍帶的軍妓歌女多。這些，我們都比不上；而我們卻有一條，太平軍的心裡裝著老百姓，打勝仗，就靠這個！心中有了老百姓，天塌不下來，塌下來，有他們頂住，難道還怕滿妖不成？謙哥，我們轉入第二防線的軍機沒有暴露吧？」

曾錦謙肯定回答：「鬼都不曉得。戰馬進了山林，聖兵下了地洞，船隻潛藏在蘆葦蕩中。陳玉成把大部分船灌滿了水，上面蓋上了水草，只等你翼王一聲令下，戰馬從山上奔騰而下，聖兵從地下破土而出，湖面千百隻戰船旌旗飄飄，叫曾國藩目瞪口呆，哀嚎著：神兵天降！神兵天降！」

石達開微笑道：「謙哥，你說我這次布下的口袋陣，能鎖得住曾國藩這條蟒蛇嗎？」

這時，韓寶英正好端茶出來，插言道：「我看不一定。爹，您只看到一個方面，曾妖頭驕兵必敗；可您沒看見，曾妖頭的妖氣吸人呢！」

石達開忙問：「此話怎講？」

韓寶英有條有理地說：「您知道，曾國藩是龍圖閣大學士，名揚天下，曾任禮部侍郎，為腐敗朝廷重振朝綱盡過忠，為他的老父老母丁喪三載，盡過孝，創辦湘勇團練，給財主老爺們充當保鏢，在靖港、岳陽戰敗他寧死不屈，愛兵愛將重情義，稱得上仁義，這樣看來，他忠孝節義全備，被人看作是一位完美的統帥！一位繼承了孔孟之道的典範，他那群狐群狗黨，蝦兵蟹將，會不會拼死拼活地保衛他？即使他落入我們的羅網，也會有大魚小魚以生命闖破網，讓他逃生的，更何況我們在鄱陽湖上撒下的這張網，也並非天衣無縫呀！總之，曾妖頭湖口戰敗可成定局，但抓住這條蟒蛇，卻並非易事。爹、大叔，您們說我講得對不對？」

石達開笑著說：「將門虎子，帥門虎女，石達開之女，豈是等閒之輩！」

曾錦謙傻乎乎地陪著笑，麻起膽子說：「嘿嘿，你們別爹爹、女兒了，依我看，達老弟就是哥哥，寶英就是小妹，這麼稱呼起來蠻合適。」

石達開正顏厲色地說道：「胡說八道！」

曾錦謙說：「這怎麼是胡說八道呢？你收她做義女的時候，她十四歲，而你也只有二十多歲，我還喝過酒呢。如今，她快二十歲的大姑娘啦，你是三十來歲的大男人，哪有三十歲的老子、二十歲的女兒？從今以後，一個喊哥哥，一個叫妹妹，合適，就是合適！」

這天晚上，韓寶英經歷了她六、七年以來最為激烈的精神折騰。一方面是因為早已發育成熟的女孩子，突然被一位失態的男人擁抱而引起的生理上的刺激，產生了感情上的異動；另一方面，由於曾大將軍突然提議，要改變她和石達開的相互關係，引起她情緒上的波瀾。這就使得韓寶英輾轉反側，徹夜難眠了。

她一會兒坐了起來，點上燈燭，拿起《宋詞選》，讀過去，讀過來，總覺得「剪不斷，理還亂」，「才下眉頭，卻上心頭」，好像那胸口上有許多螞蟻在爬動，真是難受啊！

於是，她拿起筆來，鋪上宣紙，把她被曾錦謙撩動的思緒寫成了一首〈自度曲〉：

猛漢一句戲謔言，
卻把朦朧夢境來說穿，
女兒家的柔腸有百轉，
女兒家的心境百道彎，
怕人撩亂，
又想人撩亂，
怕人看穿，
又盼人說穿！
翼王呀，
人前，我將你父王叫喚；
人後，你與我兄妹一般。
夜夜我與你身不相伴心相伴，
實在是身無血緣命有緣。
曾記當年爹娘慘死家遭亂，
鬼門關前翼王救我把生還。

書齋裡，
你教我讀書破萬卷；
戰場上，
你教我揮戈揚馬鞭。
文韜武略，
是你的心血澆灌。
待人接物，
是你一手把我牽到人世間。
自從你，
家毀人亡成孤雁，
只靠我噓寒問暖一日飯三餐。
時常是，
相對無言付笑臉，
心中有意口難言。
悔不該呀，

當初不該父女相喚，
到如今呀，
兩情相隔一座山！
曾大叔呀，
一根紅線你手中攥，
但願你，
小心謹慎莫扯斷，
你要快快牽，快快牽……

韓寶英的心想亂了，曲兒寫完了，人也累了，趴在書案上睡了，睡著了。

突然間，石達開走了進來，大聲喊道：「英子，妳怎麼還在睡覺？」這是石達開第一次先起床，將寶英喊醒。

寶英睜眼一看，翼王從未有過的怒容出現在自己面前。也許，這天晚上她鑄成了一次大錯。對於翼王的斥責，她不僅沒有反感，反而覺得自己失責了。連連歉意地說道：「爹，是我貪睡了，真不好意思。」

翼王看見她這副嬌小的身子和沉痛的語氣，又心疼起她來了。以一種溫和的口氣說道：「英子，妳要理解我此刻的心情。湖口一戰，我們與曾妖頭都拿出了看家的本錢。」

石達開說：「我們的江山最近不是又拓展了許多嗎？」

韓寶英說：「是呀，得道者多助啊！」她望了石達開一眼，接著又說：「是呀，爹，我們太平天國的興亡，這湖口之戰可是一統江山大事的哩！」

石達開帶著穩重而激越的語氣說：「妳知道這一決戰的重要性就好。快，給我起草命令。令陳玉成船隻出水，令李秀成揭開地道的偽裝，令羅大綱戰馬披掛，全軍上下軍刀出鞘，鋼槍上膛，枕戈待旦，馬不離鞍，人不離器，今夜子時三刻，準時鎖緊湖口的口袋，全線出擊，水陸大戰。我石達開要在湖口為中國的戰爭史加上一頁！」

石達開在寶英的房間裡，來回踱步。他那剛毅的性格讓寶英流利的字體力透紙背，他那運籌帷幄的智慧讓人看見了千軍萬馬奔騰決勝的場景。

今天早晨，陽光明媚，氣候宜人。大江大湖也沒有洶濤惡浪。大地顯得很安靜。清軍的兵營裡，到處都是喜氣洋洋，笙歌不斷。曾國藩在鄱陽湖上，大宴有功將士，從南昌城裡調來了美酒佳肴，將帥們正在和歌妓舞女們，盡情歡樂。

曾國藩坐在席間的太師椅上，瞭望著浩渺無垠的湖面，欣賞著旌旗蔽日的場面，感覺到他的軍威猶如浩蕩的湖水。

於是，他慢吞吞地喊道：「媛媛，大帥我來了點詩興，筆拿來，讓我給諸公弄點文字遊戲吧。諸公舉杯痛飲，老朽填詞助興。先來一闋〈調笑令〉：

美酒，美酒，
美酒捧來我手。
江南江北傾情，
千里萬里留名。
歡暢，歡暢，
士農工商同唱。

曾國藩寫完一闋，便擲筆大笑，雙手向諸位一拱，連聲說：「見笑，見笑。」

彭玉麟立即捧場拉大嗓門說：「這只有我們的曾大帥才能寫出偉大氣魄的好詞，千古不朽，千古不朽！」語音剛落，一陣掌聲飛過。

於是，狂歡的音樂聲驟然奏起，在湖面上空迴盪。陳香媛款步走到曾大帥的膝前，跪下稟道：「請大帥允許奴家借大帥的原調，步原韻，獻醜一闋。」

胡林翼看到這位美麗的小嬌娃，早就看得流口水了，只是這隻饞貓無法逮住這條小魚。因為她是大帥營帳中的一朵鮮花，他想死了也是枉然。此刻，聽到陳香媛出來填詞助興，他興奮得跳起來，巴掌拍得震天價響，為陳香媛捧場，狂熱地喊道：「絕代佳人，琴棋書畫，樣樣精通，即席賦詩，好叫我們一飽眼福，歡迎，歡迎！」說完，他又帶頭鼓掌，險些兒把巴掌拍腫了。

陳香媛看到他這麼熱情捧場，便瞟了他一眼，暗送了一個秋波：「巡撫大人過獎，奴婢便當眾獻醜了。」

曾國藩為她鋪上紙，遞上筆。只見陳香媛游龍舞鳳似的筆鋒，一氣呵成一闋〈調笑令〉：

湘酒，湘酒，
湘軍大帥在手。
千村萬戶深情，
千古萬古有名。
心暢，心暢，

大帥詩詞絕唱。

陳香媛寫畢，欠身一禮：「諸公見諒！奴婢在大帥面前班門弄斧了。」說罷，又是一陣掌聲飛過波光閃閃的湖面。

物極必反，樂極生悲。物理人情皆如此。

曾大帥的確是智者千慮，必有一失。他在所向披靡占領湖口之後，陶醉於他繪製的軍容軍威圖畫時，根本就沒有意想到石達開的大軍到哪兒去了，反而覺得內外交困的長毛，已是日薄西山，不堪一擊，早已被他嚇得鳥獸散了。鄱陽湖上的笙歌燕舞，體現了他的將士在心靈上解除了武器，在胡林翼、彭玉麟之流沉醉於酒色、兩眼分不清人事的時候，曾國藩自身也感倦意，伸了個懶腰，站了起來，一手搭在陳香媛的肩上，有氣無力地宣布：「諸位，今日個就遊樂到這裡吧，你們各自回營，帶好兵。待皇上的獎賜來了，我再請你們來歡聚一次吧！」

陳香媛扶著曾大帥，進了旗艦的內艙。

按照石達開的軍令，子時三刻一到，李秀成部署在湖口郊外密林中的炮群怒吼了，真是山崩地裂，殺聲震天；羅大綱的騎兵，似猛虎下山撲向湖口；陳玉成的土造艦隊，從蘆葦蕩裡露出了水面，從湖口到小池口的口袋拉緊了，封鎖得嚴嚴實實。湖面上，一隻隻小漁船，一面撒網，一面划槳，迅速靠近了清軍的艦隊，同時在陸地上萬馬奔騰，喊殺聲威震四方。

但見那喬裝漁民的神兵，將一桶桶洋油，潑在楊載福的戰艦上，剎時間，那一幅水上、陸上聯合作戰的壯觀畫面，呈現在人們眼前。在陸地上，李秀成、楊輔清、曾錦謙等名將統帥的大軍，鋪天蓋地似地撲向湖口縣城。

但聽馬蹄噠噠，殺聲雷鳴，把那些酒色之後熟睡的湘勇清軍官兵驚醒了過來，他們一個個摸不清方向，抓不住兵器，一個個糊裡糊塗死在太平軍的刀槍之下。

清軍名將塔齊布在床上摟著一個漂亮的小娘們，還沒有等他醒過來，兩人的腦袋就滾落在床前了。

胡林翼，幸得有幾層哨兵瞭望狂呼亂叫地把他叫醒，光著膀子，騎著一匹棗紅色的大馬，狼狽而逃，直奔美國人的軍艦上去，才留了一條性命。

李續賓畢竟是行伍出身的人物，遭遇戰、突襲戰都比較熟悉，當他發現太平軍攻城的信號時，馬上警覺到了石達開的人馬已兵臨城下了，便率他的一支勁旅，殺開一條血路，向著廬州方向落荒而逃。當大濛濛亮時，李續賓逃跑了四十多里，來到兩山相峙的峽谷之中，抬頭一看，山勢險峻，樹木蒼翠，好不令人毛骨悚然。這裡寂靜無聲，倒也會令人感到安然無恙，他舒展了一下雙臂，猛吸一口山裡的新鮮空氣，對他的胞弟李續宜大聲笑道：「我說嘛，石達開用兵也有失誤之處，倘或他在這峽谷之中埋下一支伏兵，我命休矣！」話音剛落，鋼炮聲起，滾木擂石，好似從天而降，雨點般的飛箭，射向他率領的人馬，只見他們一個個仰天撲地，死於溝壑。李續賓騎著紅鬃馬，李續宜騎著赤兔馬。紅鬃馬過於高大，顯得幾分笨拙，而赤兔馬身軀靈活，顯得特別靈巧，李續宜一聽到槍炮聲，拉緊韁繩，牠跑得比兔子還快，呼地一下就不見影兒了，而李續賓的紅鬃馬，在重鞭催打之下，正欲逃出山口時，迎面一名太平軍大將，攔住他的去路，只聽那人喊道：「嘟！清妖頭，你往哪裡逃？」

李續賓嚇得冒出了冷汗，定眼一看，攔路人卻是一位身材並不魁梧的年輕人，不像一員赳赳武夫，他覺得面前的小將不是他的對手，便壯起膽子回話：「你這個小長毛，敢攔住爺兒們的去路，快通下姓名滾下馬來，在爺兒們刀下送死！」

來人英姿清脆地大聲說：「我乃太平軍冬官丞相李秀成，小爺兒在這裡等候多時了，你這個血債累累的李續賓，今日個就是由我送你上西天！」

不待雙方繼續交言，兩把大刀碰得金光四射，一來一往，殺得難解難分。到底是李續賓近日酒色過度，精力不支，只有招架之功，而無還手之力。李秀成揮舞兩把大刀，猶如雙龍絞柱之勢，眼尖手快，從腰間抽出短刀，刺向李續賓的脅窩，只聽得一聲慘叫，倒下馬來，李秀成再舞大刀，砍下他的首級。

清軍一代名將李續賓，就這樣結束了他罪惡的一生。他所率領的那支勁旅，也全部葬身於峽谷之中。

花開兩朵，話分兩頭。請讀者隨著我的筆來欣賞一下鄱陽湖上太平軍火燒戰艦的情景。

這晚子時三刻，湖上風平浪靜，遠處漁歌蕩漾，小漁船像一隻隻螞蟻在湖上蠕動，每隻小船上，只有兩個人，一個在船尾划船掌舵，一個在船頭撒網捕魚，一派悠閒自得、勤勞捕獲的氣氛，誰都不會引起注意，小船緩緩靠近曾大帥的水師戰艦的時候，那站在船頭的「漁夫」，把一桶一桶的洋油灑上戰艦，並以快速的動作點燃了火。這一把火呀，如同燎原的狂飆，直沖雲天。剎時間，楊載福、彭玉麟停泊在湖上的一組一組的戰艦，幾乎同時全都起火了，炮彈倉和火藥庫，此起彼伏地發生了爆炸，清軍將士，一個個差不多都睡死了，那木質戰艦上噴出的火焰照在水面上，猶如湖底的火山噴發一般，楊載福苦心經營九年的水師戰艦，像一堆堆怒放的火樹一樣，在鄱陽湖上抖一下亮色，在睡夢中葬身魚腹。

幸喜曾國藩的旗艦，位居艦隊中央，才免於燃燒。當曾國藩、楊載福、彭玉麟、陳香媛驚慌地登上戰艦甲板時，他們的戰艦幾乎全都化為灰燼了，那一塊塊殘破的艦板在湖面上游盪，那一具具屍體欲沉非沉地還在留戀著人世。

這時，曾國藩不斷地聽到傳來的不幸消息，水路、陸路各支人馬都幾乎全軍覆滅了。他掩面而泣，不斷地喊著：「天滅我也！天滅我也！我有何臉面見皇上，有何臉面見皇上呀！」他突然縱身一跳，撲進了鄱陽湖。他淹死了嗎？他被人救起來了嗎？欲知後事，且聽下回分解。

第九回 異姓元帥座位原是冷板凳 洪氏君主臥榻卻有異夢人

曾國藩在甲板邊緣，向著鄱陽湖上「撲通」一下，跳進了水中。他這一跳，人們覺得把滿清王朝的半壁江山沉入水底。按照他的貼心幕僚趙烈文的看法，大清王朝實際上就是由曾大帥在支撐著的。

現在，曾大帥投水了，不就等於把大清江山葬送了嗎？當時，誰也沒有想到堂堂的大帥會自尋絕路，人們嚇得面如死色，魂飛魄散。

可那位陳香媛，卻尖起嗓子，大聲哀嚎著：「不好了，大帥投水了，快救人呀！快救人呀！」她這一喊，似乎把一群蠢豬都喊醒了。其中大個子、粗嗓子的彭玉麟，最為勇敢，他率先跳了下去，接著楊載福也跳入水中，羅澤南也跳下了，只有那個膽小鬼趙烈文站在甲板上乾著急，一動也不動，陳香媛把他的臉部肌肉一揪，吼道：「你快下去，多一個人下去多一分力量呀！」

趙烈文結結巴巴地說：「我，我不會水，我是個旱鴨子！」

這時，曾大帥大概喝水比較多，水面上沒有露出他的腦袋，只見彭玉麟和楊載福像兩條水獺似的，一個氽躬潛到水底，不一會兒，兩雙手把那具不太肥胖的軀體猛拖出水面，羅澤南助一臂之力，把那軀體的屁股使勁兒地一推，三個人把這位曾大帥像投籃球似地投上了甲板。

這時，只見曾大帥人事不省，雙眼緊閉，鼻孔與嘴角冒出了鮮紅的血跡，牙齒咬得繃緊，肚皮膨脹得高高，完全像一具沒有抬入棺材的死屍。

趙烈文一看，悲哀絕望地喊道：「歹了，歹了，歹稀爛了，大帥升天了！」

陳香媛尖起嗓子斥責道：「放屁！快，快，快做人工呼吸，快把大帥肚子裡的水讓他吐出來。」

彭玉麟聽到這一提醒，連忙像一條狗趴在甲板上，楊載福和羅澤南抬著大帥，讓他的軀體俯臥在彭玉麟的背上，他倆一個抓住腦袋，一個抓住雙腳，像玩蹺蹺板似的一上一下，弄個不停。

一會兒，曾國藩的嘴裡將淡黃色的混水一口一口吐了出來，再過一會兒，隨著他倆蹺壓的節奏，大口大口的清水就吐出來了，曾大帥的肚子癟下去了。

陳香媛看到這情景，面帶喜色，叫他們停了下來，把曾大帥翻轉過來，仰臥在甲板上，她雙手壓在曾大帥的胸脯上，立即做起人工呼吸來，通過口對口的呼吸，大約做了二、三十下，只見曾大帥的兩眼開始轉動起來了，胸部和腹部也開始微微起伏了。

彭玉麟便狂喜地吼道：「大帥活過來了！」

陳香媛兩眼噙著淚花，把大帥扶坐起來，摟在自己懷裡。狂喜地說：「謝天謝地！祖宗保佑！大帥終於有救了！」

曾國藩蘇醒了過來，人們給他餵上了一杯熱開水，他便眼淚刷刷地慢吞吞地說道：「你們怎麼把我救起來了？我哪有臉對得起皇上？我哪有臉對得起將士們？我哪有臉對得起老百姓喲！」

楊載福急切地說道：「大帥，你一切都不要思慮了，我們得趕快轉移，長毛一定會立即搜索戰場了。快，快把大帥扶上機械快艇，開足馬力，火速向南昌方向轉移。」

不一會兒，曾國藩及其隨身將領和侍衛，逃跑得無影無蹤了。

當陳玉成帶領的搜湖部隊踏上曾國藩的指揮艦時，一片狼籍，人去船空，只看見遠處一艘快艇拖著縷縷青煙，消逝在湖天相接的茫茫深處。

陳玉成懊喪而感嘆地說：「哎，這個曾妖頭，讓他跑掉了！還是機器真有點厲害呀。中國如果造不出機器來，如果不趕上洋鬼子，我們還會受他們欺侮的！」

曾國藩逃遁鄱陽湖之後，湖面上風平浪靜，縷縷波紋流露出太平軍的笑意。湖口戰役以曾國藩幾乎全軍覆滅、石達開全線告捷而告終。

石達開由韓寶英、張遂謀、曾錦謙陪同，巡視大江大湖。

他獨立船頭，遙望江天。不禁想起了蘇東坡的〈赤壁賦〉：「白鷺橫江，水光接天。縱一葦之所如，凌萬頃之茫然。」

石達開在湖口戰役的告捷，直覺感受無疑是高興之至，然而，他並沒有溢於言表。如果評論其歷史價值，石達開從主朝政以來，在短短的時間裡，可謂節節勝利。作為政治家兼軍事家的石達開，倘或停留或者陶醉在喜悅的溫床上，那麼石達開也就稱不上一代英傑了，曾國藩也不會稱他為「了不起的人物」了。

從武漢到天京，水路、陸路全線打通，很快收復武昌、南昌，控制住了湘、鄂、贛、皖四省的局勢。太平天國把長江以南的領土都擴展到了自己的版圖中，石達開難道不是成了開疆拓土的功臣嗎？

然而，他並不知道曾國藩遭到慘敗而投江的事情，只知道曾國藩在湖口吃了大敗仗。石達開以他的英雄氣度，沒有因此表現出自傲自誇的言行，反而把前人得勝自傲的教訓來鞭策自己。

他對韓寶英說：「英子，漢武帝劉徹，開疆拓土，幾乎完全控制了匈奴、鮮卑、羌、氐、羯的版圖，他靠窮兵黷武取得了重大戰果，可他制服得了別人的人心嗎？他忘了孟子早已說過的話：『以德服人者王，以力假人者霸。』所以，漢武帝帶來的惡果，五胡只能服你於一時，一旦他們有機可乘，就逼得你皇帝的女兒要嫁給他們的國王作小妾。遂謀、謙哥，我們可不能作這種蠢事呀！」

張遂謀接過話題說：「是呀，得馬上通令全軍，加強戒備。曾國藩不可能因這次慘敗就倒了下去，他還會東山再起的。」

曾錦謙大起嗓門說道：「我不相信清妖狗皇帝還會相信曾妖頭！難道還會讓他掌兵馬大權？咸豐老兒不砍下他的腦袋就算寬容他了。」

韓寶英一笑，就像女兒對父親那麼隨和地說：「大叔，您這就把事情看得太簡單了。比方說，一個人養了一隻非常喜歡的狗，哪怕他這隻狗沒有咬住人，沒有看好門，狗主人還是會喜歡狗的，絕對捨不得打牠幾下。不信，等幾天，我們就可以得到咸豐老兒嘉獎曾國藩的聖旨。」

石達開笑道：「哈哈，我的英子件件事都辦得我稱心如意，句句話都說到我的心坎兒上了。」

曾錦謙瞟了他倆一眼，詭密地一笑，「這就叫做心心相印嘛！」

石達開統帥大軍，乘勝出擊。他趁清軍、湘軍這次慘敗，馬不停蹄地向胡林翼盤踞的武昌和曾國藩踞守的南昌，展開猛烈的突襲。清軍與湘軍，驚魂未定，惶惶不可終日之時，太平軍猛烈攻城，銳不可擋，勢如破竹，輕取武昌、南昌。石達開此次督師的全部戰略意願已經完全達到了，向天王洪秀全作過稟報之後，班師回朝。

天京城裡，一派歡樂氣氛，洋溢在大街小巷。湖口大捷的戰報，幾天前就家喻戶曉。方妃的喜悅之情，比任何人都更為強烈。她只是暗暗傳來賓福壽和他的義女鐘秀英，傳達了前方得勝的消息，布置迎接翼王回朝。

鐘秀英跳起腳來問道：「方娘娘，那曾大將軍也回來了嗎？」

「他是翼王的心腹大將，豈有不回來之理？」

「曾大將軍打仗時該沒有受傷吧？」

「怎麼可能傷得了他呢？他有萬夫不擋之勇，誰動得了他的一根毫毛？」

鐘秀英一笑，「他前些年打岳陽時，腸子都掉出來了，又把腸子塞進去，又去殺敵哩！」

方妃問：「妳怎麼對曾大將軍這樣熟悉、這樣關懷呀？」

賓福壽索性把話說穿：「不瞞您說，我這個女兒最喜歡曾將軍，那時該有多少人向她提親，可她哪個也不答應。」

方妃助興地說：「偏偏這個人到中年的曾大將軍，被我們天朝女榜眼給瞧中了！而他從未開過口，怎麼辦呢？」她略停了一下，轉向鐘秀英說：「哎，我給妳出個主意，乾脆來個凰求鳳！」

鐘秀英微笑著說：「那不行，如果人家給個冷包子吃，那我會落得鑽地縫都鑽不贏呢。」

方妃說：「那也是的，這樣吧，我先給妳試探一下，再說。」

鐘秀英連忙跪下：「謝方娘娘！」

方妃說：「別跪了，我會幫忙的。妳現在快去作好準備，把民間文藝的玩藝兒都搬出來，迎接翼王班師回朝。」

賓福壽說：「請娘娘放心，我女兒有這個本領，會把事情辦得你稱心如意的。」

方妃說：「賓大叔，那您呢？」

「我的拿手戲就是動用匠人搞裝飾。我保證把天京城，打扮得紅旗招展，花團錦簇，叫人們欣喜若狂，笑臉相迎。」

方妃說：「那就拜託您操辦了，需要多少銀兩，不管花多少錢，都找我。」

有一天，賓福壽率領的施工人員，正在中華門布置彩樓牌坊的時候，一支浩浩蕩蕩的儀仗隊經過這裡，只聽三十二人抬的大轎內，那位要人喊著停轎，原來就是國宗洪仁達。他下得轎來，走到賓福壽面前問道：「賓福壽，這麼張燈結彩是為了何事？」

賓福壽反問道：「國宗大人，這麼大的事您都不知道呀，大喜事呀！」

「唷，什麼大喜事？」

「湖口大戰告捷，明日個班師回朝。天京軍民人等都迎接翼王回朝呢，這麼大的事您還不知道？」

「噢，這是誰布置的？」

「是方娘娘千歲叫我辦的。」

洪仁達今天巡視了全城，大街小巷都在張燈結彩，不免有些生疑。他正好在中華門見到賓福壽，這事兒原來是方妃指使幹的。不覺有幾分埋怨的口氣說：「這得要花多少錢？打贏了仗就值得這麼破費嗎？」

賓福壽敏感到了他對歡迎翼王回朝的熱烈氣氛帶有不滿的意思，便順水推舟地說：「花多少錢，不與我相干，我只知道按方妃娘娘的意思辦事。反正您們都住在王宮的，您去問她吧！」說罷，他把頭一扭，就領著施工人員勞作去了。

洪仁達回到宮裡，三步當作兩步走，喘著粗氣，直奔天王寢宮而來。正好碰上天王與賴后在聊天，劈面就問洪秀全：「老三，這滿城的張燈結彩，大肆鋪張，是你下的聖旨這麼幹的嗎？」

洪秀全摸頭不知腦地問道：「你的話我怎麼聽不懂！」

洪仁達大聲說：「你裝作不懂？天京四門都貼了大對聯，署著你的大名，為石達開歌功頌德，他們正準備熱烈歡迎石達開班師回朝。」

洪秀全聽罷，一聲不吭，直奔方妃寢房而去。

方妃正與蒙得恩下圍棋，一見天王進來，二人趕緊跪下接駕：「陛下萬福金安！」

洪秀全說：「平身。哎，我問妳，天京城裡這麼華貴鋪張，是妳指派下去的嗎？」

方妃回答：「是呀，是我叫賓福壽操辦的呀，怎麼？不該布置嗎？」

洪秀全責備道：「妳也不跟大哥、二哥商量一下，他們衝著我發脾氣，這要花多少銀兩？」

方妃淡然一笑：「陛下，這次沒有動聖庫一分一文，只是用您的名義，花我的錢。也就是說，您得個好名聲，我付出大代價。怎麼樣？我錯了嗎？」

洪秀全說：「打了個勝仗，也不至於這麼大張旗鼓地歡迎嘍！」

方妃儼然以教訓的口吻說：「陛下，您此言差矣，豈不知『君使臣以禮，臣事君以忠』這條千古不變的道理嗎？再說，湖口之戰，非同一般，幾乎消滅了曾妖頭的看家本錢，打通了湘、鄂、贛、皖四省的通道，收復了贛、鄂兩省的首府。翼王親臨前線督師，苦心運籌，指揮有方，這本是千古不可磨滅的功勳呀！陛下，您該親自率領滿朝文武，迎接翼王班師回朝啊！」

洪秀全被方妃說得啞口無言，睜著兩隻大眼洗耳恭聽。少頃，方妃繼續說道：「陛下，我只花幾個小錢，而陛下便得到了『仁愛君王』的好名聲；更何況翼王與陛下同為天父之子，情如同胞兄弟。古人云：『君之視臣如手足，則臣視君如腹心。』哪個君王不想有個好心腹、好名聲呢？」

方妃的一席話，說得洪秀全服服貼貼，不但不責備她，反而覺得她辦事辦得有理有節。

洪秀全當著蒙得恩誇獎道：「我的這位美人兒，到底是博學多才、見過大世面的。方愛卿，妳辦得好，辦得對。明天，我率領滿朝文武，到中華門迎接翼王得勝回朝！」

天京城，在方妃和賓福壽的精心鋪排下，各條大道和街頭巷尾，妝點得彩旗繽紛、絢麗多姿，大橫幅標語隨處可見，為翼王湖口大捷書寫的歡迎口號極其熱忱，尤其是在中華門的兩側，書寫著天王洪秀全署名的對聯引人注目。上聯是：

湖口藍天左衝右突曾妖頭惟留狗命狼狽去

下聯是：

太平青史頌德歌功石大帥獨領雄師颯爽回

不管是有文才還是無文才的人，這副對聯的署名是洪秀全，都覺得翼王在湖口之戰的功勞真是了不起。那些通文墨、有學問的人，便在城門口久久逗留，不忍離去，不停地搖頭晃腦品賞天王的文采，一個勁兒的誇獎天王真有學問：「這麼長的對聯對得如此工整，內容這麼貼切，天王真有本領，了不起，了不起！」

天京城的老百姓們，為了歡迎翼王得勝回朝，各行業會館都準備了多種形式的娛樂節目。

第二天清晨，太陽從東方冉冉升起，風和日麗，江南江北一派昇平景象。從廣濟門通往江西的大道上，好像箭一般地奔馳著四匹高頭大馬，馬上騎著威威武武的聖兵，直奔天王宮而去。這四人就是天王府的侍衛親兵，他們奉方妃之命，離城二十里，瞭望大軍歸來。他們是奔向天王府提前向方妃稟報的，約莫半個時辰之後，方妃陪同天王率領龐大的儀仗隊，駕臨中華門，如同潮水般的人流，非常有秩序地奔向城門內外，敲鑼打鼓，夾道歡迎。

天王下得轎來，一眼就看到了署他名字的對聯，極其認真地審視了幾遍，悄悄地對方妃說：「這是妳的大作吧？」

方妃笑著答道：「是呀，陛下見笑了！」

洪秀全非常滿意地說：「很好！很好！如果真要我作，我還不容易作得出來哩！難怪昨天就有人向我稟報，說中華門這裡，許多有學問的人品賞朕的文才哩！」

城門內外，夾道十里，百姓們喜氣洋洋，好似歡度節日一般。當老百姓聽到翼王指揮全軍，湖口大捷的喜訊後，互相轉告，盛讚翼王大智大勇，立下蓋世功勞，表現出百般擁戴之情。翼王的威望幾乎蓋過了這六朝古都的任何一位帝王將相。

正午時分，遠遠看見浩浩蕩蕩的大軍朝著中華門大步走來。旌旗迎風招展，槍矛如林，為首一面大旗，上書「太平天國左輔正軍師翼王石」，特別引人注目。人群中狂吼著：「翼王回來了！翼王回來了！」

城頭上，二十一聲炮響，龐大的樂工衙演奏著威武雄壯的樂曲，十里長街鞭炮齊鳴，四面八方的農民們抬著豬、羊，前來犒賞得勝之師。但見翼王在百步之外，下得馬來，頭戴金冠，身穿黃袍朝服，快步走到天王面前，雙膝跪下，拱手稟告：「臣弟石達開奉命督師在湖口，仰陛下洪福，凱旋歸來。吾皇萬歲，萬歲，萬萬歲！」

洪秀全也迎了上去，扶起石達開：「達胞平身。你鞍馬勞頓，辛苦了！辛苦了！」

兩人的大手緊緊相握，熱烈擁抱。然後，肩並肩，手牽手，進入城門。他們共同欣賞著市民百姓、各行各業編演的娛樂項目。鼓樂聲，響徹京都上空。但聽一班划彩蓮船的由坐船的那個姑娘用甜美的嗓子領唱道：

彩蓮船哪（喲喲）
四角開（嘞呀嗬嘿）
迎接翼王（呀喂子喲）
回朝來（嘞划著！）

又過來一班由四男四女組成的踩高蹺班子，唱起了江南民歌小調：

正月裡喲望郎百花開（喲嗬嗬）
那百花開得那個逗奴愛（哎嘿喲嗬）
掐一朵頭上戴（哪嗬嗨）
頭戴著茉莉花望喲郎來（喲嗬嗨）

你看，那耍獅子的，舞花燈的，扭蚌殼精的，打地花鼓的，打蓮花落的，玩蝦子燈的……把整個天京城鬧得沸騰了起來。

娃娃們穿著新衣，跳跳蹦蹦，好像過年那樣興高采烈。

天京城裡，男女老少都在讚頌翼王的汗馬功勞：

板凳搖搖，
上街瞧瞧，
翼王來沒來，
來了把手招招。
板凳搖搖，
上街瞧瞧，
翼王兵馬到沒到，
到了誇他的大功勞。

當天王和翼王的儀仗，來到株陵路口時，一位白髮皓鬚的老翁，戴著老花鏡，穿著長袍馬褂，攔在翼王的轎前，高聲喊道：「翼王請留步，老朽獻詞！」

翼王在轎內看見了這位老先生，神態異常懇切誠摯，必然是一位對太平天國忠誠的長者。他趕緊下得轎來，老先生一見翼王，正要跪了下去，翼王搶先跪下一隻腳，把老先生扶了起來，恭恭敬敬地說：「老先生休得如此，您是長輩，可別罪煞我也！」

老先生熱淚盈眶地說：「翼王決勝千里，救民於水火之中，不愧開國元勳，功蓋千古，天朝軍民人等，無不引頸高歌翼王的恩德。老朽無以為報，撰著〈水調歌頭〉一詞，以表心意，請翼王不棄鄙陋，祈予笑納！」

翼王抬頭一看，只見裝裱得非常精緻的宣紙條幅，書寫得非常有功力的隸體，標題為〈水調歌頭——頌翼王〉，其詞曰：

江左出人傑，
一戰震盧州，
雄才大略，
馬壯兵強挽危樓。
揮手雄師氣壯，
絞心頑敵煙滅，
帷幄巧運籌。
指點美江山，

統領神貔貅，
刀刃血，
槍射殺，
曾妖頭。
翼王偉績，
談笑洗淨萬民愁。
眼望旌旗蔽日，
豪情感人無數，
京都眾口謳。
恩澤千百載，
名隨大江流！

這位老先生搖頭晃腦高聲朗誦，圍觀的人群越聚越多。當老先生念到歌頌翼王的最後一句「名隨大江流」時，人們爆發出長久不息的掌聲和歡呼聲。

翼王不停地向老先生和百姓們拱手作揖，虔誠地感謝道：「達開愧領！達開愧領……」

在人群中摻雜著朝中文武大臣，連天王也在轎內看得清清楚楚。而心情與軍民們為翼王歌功頌德的場景截然不同的，要數洪仁發、洪仁達兩位國宗了。

這兩天來，天京城妝點得花團錦簇，似節日氣氛那樣濃烈。可兩位國宗大人，硬是處處看得不順眼，派出一批心腹人員，把京城的裝飾、歡迎標語、為翼王歌功頌德的詩、詞、對聯，全都抄錄了下來。每晚，他兄弟二人都細心聽取親信們的稟報，他倆早已氣沖斗牛，恨得咬牙切齒，不停地暗暗嗷叫：「丟他個老姆，叫這個翼王雜種把風頭出盡了，朝中大權被他一人壟斷了，這怎麼得了！」

今天，他倆也跟隨天王來到了中華門，親眼看見了人們對石達開真誠而熱烈的歡迎氣氛，特別是親耳聽見了那位老先生攔轎向翼王獻詞的場景，發現了翼王在天朝的威望遠遠超過了天王，他倆看得眼睛滴血，想得肺快氣炸了。他倆再也沉不住氣，一回到宮裡，就向天王後宮奔去。

三兄弟相見，口直心快的洪仁達氣沖沖地說：「老三，再這樣下去，你就讓我們回廣東跑單幫去吧！」

洪秀全問道：「你這是什麼意思？」

洪仁發委婉地說：「老三，今日個迎接石達開班師回朝，感覺如何？」

洪秀全不加思索地說：「很好啊！歡迎場面搞得那麼熱烈，豐富多彩，很合我的心意嘛。」

洪仁發責備地說：「你是天天念天父天兄那本經，念得暈頭了。我問你，你本是一朝之君，如今天京城裡有一個人讚揚你一句好話嗎？」

他這句話，猶如雷霆萬鈞之力，驚得洪秀全震聾發聵，兩眼痴呆，好久好久不吭一聲。

洪仁達乘機火上加油，喊道：「如今天京城的軍民人等，心目中的頂梁柱子只有一個石達開，哪有你天王的絲毫地位。」他從口袋裡拿出一幅標語來，氣憤地說：「你看，你看，我在吉福巷發現的一條標語寫的什麼玩藝兒？」

洪秀全接過標語一看，上書「敬祝翼王萬壽無疆！」

洪仁發挑燈撥火地說：「這簡直又出了一個楊秀清，說不定他比楊秀清更厲害哩！」

洪秀全問道：「何以見得？」

洪仁發補充道：「楊秀清雖詭計多端，可他心直口快，性格上是個草包；而石達開卻是智力超群，八面玲瓏，四方討好，智勇雙全的一位帥材。前幾年到安徽撫民，在老百姓中樹立了恩威；去年誅滅楊秀清，他不發一兵一卒，得到了老練穩重的好名聲；現在主持朝政，政令、軍令，一呼百應；湖口之役，又建立了蓋世功勳，曾國藩怕他，好似老鼠見了貓。而你，你又算什麼？他把你踩在腳下輕而易舉。因為兵權在他手裡，政權在他筆下。嗯嗯，老三，我就兩眼看著，太平天國這齣戲怎麼唱下去？你這位萬歲爺怎麼當下去？北方人講話：騎毛驢看唱本——走著瞧吧！」

洪仁達吵理手架似地故意怒吼道：「大哥，你這是幸災樂禍，哪有什麼同胞之情，未必你就忍心眼睜睜地看著朝廷裡又來一個異姓王，向老三逼封萬歲嗎？」

提起「逼封」二字，洪秀全兩眼發黑，驚嚇得幾乎站不住了。他癱坐在龍椅上，喘著粗氣，好像魂魄都不在自己身上了，哀聲嘆道：「今日個，我不該出宮，親眼看見，親耳聽見，那些歡迎的場面和熱忱的聲音還歷歷在目。真的像你們說的那樣，如今只有石達開了，沒有把我放在心上了，是這麼回事，是這麼回事啊！」

洪仁發接過他的話說：「那你還能熟視無睹，一籌莫展，等著別人把你趕下龍位，坐以待斃嗎？」

洪仁達怒氣沖沖地接著說：「先下手為強，後下手遭殃。你派幾個心腹，偷偷地把他幹掉算了！」

洪秀全沉默了一下，轉而對著洪仁達，正顏厲色地斥責道：「你胡說八道，我豈能暗殺功臣，留下千古罵名嗎？」

洪仁達說：「你這個人怎麼回事，又要當婊子，又要立牌坊，哪有兩全其美的事？依我看，不殺他，可也不讓他掌權，來他個免職罷官，把他的位子降下來，如何？」

洪秀全似乎已經考慮成熟了，斬釘截鐵地說：「不，不是降，而是要提升！」

愚蠢而淺薄的洪仁達，莫名其妙地說：「提升他？他現在是一人之下、萬人之上的左輔正軍師，還要提升他，那不跟你平起平坐了？」

洪秀全微笑了一下，慢吞吞地說：「到時候，你就會明白的。大哥，我想乘他得勝回朝的這個當口，晉封他為『義』王，加爵為八千歲。你們看怎麼樣？」

洪仁發不解地問：「你不是早在永安就封他為翼王了嗎？」

洪秀全說：「不，我說這次封他為『義』王，不是羽翼的『翼』，而是仁義的『義』。」

洪仁發說：「我懂了。那麼提理朝政還是由他嗎？」

洪秀全回答說：「不，他千里督師，鞍馬勞頓，太累了，太累了！我要讓他休養生息，享享清福呢！」

洪仁達急切地問道：「那朝中軍政大權交給誰呀？」

洪仁發譏諷地笑道：「老二，你這個腦子裡硬是差根弦，總是連話頭話尾都聽不明白。這不是癩子頭上的蝨子——明擺著的吧。石達開靠邊兒站了，還不是只有你我出面多為老三多操點心、多挑點擔子唄！」

洪秀全滿意地微笑說：「大哥，你真能心領神會。現在看來，人世間還是只有骨肉親情最親近，同胞弟兄最可靠。兩位哥哥，你們要有點準備，過兩天，我要天妹操辦一次最莊嚴、最隆重的封王盛典。此意已決，你們休得有半點兒洩露。好了，你們回去吧。」

次日清晨，翼王府內接到天王親筆書寫的聖諭，為了表彰翼王及有關將士的功勞，天王將在王宮正殿召集文武百官，舉行隆重的晉封授獎盛典，指令翼王及其將佐，屆時參加大典。

翼王接到聖旨後，感到出乎意料，把聖旨交給身邊的張遂謀、曾錦謙一看，他倆高興得跳了起來，大笑道：「太好了！這是天王英明！重情義，重情義！」

曾錦謙更加激動地說：「咱們天王到底不失為一代明君，我黑老曾肝腦塗地，也要扶保天王一統江山。」

張遂謀說：「殿下，天王這麼恩賜加封，也許這次盛典相當隆重，您看，昨天迎接我們班師回朝的場面夠氣派的了，可見天王真的視殿下如手足啊！」

韓寶英插話：「那倒不一定哩，豈不聞君子之交淡如水？我不欣賞一些虛情假義的親熱，可我珍視忠言逆耳的諍言。」

石達開聽過寶英說的話，當作耳邊的警鐘，不可大意，而張遂謀的話，也可作為一種啟迪，兄弟之情應以禮相待，但也不可不提防。

翼王聽罷幾位親人的講話後，當即決定：「遂謀，二兄天王，既然這麼厚愛施恩，我自當親率王府全體文武官員和貼身侍衛，屆時入宮晉見天王。你跟我準備一下，晉見天王的禮儀用品和六位后妃的禮品，以表為臣為弟的一片心意。寶英，明日我要穿上天妹請我回朝時穿過的朝服、朝靴。儀仗隊全都要換上新裝，注重儀表，要體現一副豪邁氣派，不許拖拖拉拉、鬆鬆散散。謙哥，你就把要進宮的人員，嚴格地演練一下吧。」

天王府為翼王封位晉爵的信息不脛而走。於是，天京城裡，關於翼王得勝回朝的歡悅氣氛又掀起了新的高潮。

這種表面現象所包含的真實內容，醉翁之意不在酒的意圖，是黎民百姓一時無法知道的。他們又一次捲入狂熱的歡悅之中，只能體現對翼王的信賴罷了。誰知道還為翼王幫了倒忙哩！中國歷史上威高震主的勳臣們，大抵都沒有個好的下場，不是罷官，就是喪命，或者是放逐邊陲，再或者是「架空」權力。

盛典這天，翼王率領浩浩蕩蕩的隨從人員向天王府行進。一路旗、鑼、轎、傘，威風凜凜；市民早已在通往天王府的大道上，載歌載舞，鑼鼓喧天，鞭炮放得煙霧滾滾。翼王在轎內頻頻招手示意感謝。

天王府今天又裝飾一新。在榮光門兩邊的那副對聯：「太平一統，天子萬年」，又一次刷了金粉，顯得金光閃閃。宮廷裡，每座殿堂的走廊上懸掛著紅色的宮燈。

翼王下了轎，朝著正殿，拾級而上，天王與賴后在人群的簇擁下登上龍位。洪秀全命令蒙得恩：「贊胞，典禮開始吧。」

蒙得恩莊嚴宣布：「天王有旨，封位晉爵儀式開始，文武百官上朝啊！」只聞眾人山呼萬歲之聲，震得殿堂嗡嗡作響。

蒙得恩又喊道：「鳴炮奏樂。」

天王府的禮炮放過二十四響之後，龐大的樂團吹奏起來，隨之，一百名歌女翩翩起舞，齊聲歌唱：

朝北斗，眾星拱衛，
讚英主，天順人歸。
果真是，聖代無隱者，
金龍添翼，又壯國威。

歌女們退場以後，蒙得恩宣告：「翼王石達開見駕！」

石達開健步來到天王前面，雙膝跪下：「臣弟晉見陛下，萬歲，萬歲，萬萬歲！」

洪秀全說：「達胞平身。方愛妃，請妳宣讀朕的詔書。」

方妃手捧聖旨，走在殿前，高聲宣讀：「天王詔旨，通軍主將左輔正軍師翼王石達開，功勳卓著，國之棟樑；東征西討，威震八方；忠心赤膽，力挽危亡；湖口之役，指揮有方；開疆拓土，國富兵強；愛民撫民，樂享安康；有情有義，滿腹熱腸；開國元勳，晉封義王；而今而後，軍民人等，尊稱八千歲義王。欽此。」

石達開立即跪稟道：「謝主隆恩！吾王萬歲，萬歲，萬萬歲！」

宣讀畢，宮廷裡，威嚴的號角聲驟起。賴后率領宮娥們將一面義王旗和紫袍金冠授予石達開。

曾錦謙接過大旗，韓寶英接過紫袍金冠。

這時，天王從龍位上走了下來，緊握著石達開的手說：「達胞，為你又添榮耀啊！」

石達開答道：「謝二兄恩典！」

盛典似乎已畢。石達開正準備啟程回府時，洪秀全叫住了他：「達胞，盛典未完，請稍候一時，有事通報。」

於是，天王又回到龍位，命令蒙得恩：「贊胞，再宣。」

蒙得恩搖頭晃腦地宣讀聖旨：「天王詔旨，國宗洪仁發，忠心保國，維護朝綱；廣交賢士，知農知商；協理政務，執掌錢糧；詔諭朝野，晉封安王。國宗洪仁達，有膽有識，會刀會槍；保衛王宮，武藝高強；體恤民苦，慷慨解囊；執掌軍權，掛帥點將；天下己任，晉封福王。欽此！」洪仁發、洪仁達趕緊跪下：「謝主隆恩！天王萬歲，萬歲，萬萬歲！」

石達開對於這突如其來的晉位封王和交權之舉，大惑不解。跑到天王面前稟道：「啟稟二兄陛下，天朝政務，由安王執掌；天朝軍權，由福王執掌。請問陛下，我石達開該作何事？承擔何種職責？」

洪秀全笑盈盈地說：「達胞且待。再宣。」

蒙得恩帶著諷刺的語氣喊道：「義王石達開接旨。」

石達開無可奈何地又行君臣晉見之禮畢。

蒙得恩宣讀：「天王詔旨，天朝永固，有賴義王；長年征戰，身心損傷；不宜操勞，應享安康；謝職休養，揚名四方。欽此！」

石達開聽罷，站了起來，冷冷地說道：「謝二兄關照！回府！」

曾錦謙早已氣得快爆炸了，拿著那面剛剛恩賜的義王旗，正欲把它撕成碎片時，石達開正巧走到他面前，狠狠地瞪了他一眼，他幾乎快把舌頭咬破，便一手拉著張遂謀，一手拉著韓寶英，憤然地說：「我們走！回府！」

石達開領著他的一班人馬揚長而去。

天王端坐在龍位上，看到這情景，一聲不吭。三道聖旨一宣布，可能當即掀起一場風波，但是，他沒有想到，石達開不是那種暴跳如雷的無心漢。他書房裡存放的那本《忍經》，學得相當透徹。

自古為將，貴於持重；兩軍對陣，戒於輕功。

今天這個場面，對石達開來說，等於天王搧了他幾耳光。但石達開畢竟是大氣候人物，忍住了，還是給了洪秀全的面子。而洪秀全重用親屬、排斥異己的意願也實現了。天王的龍顏龍威也保住了。真是一舉幾得呀！所以，天王滿心高興，心安理得地回到他的後宮，同王妃們尋歡作樂去了。

現在，苦了誰？痛斷肝腸的是誰？那就要數方妃了。

方妃在宣讀完給翼王的加封聖旨之後，直到授旗、授朝服之時，她的心裡都還是甜滋滋的。真是鬼使神差，那句句表彰翼王的話，她也似乎感到滿足，高興極了。好像翼王的功勞和榮譽也暗暗有她的一份似的；但是，當第二、三道聖旨之後，她卻像經受嚴霜的花朵一樣，幾乎抬不起頭來了。她強壓著滿腔怒火，咬緊牙關，度過了那短暫時間的煎熬。她覺得身邊的天王太可怕了！他兩面三刀，口蜜腹劍，笑著臉去挖人的心肝，一飽自己的口饞，他多殘忍、多陰毒啊！我怎麼跟這樣狼子野心的人同床共枕呢？當她心目中的偶像翼王的背影消逝之後，她這才流出一串串淚水，掛滿了她的香腮……

她拖著沉重的腳步，默默無言地回到了她的寢房。侍女們給她送來茶飯，她一口不吃，一滴不沾，叫侍女們拿走了；侍女們給她送來洗漱的熱水，她連看也不看，也叫她們端走了。

她往床上一倒，蒙著被子，沒有聲音的哭泣，沒有盡頭的淚水，就那麼無聲地哭呀，哭呀，就那麼默默地流呀，流呀……

人間的痛楚，還有哪一點能超過因遭到壓抑而無聲的痛苦的呢？

她萬萬沒有想到，天王在賜給石達開最高殊榮時，又好似在他胸面前殘酷地捅了幾刀。而作為整日整夜伴隨在身邊的那個人，竟然把這次捅刀子的計畫封鎖得那麼嚴密。她不禁想到，難怪古人說「伴君如伴虎」啊！

她在床上輾轉反側，滿腔憂愁憂思，集中到一個焦點，全部思維活動都在石達開身上。她這一夜想得太多了，太細了。最後，她下定決心，必須挺身而出，為石達開保駕；她必須坦蕩地表露，石達開是她心中的偶像，是她崇拜的「拿破崙」；她必須追回自己聖潔的靈魂和軀體，再也不能讓如同虎狼的洪秀全動她一個指頭。

方妃下了這決心之後，只聽門外腳步聲，一群宮娥扶著喝得酩酊大醉的洪秀全進了門，宮女們為他脫了衣，扶他上了床，關上門，離去了。

醉鬼似的洪秀全躺在檀口香腮的方妃身邊，異性的氣味刺激，男人有著本能的反應。洪秀全神智不清，完全失去了性的要求。他本能地在方妃身上摸了兩下，方妃把他的手推開了，他也就呼呼地睡著了，像豬玀般地打起鼾來了。

方妃眼淚似乎也流乾了，心似乎也粉碎了，頭腦似乎也迷糊了。她真的疲倦了，癱軟在床上，漸漸地進入了夢境，一個惡夢場景……日有所思，夜有所夢，她的神智完全沒有與她的憂慮分離。夢境中石達開仍在她的身邊，他的音容笑貌更沒有離開她的回眸，她好像時時刻刻都在跟他暢敘友情、親情和愛情；她好像時時刻刻都在為石達開擔心、傷心、揪心；她覺得石達開的點點滴滴、榮辱浮沉，都與她息息相關；她覺得結識他、了解他、愛上他，是她的福氣，也不枉然回到祖國走了一趟，她覺得太平天國革命有了石達開，就有了希望，就有了主心骨，所有的境外華人，就會理直氣壯挺直腰桿地活在世界上。然而，她痛心、傷心、揪心，甚至為石達開時時刻刻都在提心弔膽，生怕他出了差錯，活怕他遭奸細的暗算。

眼下，她所擔心的事果然出現了。欺侮他、暗算他的，不是等閒之輩，而是炙手可熱的萬歲爺呀！「君要臣死，臣不敢不死；父要子亡，子不敢不亡」的老規矩還存在呀！

方妃睡著了，夢囈般的喃喃念道：「我的達開，你逃得過這一關嗎？你逃得脫他們的魔掌嗎？那個自封的天王早就說過：『只有臣錯，無君錯』，這多麼混帳！多麼殘忍！多麼獨裁！他可以一面封賞你，一面削奪你的軍政大權呀！難道他不會有朝一日削掉你的腦袋嗎？」

她在夢境裡，夢見了洪仁達持著一把錚亮的鋼刀，猛地向石達開的後腦無情地砍去，這時，只聽得方妃「啊！」的一聲，把睡在身邊的洪秀全也驚醒了。洪秀全用手搬轉方妃的身子，問道：「妳叫喊什麼？」兩人坐了起來，一個氣喘噓噓，一個驚魂未定。洪秀全追問道：「妳從來沒有這種反常現象，今日個怎麼會這樣呢？快說！」

方妃漫不經心地說：「我剛才做了一個惡夢。」

「惡夢？什麼樣的惡夢？」

「惡夢，就是嚇人的夢唄！」

「妳被誰嚇著了？」

「被惡鬼惡魔嚇住了。」

「誰是惡鬼惡魔呀？」

方妃把頭一偏，說道：「無可奉告。」

洪秀全有所警覺，把她的手一抓，厲聲說道：「今天妳非給朕稟報不可！」

方妃看到洪秀全兩眼放射的凶光，雙手緊握的力度，敏感到洪秀全要對她下毒手了，久久地想不出恰當的回話來。洪秀全進一步追問：「妳說，不說我就……」

到底方妃把真實的夢境跟天王說了沒有呢？且看下回交待。

第十回　安福二王悄然爬上朝政位　將帥兩人昭然刺破君主心

夢境是多姿多彩的。有真、善、美的際遇，也有假、惡、醜的悲哀。做美夢的人，臉上是微笑的、甜蜜的；做惡夢的人，臉上是愁苦的、難受的。

方妃今晚的夢，是一場大災大難的惡夢。夢境中她所遇見的人和事，歷歷都在眼前。當洪秀全把她喊醒的時候，她那臉上驚恐的神色，實在叫人可怕。

而洪秀全其人，又是一位非常精明而多疑的人物。當他發現方妃異樣的神色時，馬上就猜疑到她夢中的惡鬼惡魔是誰。於是，他緊追不捨，挖根尋底。

平時，洪秀全在方妃面前百依百順，而今天卻給方妃嚴厲的臉色。原因是在盛典時，發現方妃曾暗暗掉下眼淚，又聽說方妃連晚餐也不吃，這些蛛絲馬跡，他在心頭縈繞著，加上近些日子方妃對石達開是那麼崇敬、宣揚與信賴，恰逢封位晉爵，把石達開的實權給拿掉了，而讓兩位兄長掌握軍政大權，方妃內心裡會服嗎？洪秀全為了洪氏江山，眼看，對方妃就有下毒手的可能性了。

然而，方妃這個風雲人物，她會束手就擒、坐以待斃嗎？

當她的神智完全恢復到正常狀態時，她的智謀就足以對付洪秀全了。

她抽出一隻手來，狠勁打了洪秀全一巴掌，撒嬌地說：「我只以為你有神經病唄，我的胳膊都會被你扭斷了。啥事兒惹得你對我下毒手？」

她的怒容，猶如一盆冰冷的水，向洪秀全的頭上淋去。幾年以來，天王從未見過這位愛妃如此動怒，還反打起萬歲爺來了。她這一打，這一撒嬌，還真靈驗呢！

洪秀全咄咄逼人的氣焰，頓時減弱了幾分。他只得改變口氣說：「我只是問妳做了什麼夢？發這麼大的脾氣幹什麼？」

方妃說：「你沒有看見，我床頭擺的《西遊記》嗎？那些惡鬼惡魔要吃唐僧的肉！剛才，我就夢著牛魔王拿起刀去砍唐僧時，一下就把我嚇醒了。未必你就是牛魔王，未必你想吃我的肉！」

她這個亂彈一扯，使洪秀全完全釋疑了。他說：「啊，原來做的是這個惡夢。我差點誤會妳了。」

方妃乘機反問道：「你誤會我什麼？」

洪秀全笑著說：「今天，我免除了石達開的大權，怕妳不高興呢！」

方妃鼓起嘴巴，生氣地說：「難道你還把我當作外人嘍！我問你，是我跟你在睡覺呢，還是我在跟石達開睡覺！你呀，對女人的靈魂與肉體，簡直還一竅不通！」

洪秀全這次像隻打架的公雞一樣，鬥得敗下陣來，因為方妃提到睡覺的事，這是千真萬確的事實，正是愛妃在自己身邊，還有什麼話可說呢？

方妃見到洪秀全被自己征服了，又接著說：「我安排熱烈的場面迎翼王班師回朝，還不是為了你天王落個好名聲，難道還是為了我這個女流之輩？」

洪秀全覺得無話可說了，只得轉怒為笑，一把摟住方妃，嘴裡輕輕地在方妃耳邊響著：「我的愛妃，我怎麼會懷疑妳呢？」接著，又在她耳邊、腮下、胸脯吻個不停。

方妃把手攔住他的嘴，嬌聲說道：「你對我好狠心，好像要把我吃掉似的。」

洪秀全說：「只怪我一時太衝動了，來，來，來打我幾下。」

方妃說：「我還敢打萬歲爺嗎？你這個人呐，會永遠交不到知心。別人為了你得到好名聲，我險些把命都丟在你的刀下了。真是『狗咬呂洞賓，不識好人心』。依我看，你比曹操的疑心少不了幾分。從今以後，朝中大大小小的事，我一概不過問，也一概不管！」

洪秀全說：「那，那怎麼行呢？我大哥、二哥都是土包子，一下子掌那麼大的權，妳不出主意，不幫助他們一下，能行嗎？」

方妃說：「我有什麼能耐幫助他們，他們是你的兄長，一個掌朝政，一個掌軍權，位封王爵，而我，是個婦道人家，算什麼？人家把兩個手指頭只捻我一下，我就會一命嗚呼哩！」

洪秀全說：「不會的，他們對妳的才幹佩服得五體投地。我交待他們了，有事要找妳商量的。」

方妃笑道：「你知道，男女授受不親，哪有弟媳婦跟哥哥那麼親密來往的？你這個人吶，又小氣得很！」

洪秀全嘻皮笑臉地說：「只要我不在意，誰敢說閒話？」說著，說著，又是對方妃一陣狂吻，提出那種要求……

方妃把他的手一推，「不行，今天『好事』來了，不乾淨，你去找賴后，她們五個人都在等著你呢！」

說完，她下得床來，天王也隨之下床，兩人肩挨著肩，踱著踱著……

突然，方妃故意把話岔開，「喂，我問你，你把翼王請回朝來，時間還只半年，你就要他坐冷板凳了，這在文武大臣中說得過去嗎？」

洪秀全說：「那有什麼？歷朝歷代哪個皇帝不重用自己家裡的親人？漢平帝重用王莽，結果篡了位；唐高宗重用武則天，結果連國號都被她改了；漢獻帝屈服於曹操、董卓，結果失了江山、丟了命。妳也很清楚，我不是只差一點被楊秀清搞掉，如今的石達開，朝野內外都對他頂禮膜拜了，我怎麼能再重用他呀。我只得要大哥、二哥掌權，大概他們不會篡我的位嘛！」

方妃故意順著他的話：「那也是啊，世上只有骨肉親，骨肉兄弟不離分嘛！」

洪秀全說：「這就對了，妳這就跟朕心連心了！」

方妃假裝憂慮地說：「太平天國按照陛下寫的《天情道理書》，說的是天下乃黎民百姓之天下，有飯同吃，有衣同穿，有錢同使。這些天條，應該是有能耐的人才能為官，石達開的確非等閒之輩，再加上他手下有謀士和猛將，他們會聽從安、福二王的節制與調遣嗎？」

洪秀全說：「對，說準了，朕也憂慮到這一點。正因為如此，我不罷石達開的官，相反地，把翼王變成『義』王，並封為八千歲，讓他安安靜靜地享福。這樣，靜悄悄地把實權給拿了，交給大哥、二哥去管。我認為，人啦，有了富貴榮華，就足夠了，這樣做，難道石達開會造我的反嗎？」

方妃再次順著洪秀全的話說：「對，這就真的是『太平一統，天子萬年』囉。」說著說著，假意兒打了兩個哈欠，嗲聲嗲氣地說：「唔，不講了，我要睡覺了喲。」

洪秀全聽到方妃的這些話，感到心滿意足，看到她這種疲倦的神態，心疼萬分，便扶著方妃躺在床上，幫她蓋好被子。眼見她睡了，睡著了，二人誰也沒有干擾誰，一直睡到大天亮。

卻說洪仁發、洪仁達封為安、福二王之後，天王下達聖旨，通令朝野軍民人等，曉諭安、福二王職權。安王提理朝政，福王總攬軍權。

全軍將士和黎民百姓，無不震驚。但因有天王下旨，只得竊竊私語，誰也不敢公開表示不滿。然而，在私下裡，安、福二王的通令總也不能如願施行。

人們不可理解的是，翼王回朝提理軍政事務，還不到半年，怎麼就不管事了。天王的詔令沒有闡明緣由，一團團疑雲就籠罩在太平天國的上空。

這一天，安王洪仁發派遣他的賦稅總制王二和來到下關碼頭，收繳洋人過境稅時，可就碰到麻煩了。

這王二和，是洪仁發的拜把兄弟。當洪仁發被封為安王之後，他似乎覺得封的不是洪仁發，而是封他自己。他狗仗人勢，威風凜凜地來到下關。見到守關的官員，便神氣地說：「喂，你把這兩個月的稅款都交上來吧。」

那官員問道：「你是哪個上頭？」

王二和說：「我乃安王府賦稅總制王二和是也。」

「本人在關多年，沒有聽到甚麼王二，叫甚麼的、甚麼的，叫王八蛋？不，王二蛋？」

「你，你膽敢侮辱朝臣！」

「你說是總制，我不知道。」那官員往牆上一指，「我只聽夏官丞相張遂謀的指令。我是聽你的呢，還是聽張遂謀的呢？在這裡沒門兒！」

講到那福王洪仁達，派遣他的心腹大將崔養浩率領幾十名親兵，來到鎮江侯曾錦謙的江防大營，接管城防之職，恰好碰見曾大將軍正在午膳。

崔養浩前幾天被連升幾級也只是個小小的指揮，比起曾大將軍來，不知要小多少了。他事前又不通報，一來到大營，就直奔大堂，昂首挺胸，送上福王洪仁達的名帖，那副傲慢的神態，早已被曾錦謙看在眼裡，怒滿胸膛。這人怎知曾大將軍在全軍上下的名氣，誰個不知，哪個不曉？有誰在他的面前敢抖威風呢？

這崔養浩仗著福王之勢，前來接管江防之職。曾錦謙用午膳時正巧喝了幾杯燒酒，見到這個人便大聲吼道：「呸！你見了帥家，為何不跪？」

崔養浩斜瞟了曾錦謙一眼，雙手抱胸，右腳直閃，便對曾錦謙說：「下跪？沒那個習慣，我乃是福王親令的江防大員崔養浩是也。」

曾錦謙笑道：「哈哈，老子在天朝上下怎麼從未見到過你這個活寶？我看你是個有娘養、無官教的一隻耗子吧！來呀，把這隻偷吃油罐的小耗子，去掉一隻眼睛、一隻腿。」

曾大將軍一聲令下，他大營的一群武士蜂湧而上，非常快速地把崔養浩綁了起來，三下五除二地就把他的眼睛挖了一隻，一隻右手也搬了家。那時只聽得他哭嚎著說：「黑老曾，你這樣對待我，我不報這個仇，誓不為人！」

曾錦謙這一莽撞行為，埋下了他的塌天大禍之根。他將要為此付出什麼樣的代價，此是後話，暫且不表。

卻說曾錦謙為石達開的大權旁落，憋了一肚子氣，現在把那崔養浩的眼挖了一隻，手砍了一隻，得也算出了口氣。他便跑到石達開那兒，見面就說：「達老弟！我真的快氣得要跳樓自殺了，請你批准我，回廣西種田去！」說罷，一拳打在桌子上，險些兒把桌上的茶杯震到了地上。

石達開急問：「謙哥，你這麼生氣，到底發生了什麼事？」

曾錦謙發洩憤恨地說：「他媽的，真欺人太甚，老子們把一顆心都挖給太平天國了，可人家結成了狐群狗黨，他們連招呼都不打一聲，叫那個崔養浩來接管老子的江防重任，你說我能放心交權給他嗎？」

石達開冷靜地問道：「崔養浩是什麼人？」

曾錦謙說：「他是什麼人，是個大流氓，是跟著洪仁達跑單幫的大騙子。他去年強姦一個民女，還被我的部下抓住後，打了幾十軍棍呢！現在他搖身一變，成了一個什麼雞巴將領，真是『一人得道，雞犬升天』哩！」

石達開又問：「謙哥，你知道的內情外情比我多。近些日子，你還聽到或者看到有什麼新的動靜？」

曾錦謙稟報道：「到今天為止，天京城裡，新開三十八家錢莊，高利盤剝，老百姓叫苦不迭；天京城裡，所有糧米聖庫，現已封倉鎖庫，市面上哄抬糧價，牟取暴利。」

石達開問：「這是誰幹的？」

曾錦謙說：「還有誰幹？誰有這個狗膽子幹這號缺德事？是安、福二王在主宰乾坤，一統天下，胡作非為，草菅人命！」

石達開聽罷，五內俱焚，氣沖霄漢。他一聲不吭，在室內急步踱了幾個來回。終於，下定決心，脫口命令道：「全副儀仗進宮！」

石達開從一八五三年進入天京以來，從未擺過儀仗在城裡抖一下威風。即便回朝主政以來，天王恩賜給他的龐大儀仗，也只養在府裡，沒有擺出來露面，張揚名氣。而今天，他實在嚥不下這口悶氣了，實在覺得天王欺侮他到了蝦子不流血的程度，他只好被迫對壘。在曾錦謙稟報民情、軍情之前，早有張遂謀向他報告過洪仁發派遣賦稅大員，接管收繳國稅的事。那時，他就已經忍受不住了的。現在，曾錦謙親自稟報，天王已明確無誤地抹掉了他的一切權力，他還能嚥下這口氣嗎？

石達開登上六十四人抬的大轎，前呼後擁，帶領上千人的儀仗隊，浩浩蕩蕩，開向天王府，親信大將曾錦謙為首先行，命武士們喝令開道，旌旗蔽日，鼓號震天，直入天王府。

義王石達開在丹墀階前下轎，早有天王近臣蒙得恩前來迎候義王。

義王冷冷地命令道：「我要見二兄陛下！」隨即率文武官員來到正殿，行過君臣之禮。

天王洪秀全問道：「達胞，今天進宮所為何事？」

石達開答道：「你我兄弟，既為天父之子，應屬胏腑之人。小弟做人做事，如有不周，二兄打也打得，罵也罵得；若二兄處事不當，小弟該講也講得，責也責得。」

洪秀全把義王擺的儀仗隊掃視了一遍，然後說：「真個是浩浩蕩蕩，威風凜凜。達胞今日個進宮，可費力不少啊！」

石達開說：「二兄恩賜給小弟的龐大儀仗，今天擺出來露露面，為二兄爭爭光嘛！」

洪秀全冷笑道：「嗯嗯，好一個爭光的場面。在朕的天王府，楊秀清假託天父下凡，多次擺過這種威風；達胞，你該不會忘記吧？」

石達開快速反擊說：「二兄，楊秀清與石達開可以相提並論嗎？」

洪秀全感到被他抓住了辮子，但也不甘示弱，便板起臉孔說道：「今天，你的來意簡直令人不可思議。」

石達開直截了當地說：「我的來意非常明確。這是二兄恩賜給我的儀仗，是一副沒有實際意義的儀仗，是一副名不副實的儀仗。事實上，小弟已變成一個空頭王了！」

洪秀全似乎抓住了他的話柄，反守為攻地說：「嘿，何謂『空頭王』？朕封你為義王，晉位八千歲，身為群臣之首，你還不滿足，難道天朝還要另有個『萬歲』嗎？」

石達開緊接著反擊道：「陛下，你的話越說越離譜了。我石達開跟楊秀清截然不同的是絕無野心。從金田起義以來，對你的忠心沒摻絲毫的假！」

洪秀全不得不緩了緩口氣說：「那你來見我幹什麼？」

石達開說：「向你稟報國情、軍情、民情。」

洪秀全命令道：「講！」

石達開說：「京城內外，封倉鎖庫，哄抬糧價，害得百姓饑餓難忍，叫苦連天；天京城裡，陡然開設三十八家錢莊，重利盤剝，百姓怨聲載道；天京城防，本屬固若金湯，如今換上強姦民女的流氓充任。二兄呀，你倒行逆施到了如此程度，可悲，可怕呀！」

洪秀全追問：「哎嘿，哄抬糧價者誰？開設錢莊者誰？撤換江防大員者又是誰？」

張遂謀跪下稟道：「啟奏陛下，封倉鎖庫、開設錢莊者乃陛下長兄安王洪仁發。」

「你有何證據？」

「他封倉鎖庫的指令，開設錢莊的單據，請龍顏審閱。」

「那麼，撤換江防大員者又是誰？」

這時，曾錦謙大模大樣說道：「陛下，我來稟報，那是你二哥福王洪仁達。」

洪秀全一聽曾錦謙粗聲大氣的講話，反感透了。問道：「你有證據嗎？」

曾錦謙回稟道：「他養的那條狗，已被我抓住了。」

說話間，恰逢洪仁達領著挖了眼、砍了手的崔養浩氣沖沖地直奔金殿而來，一見洪秀全，便喊道：「老三，你看，這個，這個，這個黑老曾，欺人到了何種地步？他把我的江防指揮既挖眼睛，又砍手，藐視王法，違抗聖令，他簡直是反了！」

曾錦謙迎頭痛擊：「洪老二，你別在這兒以勢壓人，你在闔朝上下，你查一查，訪一訪，我曾老黑什麼時候怕過人？你掌管軍權，不是天大的笑話，十八般武器，你會哪一般？打槍、打炮，你會打哪一門？用兵打仗，三十六計，你會哪一計？你的崔養浩，不就是跟你在廣東跑單幫的一名打手嗎？還是一名強姦民女的大流氓哩！老子們用鮮血和生命換來的江山，豈能讓他來掌權守江防！」

洪秀全坐在龍位上，把桌子一拍：「黑老曾，你膽敢在金龍殿上藐視君王，居功自傲，咆哮金殿，你比楊秀清還瘋狂，我豈能饒你！」

曾錦謙針鋒相對地回稟道：「今天上朝，我就沒有指望你會饒我。既然把話挑明了，那我就開門見山地說吧。我黑老曾，提起腦袋當太平軍，本為饑寒交迫的老百姓，在戰場上被殺得死去又活過來，決不是為了你姓洪的一家人！如今，你神猜鬼疑，排斥異己，任人唯親，重用自家兄弟。你天王簡直把太平天國變成了『洪氏江山』！誰能服氣？你家洪仁達，你要他指揮千軍萬馬他指揮得了嗎？你家洪仁發，利欲薰心，搜刮民財，開設錢莊，牟取暴利，封倉鎖庫，哄抬糧價，置黎民百姓的生死而不顧，簡直是個大、大、大的吸血鬼！你還封他為安王，他安分嗎？他安得了老百姓的安居樂業嗎？天王陛下，你的權就這麼亂用嗎？太平天國它能太平嗎？陛下，你須知，『水可載舟，亦可覆舟』呀！」

洪秀全惱羞成怒，喊道：「這麼說，你是要抗拒聖旨，要反水了，要顛覆朕的江山了嗎？」

他轉眼望了望石達開，問道：「是你允許他咆哮金殿，聲言反水的嗎？」

石達開回答道：「二兄剛火太甚，你又忘了天父處事要冷靜的教誨。」

洪秀全仍然吼道：「我對你不僅是冷靜，而是在忍讓！」

石達開也動氣地說：「二兄，我對你不僅是忍讓，而是把弟兄情義看得重於泰山。」

洪秀全說：「是呀，正是我看重情義，才封你為義王，授予你義旗的嘛！」

這時，曾錦謙暴怒得無法控制自己的情緒，大聲吼道：「你，你有雞巴的義氣！石達開入朝，收繳了你大哥、二哥的錢糧，你怕他功高震主；石達開班師回朝，受到軍民的衷心擁戴，你猜忌更甚。於是，你假惺惺地給他封官晉爵，靜悄悄地罷官奪權，這是重義氣嗎？你情在哪裡？義在何方？」說著，說著，怒氣難抑，決然把手中的那面「義」字大旗撕裂得稀爛，像扔掉解手紙那樣，往金殿裡一扔，動腳打算衝出殿堂，揚長而去。

洪秀全龍威大發：「站住！你這個大、大的叛逆者，竟敢在金龍殿上撕裂朕的令旗，玷辱朕的龍顏，謾罵王親國戚，踐踏朝綱，宣揚反水。朕就是定罪你點天燈、五馬分屍，也實不為過。」

曾錦謙趕緊回答道：「天王陛下，我跟著你打天下，就落得個點天燈、五馬分屍的結局呀！我可以斷然地說，後代子孫絕對不會把我罵得遺臭萬年，也絕對不會稱頌你為賢明君主。我似乎悟出來了，歷朝歷代，直言進諫者，都沒有好下場；哪怕只有一官半職的人，也喜歡聽奉承話啊！」緊接著，他進而以命令的口氣對天王說：「天王陛下，請開金口玉言，對黑老曾處以點天燈、五馬分屍、下油鍋之刑，哪樣都行！我告訴你，哪朝哪代的忠臣都不會怕死的！」

洪秀全被他的這種天地正氣震懾得幾乎要在龍位上倒下去了。但是，他的脾氣，他的性格，他的尊嚴，決不會迫使他在這位猛將面前示弱、低頭。不過，他也不會當著眾人輕易地講出「推出午門斬首」這句話，只是輕描淡寫地對石達開道：「義王，曾將軍是你的部屬，朕不可越俎代庖，如何處決，你看著辦吧！」

這時，站在一旁的韓寶英再也忍不下去了，對石達開說：「父王，人命關天的關口，你還不發一言，未必那個『忠』字就貴重得黃金萬兩嗎？比人命還重要嗎？」

石達開雙手把腦袋重重一擊：「我真活得窩囊呀！回府！」

石達開撇下了天王賜給他的龐大儀仗，深情地凝望著曾大將軍，僅僅率領著張遂謀、韓寶英和他的隨從們，出了金殿，回府去了。

剩下曾錦謙站在金殿上，怒目圓睜，一動不動，像府門前那頭石雕的雄獅一般。當張遂謀經過他的面前時，用眼神示意與他同行，而他把嘴呶了一下，示意他們先走。他自知觸犯了龍顏，甘當死罪，不宜於牽連翼王，站在那裡，等著天王處死他。

洪秀全目送著石達開一行走後，坐在金殿的龍位上，呆若木雞，好像一具失去知覺的「木乃伊」。

曾錦謙大聲喊道：「天王陛下，快下令處死我吧！我站在你的面前，活著比死了還難受啊！」

洪秀全似乎被他喊醒了，這時才轉向洪仁達說：「把他打入死牢吧，明天午時三刻處決！」

中國人在「君要臣死，臣不敢不死，父要子亡，子不敢不亡」的堂而皇之的禮教下，一代一代習以為常地生活了幾千年。哪一個朝代的帝王斬殺一名臣子，誰會大驚小怪呢？誰又敢公開反對呢？按照天條天律，曾錦謙死定了，天王洪秀全開了金口，吐了玉言，明日午時三刻開斬，這位可愛又可悲的勇猛大將，當時就被洪仁達打入了死牢。臨行時，曾錦謙還嘻皮笑臉地對洪仁達說：「喂，夥計，你最好是拿根繩子把我捆起來。」

洪仁達莫名其妙地問：「為什麼？」

曾錦謙笑道：「你送我去死囚房，一路上我倆難免發生口角爭吵起來，若一爭吵，又難免發生打鬥，一打鬥起來，你又不是我的對手，我打你一拳，你又承受不起，打你半拳呢，卻又不好分開，只好請你當著你洪氏老三的面，用繩子把我捆起來，免得發生那種意外，以便留著你多活幾天，好多害點百姓！」

洪仁達好像求援似的，對天王說：「老三，老三，你看，黑老曾死到臨頭了，他還在挖苦譏諷人哩！」

洪秀全說：「捆起，捆得緊緊的，打入死囚房後也不給他鬆綁！」

就這樣，曾錦謙被繩捆索綁，送進了死牢，是凶是吉，是死是活，他到底被斬殺了沒有呢？且看下回分解。

第十一回　曾國藩乘機巧施離間計　曾錦謙負罪難逃滅頂災

洪秀全晉封石達開為義王的盛典，其規模遠遠勝過在永安封王的莊重儀式，這一消息很快傳到了遠在京城的曾國藩耳朵裡。

話說曾國藩在湖口戰敗之後，投江尋死未成，損兵折將，幾乎全軍覆滅，深感有負皇恩，罪不容誅。於是，帶著他的幾位兄弟和幕僚，來到京城，向咸豐皇帝請罪，接連在皇上那裡痛哭了幾天，請求皇上將他斬首示眾。他三把鼻涕、四把眼淚，哭得如喪考妣，極為傷心。他的腦門心兒磕頭磕起了三個大包。咸豐皇帝看著這位欽差大臣，如此痛心疾首，誠懇認罪，深受感動。

咸豐皇帝琢磨著，我大清帝國的皇親國戚，當了大官，就誰也管不了他們。比如，和春、僧格林沁、琦善等滿族大員，曾打過許多敗仗，從來沒有一人前來向朕認錯的。反而把打敗仗的主要責任推給朝廷；可是曾國藩呢，他雖係漢人，卻還如此這般地唯命是從，虔誠悔過，忠誠之至。孔子曰：「人非聖賢，孰能無過，過而能改，善莫大焉。」難怪曾國藩如此通情達理，原來是讀五經四書古聖先賢的經典名著讀透了的人，難怪被選為大學士的。啊，此等雄才不用，還用何人？

咸豐皇帝想著想著，越想越通了，看著看著，越看曾國藩越順眼了。他走下龍位，俯身把曾國藩扶了起來，並用自己的衣袖擦去他臉上的眼淚，異常親密地說：「卿家，休得悲傷，勝敗乃兵家常事，朕相信你，一定會重振軍威，湘軍雄師在你的麾下橫掃江南、江北的長毛匪患。朕曉諭天下：卿家仍為欽差大臣、兩江總督，節制長江兩岸全部清軍。若有對卿家說三道四者，斬；若有不服節制者，斬；若有抗旨抗稅者，斬！卿家可對滿、漢軍務大臣擁有生殺予奪之權！卿家，朕指望你多加保重，盡心盡力，剿滅長毛啊！」

曾國藩親領皇上如此恩典，感恩戴德，磕頭如搗蒜似地喊道：「謝主隆恩！吾皇萬歲！萬歲！萬萬歲！」

當他回到官邸的時候，突然，遇見陳香媛陪著一位美貌佳人，跪在門口，迎接曾大帥回府。

陳香媛說：「大帥，您看這誰來了？」

陳香媛說罷，那美人兒抬起頭來：「奴家，祝福曾大帥萬福金安！」

曾國藩仔細一瞧，大喜地喊道：「紅鸞！是妳呀！妳怎麼來了？我還以為妳……」

紅鸞一笑：「大帥，您以為我被長毛吃掉了，是不是？」

曾國藩連連說：「妳呀，性命長得很，幹得不錯！古人云『敬美女淫聲以惑之，伐其情，其勢之萎。』妳呀，我千軍萬馬沒有做到的事，而妳做成了。我要奏明皇上，重重地嘉獎妳！」

紅鸞撒嬌地說：「嘉獎我什麼？是做大官呢？還是賞黃金萬兩？」

「嘉獎妳陪皇上三天三夜。」曾國藩開玩笑說。

紅鸞噘起小嘴說：「那麼大年紀，我才不稀罕哩！他三宮六院，還能輪到我？」

曾國藩說：「是呀，自古帝王無真情。女人進了皇宮，猶如進了牢門。哪朝哪代的后妃都是如此。」

陳香媛插言道：「那倒不一定，唐明皇李隆基和楊貴妃年紀相差那樣大，還有『在天願為比翼鳥，在地願作連理枝』那份真摯感情哩！」

曾國藩趕緊應聲道：「對，對，對。像紅鸞這樣具有傾國傾城之貌的女子，誰見了都會動心！」

陳香媛快速地戳了他一句：「如今您見到了紅鸞，你動心了嗎？」

曾國藩也逗趣道：「我就知道妳會吃醋的。老夫豈敢！豈敢！有妳在身邊，吾願足矣！」

紅鸞陪笑說：「我跟媛姐都是青樓女子，承蒙大帥看得起，密令我打進長毛窩巢，承擔違心之事。不過，總比漢朝昭君嫁給胡人要強一些吧！」她嘆了一口氣，又說：「哎，女人呀，對人間最大的貢獻就是滿足男人！」

曾國藩說：「不對，我說呀，女人可以興邦，也可以喪邦。楊秀清不是死在妳的手裡嗎？韋昌輝不也是因妳而闖殺身之禍嗎？現在長毛裡的石達開，那就看妳有沒有本事把他摟在懷裡囉！」

紅鸞說：「我絕無此才幹。長毛首領之中，唯獨這個石達開，不貪戀女色。他老婆被殺之後，至今還是光棍一條。儘管方妃那麼向他暗送秋波，柔情似水，抬他的轎子，一個勁兒地巴結，可石達開像個木頭人似的，一竅不通。」

曾國藩問道：「那，石達開心中沒有女人嗎？」

紅鸞回答道：「有哇！有一位絕代佳人在侍候他哩！」

曾國藩說：「我說嘛，男人沒了女人怎麼活得下去？」

紅鸞解釋道：「可那佳人是他的義女呀。」

曾國藩乘興說道：「這正好，紅鸞，妳打進去，撲向他身邊，用妳那幾分柔情，先把他纏得軟綿綿的，然後，就……」

陳香媛譏笑地說：「這還要您教唄！紅鸞的這套本事大得很。大清要員誰只要挨近了她，便會俯首就擒。」

曾國藩說：「是呀，早有所聞。要不，我怎麼會派她到長毛窩裡去咧。她琴棋書畫、詩詞歌賦，樣樣都會，又有閉月羞花之貌，沉魚落雁之容。就憑這些，可以打敗長毛千軍萬馬；再加上她在那裡，結識了那麼多長毛要員，又熟悉他們那些臭規矩，是很適合的人選嘛！紅鸞，對石達開如何下手，非妳莫屬哇！」

紅鸞扳俏撒嬌地說：「大帥，我，我不去了。」

「為什麼？」

「長毛的王侯將相大部分都是饞貓子，纏死人，我奈何不得，可我又不敢得罪任何一個人。」

「妳不去，怎麼辦呢？我們不是斷線了？」

「要去，我要跟媛姐一道去。」

曾國藩生氣地說：「妳這不是要我的命，我能一時一刻離開了她？」

紅鸞也有點生氣地說：「您這個大帥，還最自私，是自己的心上人就不想讓別人挨她一下。說到琴棋書畫，詩詞歌賦，人才美貌，她哪一點比我差？」

曾國藩哀求道：「是呀，妳說的也是事實。可香媛，她沒有跟長毛打過交道，一句話不對，就會暴露身份的。長毛，最恨奸細。妳在長毛窩裡，我哪一天不為妳擔心？若不是為報皇上大恩，不是為保黎民百姓，我怎麼會捨得派妳去幹這事兒啊！長毛可惡，長毛可惡！就說妳們倆吧，哪個不是大家閨秀？若不是妳家中爹娘死於長毛之手，又怎麼會淪落青樓？紅鸞，國仇家恨，要銘刻在心吶！」

曾國藩這一番表現得痛徹心肝的話，把紅鸞說得低頭不語，默默落淚。她想起了爹娘被長毛的刀、矛捅死的慘狀，禁不住怒火又燃燒了起來。她恨透了長毛打富濟貧、犯上作亂的那一條條罪行，抬起頭，把眼淚一抹，說道：「大帥，請發令，小女子赴湯蹈火，在所不辭。」

曾國藩大喜道：「對，這才是大清帝國的忠烈之女。身入虎穴，勇闖狼窩，堪稱巾幗英雄！在妳百年之後，皇上一定會為妳親賜貞節牌坊，名揚天下。現在，在妳身上使用三計：第一，美人計，使出妳的絕招，把長毛匪首們迷死，饞死，醉死，玩死；第二，離間計，要見人說人話，見鬼說鬼話，要陽奉陰違，兩面三刀；第三，勸降計，當第一、第二兩計成功之後，集中一點，就是勸降石達開，這叫射人先射馬，擒賊先擒王。當石達開倒戈投降之後，那洪秀全的太平天國就不攻自破、冰消瓦解了。紅鸞，我親筆備好給石達開的信，到一定時候，妳就見機而行吧！」

紅鸞聽罷大帥的話，躊躇滿志，忠心耿耿地說：「大帥請放心，我會為大清江山、為大帥的千秋功業肝腦塗地，出生入死。只請大帥賜我一件武器。」

曾國藩說：「咳，妳要武器，快說，要哪件就給哪件。」

紅鸞微微一笑，搖搖頭說：「十八般兵器，般般不要，只請大帥賜給我一部《資治通鑑》。」

曾國藩喜出望外地說：「好！以文克武，勢如破竹，我料定石達開不是妳的對手。」

當下，曾國藩如願以償，並祝她馬到功成。

紅鸞此去，是否能叫石達開敗倒在她的石榴裙下？曾國藩的錦囊妙計是否真的得以成功？這是後話，暫且不表。

話說那天朝名將曾錦謙，自從因口出直言，引禍上身，被天王打入黑牢之後，他一沒有覺得有罪，二沒有感到羞愧。但一點，使他想不通的是：這黑牢本應是關押清妖、走狗和洋鬼子而修建的，怎麼會關押自己的弟兄來了，怎麼能夠把處罰敵人的牢房用來處罰自己的弟兄呢？他百思不得其解。他想著想著，不禁怒從中起，發狂地喊道：「洪天王，你發昏了，你不分是非，不分敵友，你對開國元勳都敢下毒手，你還像個人嗎？你對得起滿朝文武和浴血奮戰的弟兄嗎？洪天王，你是個昏君，你把江山竊為洪氏家族所有，豈能容你！」

他在天國的名氣和剛才的咆哮聲，震懾了牢房的獄長和獄卒，可誰也不敢前去制止他，更沒有哪個吃了豹子膽的人敢去懲罰他。因為，人們都傳說曾錦謙一捶定江山，早就是名揚四海的人物，就是現在入了牢房，又有誰敢惹他？

事有蹊蹺，人有禍福。不可一世的曾錦謙在這黑牢房裡狂呼亂喊的時候，偏偏有一位吃了豹子膽的女人，來闖牢房了。

她，穿著一套青衣青裙，罩著黑色的蒙面紗，輕輕地用鑰匙開了牢門，正趕上曾錦謙大聲怒罵洪天王，「洪天王，你是個昏君！」她聽得清清楚楚。她突然對曾錦謙說：「你呀，不過是三十五里罵知縣，頂個屁用。」

曾錦謙回頭一看，大驚：

「妳是什麼人？」

「你的冤家對頭。」

「妳是洪家兄弟派來殺我的吧？」

「為時過早，明天午時三刻還沒到哩！」

「那妳跑進牢房來幹什麼？」

「來探監，找麻煩的。」

「找麻煩，找麻煩……」曾錦謙隱隱約約想起了曾經有個女人在他面前講過幾次說他惹麻煩、找麻煩的事，可她是在哪兒講的，卻記不起來了。但是，他在丹陽戰敗清妖名將張國梁的時候，曾經收到過一封署名「找麻煩的女人」寫的讚揚信，把他吹捧成世上無雙的英雄。

曾錦謙頓覺眼一亮，是不是那個「找麻煩的女人」來了，她卻在我的生死關頭，冒著生命危險跑到牢房裡來了？是不是給我寫信的那個她？如果是她，又為什麼這般鬼鬼祟祟，蒙著臉面來探監呢？嗯，可能這裡面有些名堂，我曾莽漢得粗中有細呀。

曾錦謙的語氣緩和下來，對那女人說：「喂，我黑老曾終生討厭偷偷摸摸，最喜歡光明磊落、直來直去，……」

他只說了幾句，那女人就搶過話題說：「你呀，就是這點光明磊落、直來直去逗人喜歡！」

曾錦謙就說：「那妳幹嘛不光明磊落一點，還蒙著面紗，叫人看不清廬山真面目！」

那女人把面紗一扯，帶著笑容說：「我這個面目，就是你害得我留下了一個傷疤，醜死人！」

曾錦謙看著看著，愣了半天，虎聲虎氣地說：「誰說妳醜，這傷疤正好像一朵紅玫瑰咧！啊，我想起來了，妳是那個不曉得天高地厚、前幾年在鼓樓教場跟我比武的那個黃毛丫頭，是不是？對不起，真對不起！那天，我的手下得重了一點，讓妳吃了虧。自那次以後，一直沒有看見過妳。今日個，就在牢房裡陪個不是吧。哎，妳姓什麼叫什麼？」

那女人笑著說：「小女子姓鐘名秀英是也。」

「鐘秀英？妳是不是在天京城裡開科取士、得中二名女榜眼的那個鐘秀英？」

「不才便是。」鐘秀英微笑著。

曾錦謙大喜，意欲給她陪禮道歉、打躬作揖，可是兩手被五花大綁著，只好跪下，微低下頭說：「我老哥有罪，當時誤傷了天朝榜眼，罪該萬死，罪該萬死！」

鐘秀英看到這位大漢爽朗誠摯的神態，心中愈發憐愛起來，也俯身跪了下去，動情地說道：「謙哥，你別這樣。如今，真把你受苦啦！」

她，喉嚨哽塞著，淚水汪汪地流著，順手給他鬆了綁，解開了繩索。

曾錦謙說道：「秀英，我是定了死罪的人，妳冒著風險，來到死囚房探監，拿出潑天的膽量，給我鬆綁，這會連累妳、害了妳呀！」

鐘秀英激動地說：「不怕！我只要見到你，甘願在明天午時三刻陪著你一道去砍頭！」

曾錦謙急了，說道：「那是為什麼？妳又沒有觸犯天王洪家兄弟。」

鐘秀英直截了當地回答道：「那是因為我愛你，我默默地、偷偷地愛你，愛了你三、四年啦！可你總在外面鏖戰沙場，找不到機會見到你。我只能日裡盼，夜裡想。謙哥，一個女人的心被拴在一個男人身上，那時間的煎熬是多麼難受啊！」

曾錦謙笑道：「我是一介武夫，性情魯莽，只能砍砍殺殺，妳是大家閨秀，滿腹文采，談吐斯斯文文。我什麼值得妳愛，不敢當，不敢當，文武不配喲！」

鍾秀英也直截了當地說：「你有男人的陽剛之氣，我有女人的溫柔之情，以剛制柔，以柔克剛，剛柔並濟，天作之合也！倘若只有你的剛，就會落得進牢房，明天午時三刻斬首；倘若只有我的柔，就只能成為男人床上的玩物，書案上的花瓶，縱有滿腹文采，也將一事無成。如果文武兩顆心貼在一起，勇謀兩相濟，豈不無敵於天下？謙哥，洪仁發、洪仁達算什麼貨色？你都對付不了他們，如果小妹時刻在你的身邊，就不會落得這般場景嘍！」說罷，她抑制不住感情的衝動，便撲向他的懷抱，嚎啕大哭起來，把這位鐵漢子的心都哭碎了，他的淚水，也一串串地落在她的秀髮上……

曾錦謙默默地掉了半天眼淚，他也是三十多歲的男人了，除了練兵、打仗、吃飯、睡覺，從來就沒有接觸過女人。今天，在這個黑牢房裡，他萬萬沒有想到在他生命即將終結的時刻，出現了這麼一位天朝的女才子，而且又這麼痴情地愛著他，這到底是上帝的安排呢，還是鬼使神差的捉弄呢，陷入了迷惘。他不知道自己是在欣賞女人的百轉柔腸呢，還是自己受寵若驚。他只感覺到懷裡的這位佳人，把自己抱得綳緊，女人急速跳動的那顆心，也在他的胸口震盪。

她肉體上本能地散發出來的乳香味，是那般迷人、醉人，只隔著一層薄薄輕紗的一對肉坨，隨著她哭泣抽動的聲音，有節奏地在他那寬闊的胸膛移動，這位鐵漢子頭一次接觸到異性，接觸到異性的特殊的機能，他簡直無法分辨在這種特殊環境下出現的事實。好像是在做夢，怎能想到在自己生命結束時，有一個公然不怕死的女人來愛他。於是，他慢慢地推開她的肩膀，問道：「秀英，我只剩下幾個時辰了，妳何苦這樣透露妳的心事？」

鐘秀英說：「你剩下五個時辰，我把它當作陪了你五十個春秋！」

曾錦謙說：「妳是怎樣知道我打入了黑牢？誰告訴妳的？」

鐘秀英反問道：「你知道在天王的禁宮裡，有多少跟我相好的姊妹？你知道我爹在朝中是個什麼人物？」

曾錦謙問：「妳爹是誰？」

「我爹呀，太平天國的魯班師傅。」

「啊，是賓福壽大叔。」他恍然大悟地說：「在金田起義團營的時候，他老人家就把我當作親生兒子看待的呀！」

鐘秀英笑著說：「正因為我爹，珍愛你忠心赤膽，勇猛頑強，在我耳邊講多了，我才在鼓樓跟你較量較量。嘻嘻，我倆是梁山上的朋友——越打越親熱。」

曾錦謙高興地問道：「喂，我比妳大十多歲，親熱得起來嗎？」

鐘秀英感情熾烈地回答道：「男女之情只要傾心，別說十多歲的差距，就是一座高山，一處黑牢，也阻擋不住哩！」她又一次撲到他的懷裡，發狂地親吻，死命地緊抱，抱吻得這條鐵漢子喘不過氣來。漸漸地，漸漸地，她幾乎癱軟了，親暱地說：「我的謙哥，我堅持不住了，我要你……謙哥，我們倆剛才跪在地上已經拜過天地了，我倆沒有麻煩了，我的一切都交給你，全都是你的了。今生今世，來生來世，也都是你曾錦謙的人了……」

曾錦謙都適應了鐘秀英的要求，在太平天國的黑牢裡，演繹了一段風流佳話。

曾錦謙和鐘秀英兩人坐在黑牢的稻草鋪上，他詢問她：「喂，秀英，我眼睜睜地看見他們洪氏兄弟腐爛得發臭，我真的不願意多活一天了；如今，有了妳，得到了妳，不知怎的，可我又不想死了。妳說，我還有沒有辦法活著出去呀？」

鐘秀英甜蜜地一笑：「這叫做愛點燃了求生的火炬！謙哥，你放心，我會有辦法把你救出去，會有能耐讓我們倆鸞鳳和鳴的。」

她有什麼辦法救這個死囚犯的一條命呢？此是後話，暫時不說。

次日早晨，石達開早早地起了床。他一夜未眠，神情極其頹唐，無精打采，不停地哀聲嘆氣，好像神魂不舍似的。他便向後房喊了一聲：「英子，昨晚我要妳備辦好的東西辦好了嗎？」

韓寶英道：「爹，按您的吩咐，全都辦齊了。」她朝他臉上看了一眼，繼續說：「爹，您哭了一宿吧？」

石達開也看了寶英臉上一眼：「妳不也是哭了一夜嗎？」

韓寶英催促道：「時辰快到，我們帶上東西走吧。」

石達開帶著韓寶英、張遂謀及貼身侍衛人員，匆匆來到鼓樓廣場。

天王要親眼監斬狂臣曾錦謙。這一消息在天京城裡一傳開，就像晴空一聲霹雷，把許多人的頭腦幾乎震動得神智不清了。人們議論著，「怎麼？開國元勳成了叛徒？」，「才有半壁江山，就斬殺起功臣來了。」「打死我，也不相信曾將軍是叛徒。」「是不是他得罪了洪大家族的人啊？」

……

在鼓樓的廣場上，鳴鑼開道，威風八面，龐大而威嚴的天王儀仗來了，接著安、福二王的儀仗來了，又接著天后和五位妃子的儀仗來了，還接著，贊王蒙得恩及各王侯的儀仗也來了，再接著，推著「罪犯」曾錦謙的囚車來了。

天王登上了臨時鋪擺的龍椅，真個是萬歲左右，謀臣如雨，猛將如雲。

「罪大惡極」的朝廷重犯曾錦謙似乎鐵案已定，死罪難逃，可他五花大綁，在囚車內微笑著，不停地左右向天京市民告別，他沒有悲傷，更沒有眼淚。可千萬雙人們的眼睛，久久地望著他，「你到底是犯的哪一條死罪呢？」

午時三刻已到，蒙得恩靠近天王，輕聲問道：「陛下，時辰已到。」

洪秀全鐵板著面孔說：「斬！」

他的聲音一落，石達開急步向前跪下稟道：「陛下，曾錦謙將軍與我同在金田起義，同赴戰場，血裡火裡，與清妖拼搏數載；如今，他冒犯龍顏，犯了死罪，為臣無力回天，救不了他的性命。只是懇請二兄恩准，允許我石達開在他死前，在他囚車前，舉行生祭，以表數年患難之情。」

洪秀全向全場掃視一眼，但聞軍民鼎沸之聲，猶如陣陣浪濤：「曾大將軍被殺得冤枉呀！」「曾大將軍是開國元勳，天王您殺得下手嗎？」「留下這位大將為太平天國打江山呀！」……在人們的一片怒吼聲中，洪秀全的火氣像潑了瓢冷水，壓了下去，只好作了點讓步，語氣冷冰冰地說：「准奏。」

石達開作了一個手勢，令部屬將活豬活羊抬了上來，將祭奠的香案擺設完畢。石達開親手擺放好祭品，點上香燭，跪在地上，把他早已寫好的悼詞當眾念誦著：

石達開痛心疾首，
未語淚先流。
謙哥哥，你我在金田一聲吼，
恰似雄獅咆哮震九州。

疾風猛雨摧枯朽，
順天應人懲寇仇。
你曾在永安突圍出絕手，
大刀砍下四十八人頭；
你曾在大戰岳陽破腸肚，
手挽大腸取妖頭。
我的謙哥哥，天朝的江山你付了血肉，
猛漢的威名遍神州。
皆因你，天生一張爽快口，
禍從口出當罪囚。
我無力回天來搭救，
救不了你的命，擔不了你的憂與愁。
想起你，隻身寡影好難受，
無妻無子，無家無室好似一葉孤舟任漂流。
你含恨九泉撒手走，

只待我，肺腑密友來把你的屍首收。
謙哥哥，望鄉臺上你等著我，
一統之日我與你一醉解千愁！
嗚呼哀哉，尚饗。

愚弟　石達開哀輓
太平天國丁巳七年五月八日

石達開念罷，走在囚車前，撒下三杯酒，恭恭敬敬三鞠躬，跪了下來，失聲痛哭道：「謙哥，你身為蓋世英雄，我救不了你的性命，慚愧，慚愧！恕罪，恕罪！」他已哭得泣不成聲了。

曾錦謙泰然自若，真的像一尊含笑於九泉的雕像，豪爽地說道：「我勸你和太平天國的軍民人等，人要把世界看得淡薄一些，生生死死，都不過是一場經歷而已，活著時，再何等的榮華富貴，或者再貧賤痛苦，不都是度過了那個歲月嗎？歷朝歷代冤魂屈鬼都有過，歷朝歷代忠良無好死，也不是一人、兩人呀！我算什麼，只不過糊裡糊塗替他洪氏家族賣了幾年的命而已。但有一點我認定，洪氏兄弟決不會成大氣候。哎，人的私心一重，就只能是獸性罷了。達老弟，看穿一點，看透一點！」說到這裡，大聲命令似地說：「洪天王，送我上路！」

「曾將軍，你上不了那條路，我來了！」說話中，只見一位颯爽英姿，一身戎裝的女將來到他的面前，她，就是鐘秀英。

蒙得恩嚇得魂飛魄散，驚呼道：「陛下，有人來劫法場了！」

洪秀全一聽，見鐘秀英來了，便說：「快，快，快，斬，斬，斬！」

從監斬臺的背後，以賓福壽為首的八十八名開國元老派，齊聲吆喝：「陛下，刀下留人！像曾將軍這樣忠於太平天國的一員猛將，您殺得下手嗎？」

呼嚕一下湧來這麼多開國元老，洪秀全一下驚呆了，恐懼地說：「你們想要怎麼樣？」元老們吼道：「我們要請求陛下留下這條好漢去打清妖！」

廣場上，一片吼聲，聲浪猶如海潮一般，有的喊著：「不准殺掉忠臣良將！」有的喊著：「曾將軍是個心直口快的大好人！大英雄！」……

這聲浪，一浪高過一浪。坐在天王身邊的洪仁達，急眼了，聲嘶力竭地扯起喉嚨喊道：「反了，反了，簡直是翻天了！」他連給天王也不打聲招呼，就命令道：「我的火槍隊作好準備，誰敢再吼一聲，就對準誰射擊！」

話音剛落，偏偏就有那個不信邪、不怕死的鐘秀英，昂首挺胸，大步走到洪仁達的面前，字字鏗鏘地說：「福王殿下，我就是個膽敢在這裡吼叫的人，一不信邪，二不怕死。您知道，歷史上有個屈斬竇娥的故事嗎？今天，您要斬的是什麼人？是我們天朝的忠臣良將曾錦謙，小心要六月飛雪。您要斬，就連我一起處斬，把天國的一名女榜眼鍾秀英也斬了吧！」

廣場上一聽見鍾秀英的名字，群情再次掀起激憤的高潮：「請女才子救救我們的將軍！」「鍾秀英我們擁戴妳！」……

鍾秀英在眾人激情的支持下，更加增強了勇氣，直接面對天王，跪下稟道：「陛下，要說違抗天王聖令，我早在曾將軍違令之前，就已經犯了三次。天京開科取士之後，小女子有幸得中二名榜眼，當時陛下召我進宮，協理文書主簿，我沒遵循聖令；往後，兩次承蒙陛下瞧得起，納我為妃，我兩次都違抗了聖令。論罪，應當斬首。可曾將軍僅僅一次因講了幾句直話，掃了陛下的面子，陛下就要將他斬首示眾，不知道他是犯了天律天規哪一條？」

洪仁達怒斥道：「他用酷刑殘害了朝廷命官江防大臣崔養浩，挖了眼，砍了手，是誰給他這種生殺予奪之權？」

石達開坦然地回答：「是我。也是天王陛下的朝綱所定。難道身為侯爵的曾錦謙處分一個傲慢無理、仗勢欺人、搶奪軍權的歹徒，也要經過你的恩准才行嗎？」

洪仁發、洪仁達兩兄弟齊聲說：「你有什麼根據？」

張遂謀、韓寶英出示了崔養浩的認罪書：「你們瞧瞧，這是崔養浩的認罪書，他用暴力強姦了一個民女，按天朝的律條，應處以『五馬分屍』之刑，可他還被委派當了大官，天理能容嗎？」

這時，賓福壽拄著拐杖，怒不可遏，恨不得要把監斬臺的木地板拄穿，激憤地喊道：「重用小人，殘害忠良，怎麼不傷仁人志士的心，怎麼不叫黎民百姓痛斷肝腸啊！我的天王陛下。」他失聲痛哭著，八十八名元老一齊跪下，高聲喧道：「陛下，您不要開朝元老，就把我們一起都斬了吧！」

洪秀全被開國元老們威脅得沒有退路了，只把坐在他身邊的洪仁達偷偷地揍了一拳，狠狠地罵道：「你這個活草包，昨天晚上一暗刀把他殺了不就完事了，你硬要擺這個大場面，搞什麼『殺一警百』，我看你如何收場？」

天王悄聲罵過，下了龍位，表現出大肚為懷的一副仁慈神態，俯首彎腰，對元老們說：「諸位廣西老兄弟，爾等的用心朕深深諒解。只因國事多變，朝綱不振，曾將軍縱有如此犯科之行，但念他為國之勞苦，念諸位老兄弟和軍民人等一片哀求之情，朕……」

鐘秀英發狂地喊道：「天王陛下，您看，您看，天空烏雲滾滾，大地狂風漫捲，真的要六月飛雪了。」

洪秀全怒道：「鐘小妹，妳亂喊些啥？我問妳，妳敢冒著殺身之禍，死保曾錦謙，妳是文臣，他是武將，風馬牛不相及，為何如此盡心盡力，你們到底是什麼關係？」

賓福壽連忙跪稟道：「陛下有所不知，我這個女兒，自從那年在鼓樓教場，不知天高地厚，竟敢跟曾將軍比武，被曾將軍打得狼狽大敗，頭上留下一塊傷疤之後，她就在心裡暗暗地思念著曾將軍，只因曾將軍長年征戰在外，二人無機會相見。此次當曾將軍死罪難免之時，她才豁出性命來救曾將軍。陛下，您砍掉他的頭，豈不是挖了她的心嗎？陛下，請高抬貴手，願天下有情人結成眷屬吧！」

洪秀全恍然大悟地說：「啊，原來如此！難怪朕如何重用她，她都不買帳哩！朕現在恩准曾錦謙和鐘秀英二人結為百年夫妻，帶罪立新功。」

聽到天王這道詔令，成千上萬的人們，一陣陣歡呼著，「萬歲，萬歲，萬萬歲」之聲，響徹寰宇。

張遂謀、韓寶英急忙打開囚車門，解開鎖鏈。這幾位如同骨肉姊妹緊緊擁抱在一起，思緒萬千，激情難抑。石達開振臂高呼：「謝主隆恩！天王萬歲，萬歲，萬萬歲！」

洪秀全高高地舉起右手，示意止住人們的呼聲，高聲宣諭：「曾錦謙觸犯天條，本應斬首示眾，朕姑念他戰績顯赫，功勳卓著，將功折罪，朕將他死罪赦免——」

石達開緊接天王的話音喊道：「活罪難逃。請陛下恩准，將罪臣曾錦謙交予小弟懲治。明晚以前，小弟進宮向陛下將懲治他的經過，詳細稟報。」

君臣二人這樣莊嚴的宣布，人們的心情呼地像被秋天的嚴霜降落在頭上似的，冷卻了下來。石達開這位秉公正直的統帥，會不會打傷曾將軍呢？而曾錦謙被打之後，他跟石達開的友情會不會受到損傷呢？而石達開的這種作法，又會不會取信於天王洪秀全呢？石達開坐上了冷板凳，曾國藩使用的離間計，又會不會如願以償呢？洪氏兄弟排斥石達開的行為，會不會有所收斂呢？如此多的疑團，欲知如何釋疑，且看下回分解。

第十二回

頭回提親寶英有喜有憂
再次亮刀方妃無懼無悔

有一句「親痛仇快」的成語，說的是某人把某件事做錯了，引起親人痛心，仇敵稱快。這大概屬於人間事態的一種扭曲。

石達開現在要執行天律天條，責打自己勝過同胞之情的曾錦謙，是否扭曲了事態？是否悖逆了人情？

明眼人知道，石達開打他，而本質上就是救他。曾錦謙挨打，卻是更進一步地、更親密地挨近了翼王，幾乎所有在場的人都清楚，打在曾錦謙的身上，而恨的焦點是在洪氏兄弟的身上，那疼痛者莫過於鐘秀英了。讀者朋友，請你上廣場來看一看石達開責打曾錦謙的場面吧。

這天早晨，萬里無雲，陽光燦爛。天京城裡早已人言相傳：翼王公開懲罰曾將軍。於是人們早早地就集合在鼓樓廣場，來觀看翼王秉公執法的場景。

因為前幾天，天王斬殺鎮江侯、翼王生祭鎮江侯、開國元老們死保鎮江侯、一代才女痛哭鎮江侯的場面人們都已經看過了。

而現在鎮江侯曾錦謙的死罪已免、活罪難逃的命令都揪住人們的心。今天要責打曾錦謙的場面，人們都各存不同的心態。有的心情痛苦，忐忑不安；有的幸災樂禍，惟恐天下不亂；有的事不關己，跑來看熱鬧。

天王府的大隊人馬來了，燕王府的親眷們來了，翼王府的文官武將來了。這場面的規格和他所造成的影響，遠遠勝過了東王楊秀清當年為黃玉崑的馬伕，沒有敬重東王的同庚叔，而責打玉崑與陳承瑢的場面。原因是，翼王此次責打的對象是自己的親信大將，比起諸葛亮斬馬謖還要令人痛心。

可是，出人意料的是，觸犯了律條的曾錦謙，即將挨打的這位將軍，沒有被人押解，更沒有被繩索捆綁或戴上枷鎖。

他在張遂謀、韓寶英、賓福壽、鐘秀英等人的陪同下，神色自若，大步流星地來到了刑場，只有翼王臉上流露出深深的痛苦之情，「不得已而為之」的違心狀態，在場的人似乎誰都看得出來。

他們站定之後，那個心直口快的大漢子曾錦謙，搶在典刑官的前頭發言了：「各位兄弟姊妹，我黑老曾犯了王法，本該是要殺頭的；由於我們金田起義的老弟兄們，在天王面前死保活保才保住了我這條性命，可是我的達老弟給了我一個死罪已免、活罪難逃的處置，太好了。你們知道，太平天國的聖兵為什麼打不垮？原因之一就是我們有鐵的紀律，『王侯犯法，與庶民同罪』。我呢，我是個粗人，也是懂點道理的人，犯了法就該打。」他把衣服一脫，對翼王和典刑官望了兩眼，豪爽地說：「先請達老弟親自打！打吃虧了再請典刑官打！」

石達開無可奈何咬緊牙關，飽含著悲淚，拿起了軍法棍，高高舉起，輕輕落下，打了三下。

曾錦謙心裡明白：他是打不下手了，這樣怎麼能服眾呢？便高聲喊道：「不過癮！不過癮！快換個人來打。」

張遂謀、韓寶英、鐘秀英對石達開的心情非常清楚：打在愛將的身上，痛在主帥的心上。

石達開把軍法棍交給了一位膀大腰圓、滿臉殺氣騰騰的典刑官，厲聲說道：「你打吧，還剩九十七軍棍，一棍都不能少！」

這位典刑官，以秉公執法而著稱天朝，他接過了軍法棍，使盡全力，一、二、三、四……直數到七十八棍時，曾將軍的屁股已經血肉模糊了。可這條硬漢子壓根兒也沒吭一聲，兩眼緊閉，身子一動也不動。

在場的眾人，見此情景，有人狂喊道：「不能再打了，曾將軍被打死了！」石達開背轉身來，不忍目睹；韓寶英低下頭，暗自涕泣；張遂謀頓足捶胸，心痛難忍；鐘秀英偎依在她義父賓福壽的懷裡，兩眼緊緊盯著曾將軍，當打到八十軍棍時，她看見曾將軍的屁股和大腿上，暴露出條條青筋，她再也看不下去了，發狂地喊道：「翼王殿下，不准打了，要打，您就打死我吧！」她雙手擋住了典刑官的軍法棍，緩緩地跪下，叩求道：「您知道嗎？您是在摧毀天朝的棟梁臣呀！您是在剜割我鐘秀英的一顆心呀！他是我的人，是我的夫君。要活，我與他活在一起；要死，我與他同行！」說罷，她撲在行刑架上，對典刑官說：「還剩下二十軍棍，打，打我！」

那位傻呼呼的典刑官，舉起軍法棍，真的要打鐘秀英了。當他把軍法棍高高舉起的時候，翼王發布命令了：「不准打！不准打我天朝的女才子！」

人們狂熱地高呼：「翼王好哇！翼王好哇！留下曾將軍去打江山哇……」

曾錦謙得救了，但他仍躺在刑架上，像個死人似的，一動也不動；鐘秀英儘管免遭肉刑，可她看見曾錦謙的慘狀，比挖她的心、抽她的筋還難受，她不顧一切，麻起膽子，把曾錦謙背了起來，向石達開乞求道：「翼王，您行行好，趕快請太醫救他一命吧！」

鐘秀英把曾錦謙背回了翼王府，剛剛放下，準備給他洗傷時，石達開領著太醫來了。

這位太醫，人們稱他為當代的華佗。他，注目朝曾將軍一看，一套治療方案，就像一篇作文的寫作提綱定了下來。

現在，曾錦謙已經昏迷過去了。太醫診斷的第一步，讓他還陽，示意韓寶英搬來一個四方凳子，坐在曾將軍身邊，運用神奇的氣功，兩手先緩後急地向病人推去，口中吐出一股一股的冷氣，撲向病人，約莫作了小半個時刻，曾將軍的眼睛開始啟動了，瞳仁有了光彩，臉上逐漸泛起了紅潤，呼吸出現了均勻的節奏，再過一會兒，曾將軍口中喊出了聲音：哎唷，哎唷！

鐘秀英狂喜道：「他活過來了，活過來了！」情不自禁地撲了上去，親吻他，這時，被太醫制止了。太醫命令道：「別胡來，快，輕輕地把他翻過身來。」接著，他從藥箱裡拿出一包藥，交給韓寶英，端了一盆滾開水來，把藥泡進去，給他洗傷消毒。

韓寶英端著藥水盆，兩眼不眨，仔細地看著太醫洗傷敷藥。這套治療的程序，被寶英、秀英二人全都學到了手。

太醫給曾將軍洗傷敷藥包紮之後，很有把握地對翼王說：「殿下，請放心。他本是外傷，倘若他在受刑時喊出了聲，也許就不會有這麼嚴重了。正因為他是位鐵漢子，強忍著不呼喚一聲，這就傷害了他的內經。我把外用藥、內服藥都留下來，請兩位小妹耐心地按時給他換藥和服藥。」

石達開恭恭敬敬地送走了太醫，他回頭命令寶英與秀英：「妳們倆輪流護理曾將軍，時時刻刻都不能離人；我再去請請西醫，來個中、西醫結合，讓謙哥早日康復。」

他吩咐完畢，便回寢宮去了。

曾錦謙沒有家。他幾乎從來沒有想過，要像天空飛的燕子一樣，有個自己的窩；他沒有想過兒女情長，他總認為，太平天國的事，就是他的事，太平天國就是他的「家」。他是把天朝的事當日子過的人。也許，好人會有好報的。

這位中年漢子，處於生死攸關的時候，身邊暗暗來了天朝的女才子鍾秀英，走進了他的美夢之境，在黑牢中開始有了他的愛情。於是，他生命的活力，就像掛著露珠的原上草一樣，顯得青春煥發了。所以，他昂首闊步走上刑場，義無反顧地為翼王的威名甘願獻出自己的血肉。倘若天王及其兩位國宗來打他，他能俯首挨打嗎？他不拼個魚死網破才怪呢。而翼王說了一聲「活罪難逃」，他就完全理解了達胞弟的用心。如果他不挨這次打，翼王免不了受「官官相衛」之嫌；他挨了這次打，自然就給天王洪秀全下了臺階，緩解了天王與翼王之間的猜忌，堵住了一切別有用心者的髒口。多麼通情達理的大將呀！多麼審時度勢的大將呀！多麼赤誠豪爽的大將呀！這樣的好漢，怎不叫天朝才女愛得死去活來呢？

鍾秀英慧眼識真金。她在前幾年，跟女丞相傅善祥私下密談時，就透露了女兒家的心事，發誓要用她女兒家的柔情，把曾將軍纏死、迷死，甚至還說要為這位大將獻身，為他死去都心甘情願。

人啊，是宇宙間精怪的實體；情啊，是人世間的一條鎖鏈，或者說又是一把金鑰匙。世界上沒有任何力量可以阻擋得住人的情感的能動性，也沒有任何奇珍異寶可以買得動人的真情。

鐘秀英恰巧是在他被打入死囚房的時刻走到他的身邊來的；恰巧是他被打得臨近死亡邊緣時去撫慰他受傷的靈與肉。

夜深了，萬籟俱寂。只有牆邊的一只座鐘，在滴答滴答地響著，伴和著曾錦謙的鼾聲運動著。

鐘秀英看著心愛的人，這麼安詳的熟睡，一陣陣的喜悅之情掠過心頭。她好開心好滿足啊！幾個時辰以前，她就一勺一勺地給他餵湯餵藥，擦洗換藥，忙碌得貼肉的小背心兒都汗濕了，一直讓他甜蜜地酣睡過去。可她總不覺得累，總不覺得有絲毫的睡意。

不是嗎？他每吞下一口苦藥，她就覺得好像自己吞下一口蜂蜜那樣清甜，覺得他的雄獅般的力量又復活了，她覺得她的愛有了絕對安穩的歸宿了。她聽著他熟睡的鼾聲，她俯下身去，用她嬌嫩的面膚，輕輕地挨擦了一下這位大漢的臉龐，輕輕地說：「我的『麻煩』，我等不得了，快點好吧，我多麼需要你呀！」她不想吻他，生怕驚醒了他。

她直起身來，毫無聲響地走到窗前，遙望夜空，只見一輪皓月掛在柳梢。從月亮的形狀觀察判斷，忽然醒悟地啊了一聲：「今日是中秋節！」這位女才子自自然然地想起了楊貴妃因為君王未到，正在借酒澆愁吧！蘇東坡先生你身邊沒有親人，正在吟唱〈水調歌頭〉吧：「明月幾時有，把酒問青天；不知天上宮闕，今夕是何年；我欲乘風歸去，又恐瓊樓玉宇，高處不勝寒。起舞弄青影，何似在人間！轉朱閣，低綺戶，照無眠。不應有恨，何事長向別時圓。人有悲歡離合，月有陰晴圓缺，此事古難全。但願人長久，千里共嬋娟。」

她輕聲吟唱完畢，接連幾次重複了「千里共嬋娟」這一句。

她回頭輕聲對酣睡中的曾錦謙說：「謙哥，我的心肝寶貝，千里共嬋娟，哪怕萬里關山，我的心不會與你分開片刻的。我們倆，從此共下去，共下去，共到我倆人生的盡頭……」

曾錦謙身體微微地動彈了一下。她知道，要幫他翻翻身了。曾錦謙在迷濛中被她搬動得側身而臥，鐘秀英也覺得有點兒累了，慢慢脫掉了衣服，挨著他躺了下來。她的前胸貼著他的後背，她的玉手撫在他的前胸，漸漸地睡了，睡了，熟睡了。

幾聲「喔喔」，雄雞報曉。此刻，該是韓寶英來接班了。

她，匆匆走了進來，一見他倆鴛鴦同寢的這幅畫面，被吸引得心兒砰砰跳，兩眼發呆，暗自讚嘆道：「他們真稱心呀，真舒服呀，好叫人羡慕……」

她來到鐘秀英的身邊，輕輕地喊道：「鐘姐，翼王已經起床了，等一會兒，他就會來看望曾大叔的。」

鐘秀英呼地一下坐了起來，羞慚地說：「哎呀！天都亮了，我怎麼睡著了？他——」

韓寶英說：「他，妳放心，我來替妳侍候他。水燒熱了，藥也熬好了，妳就安心地到我寢房裡去休息吧。」

鐘秀英快速地穿好衣服，不好意思地出了門。

韓寶英打來了一盆熱水，泡好了外用藥，回頭便輕手輕腳地走到曾錦謙的身旁，輕輕地把他身上的繃帶解開，用柔軟的藥棉在傷口上洗呀，擦呀，只聽曾將軍「哎唷」一聲，咬了一下牙齒，感到一陣劇痛，寶英連忙問：「大叔，是我的手下重了嗎？」

曾將軍憨厚地一笑：「不是，是我沒有作準備。要是妳先把我喊醒了，妳再怎麼使勁兒，我也不會喊痛的。」

韓寶英也陪笑道：「我知道，英雄好漢都有一股忍勁，關雲長刮骨療毒時還跟別人下象棋咧！」

曾錦謙說：「嘿，妳這個丫頭，總把我當作個英雄看，我算個啥！太平天國論英雄，正兒八經地人物要算妳那口子咧！」

韓寶英故意裝作沒有聽清，連忙問：「您，您說的誰呀？」

曾將軍笑著說：「嘿嘿，妳難道還不清楚我指的是誰？」

韓寶英佯慍地說：「您再胡說八道，他又會把您打得死去活來的。」

曾將軍說：「打就打，他打我，妳就幫我治傷，只要打不死，我還是他手下的大將哩！只是我還有件大事沒有辦成，心裡總感覺到對不起他。」

韓寶英急問：「啥事？」

曾錦謙心情沉痛地敘述著：「那個該千刀萬剮的韋昌輝，害得翼王家破人亡之後，我的達胞弟成了一個孤家寡人。一個血氣方剛的男人，一位統領幾十萬軍隊的大帥，一位日理萬機的天朝首領，怎麼能沒有一個貼心的幫手和伴侶？怎麼能沒有一位同肝共膽的妻室？怎麼能沒有一個完整、幸福的家呀？」

韓寶英故意塞他一句：「您在天朝威望這麼高，人緣這麼廣，可以幫他找一個嘛！」

曾錦謙說：「我早就幫他找好了。」他順手朝韓寶英一指：「這不是嗎？人有人樣，模有模樣，文才武略都有，簡直是天父安排的哩！」

韓寶英聽了喜得心兒直跳到了胸口，兩頰緋紅，她不知道怎麼樣來感謝這位熱心腸的人才好。她沉默了許久，許久，面有難色地說：「不行，不行！哪有女兒跟爹爹做妻子的？」

曾錦謙哈哈大笑道：「你們什麼女兒爹爹？本來就是個假場合。當年在湖北武漢收養妳的時候，妳才十四歲，當時我在場，為了慶賀他收一個義女，我們幾位老兄弟給他賀喜，那天晚上，美美地吃了一頓紅燒狗肉，喝了一斤多包穀燒，連東王都來了的。妳還不知道，翼王跟他黃夫人結婚五、六年，只生一個兒子，沒有女兒，當時收養妳，那黃夫人喜得嘴都合不攏咧。」

韓寶英悄悄地問：「吔，大叔，您這一番心思是好，可不知道翼王是怎麼想的呀！」

曾錦謙胸有成竹地說：「這事，我完全可以包辦！你們兩個人，郎才郎貌，女才女貌，妳跟他這麼多年，他把妳喜歡得肉旯旮裡去了！我跟妳講，在湖口之戰時，他一看見妳，眼睛珠兒就不轉動了！」

韓寶英問：「他看見我什麼？」

「他看見妳的臉蛋兒、胸脯兒、身段兒，哪處都美。吔，我問妳，妳到底喜不喜歡他吵？」

「看您說的，我當然喜歡。我跟您講，他呀，他的全身我都看見過。」

「啊，你們已經攏去了？」

「哪裡話呀，攏去還得靠您咧！果真能攏去，我給您準備兩桶包穀燒，讓您喝個夠！」她眼睛朝天翻了翻，好像心裡一個疙瘩沒有解開似地問道：「吔，曾大叔呀，我這以後怎麼改口叫他呢？」

「這還不好辦嗎？妳就喊他達哥，他就喊妳英妹。」

「那我又怎麼叫您呢?」

「這更好辦,妳跟著他喊,也喊我謙哥吧。」

韓寶英調皮地擺擺架子說:「我的謙哥,你的事呀,你搞得多秘密,我那達哥還不知道呢,恐怕還要我這個小妹出馬。不然,我那達哥又會按天朝軍規辦事,你男女私會,又得挨打喲!」

曾錦謙不屑一提地笑道:「唧嘿,老子早就晉了侯爵,按天朝王侯之職,別說只娶一個老婆,就是討兩、三個小妾也不犯法。不過,我這一輩子不貪色,要愛就只這一個——女才子!」

韓寶英追問一句:「你倆進展如何?」

曾錦謙低頭笑著說:「坦白告訴妳,在那黑牢裡面,我與她啥都幹過了,懂嗎?」

「我懂。你們乾柴碰上了烈火!」她一笑,就跑得不見影兒了。

韓寶英回到房裡,走到梳妝臺前,認認真真地在鏡子裡打量一下自己的容顏,她好像第一次發現:「哎唷,我真的美哩!我這臉蛋兒,紅撲撲的,像兩個蘋果似的;我這眉毛,書上說柳葉眉美,那柳葉眉有我這樣好看?我的眼睛,啥時看了都好像含著一汪秋水似的,一閃一閃,不把他的魂勾走才怪呢!我的身材,線條是這麼分明,那黃氏夫人可沒有我這麼苗條,他摟著我捨得鬆手嗎?」

她一面欣賞著自己,心裡喜得美滋滋的,一面做著家務活,自然就想起了翼王,好像心上的人兒就站在自己的身旁似的，哦，你沒有那魁梧的身板，可你有男人的豪氣，一副儒將風度，顯得那麼穩重，有膽有識。你真具備了「泰山崩於前而色不變」的氣概；你待人是那麼和善，容人是那麼寬鬆，好像一汪海洋的心胸可以容納百川。可你，心中又是那麼苦澀，哪怕是猶如黃蓮般的苦水也能暗暗嚥得下去；可你只把這種愛埋在心頭，偶爾露在眉宇之間。為了你，我曾經被攪得徹夜難眠，乃至把衣服都撕破了，胸口都抓出了血；可你知道嗎？你知道一個成熟了的女人對一個男人痴情的時候，那日日夜夜是怎麼熬過來的呀？我曾經在書案上寫過這麼幾句話：「人前，我將你父王叫喚；人後，你與我兄妹一般。夜夜我與你身不相伴心相伴；實在是身無血緣命有緣。」

韓寶英的甜蜜，也只是她在單方面品嘗；而她的憂慮，也只是她單方面的感受。至於翼王的心田裡是不是把韓寶英「藍田種玉」了呢？翼王的夢境出現過韓寶英的影子嗎？翼王敢於破除習俗納義女為妃嗎？翼王會那麼輕易地改變稱呼嗎？他那三十歲的男子會摟住一個二十歲的姑娘同床共枕嗎？這些，韓寶英都想到了，都憂慮到了。

她，勤勞而麻利的雙手，本來是做得好好的。突然，一個茶杯從桌上掉了下來摔破了，她便敏感到，是自己的憂愁而分了心。於是，她緩慢地一步一步走到書案邊坐了下來，形體動作是緩慢的，而心靈的跳動是急速的。她不停地自言自語道：「黑老曾，黑老曾呀，你快些跟他說出，你這根紅線千萬不要扯斷了喲……」

話說秦淮河上，又恢復了昔日的恬靜與安詳。每夜華燈初上，兩岸的舞榭歌臺，河上的遊艇畫舫，處處熱鬧非凡，調笑聲、打鬥聲、歌唱聲，不絕於耳，此起彼伏。

公子王孫、商賈富客，在秦淮河這塊娛樂天地裡尋歡作樂，常常是通宵不眠。

涼秋九月，天京城秋高氣爽，正是人們對於大自然賞心悅目的又一個好季節。

有一天，吃罷晚飯，洗漱完畢，方妃的貼身女侍媚莉說：「娘娘，您到京城來了幾年，從沒有去秦淮河夜遊呢，今日個天氣這麼好，您不去散散心呀。」

方妃早已聽說秦淮河夜遊，金陵一絕，便應允了媚莉的提議，偕她的一班侍女，出了宮門，來到秦淮河邊，登上了一條專供王府夜遊的畫舫。

畫舫緩緩地在河面上移動著。穿城而過的秦淮河兩岸，風光旖旎，燈火輝煌。對於天京城在如此短暫的時間裡，由亂而治，由蕭條到繁榮，方妃情不自禁地想起心中的偶像石達開，暗暗佩服翼王的治國安邦之才，輕聲地自言自語地說：「你呀，是蕭何，遠勝蕭何；是魏徵，而魏徵還比你差幾分。倘若沒有那兩個草包當了絆腳石，你一往直前，這天朝就真有點盼頭了。」

她自言自語的話，無意中被她的貼身侍衛媚莉聽見了，媚莉詫異地問道：「娘娘，我知道您說的是誰。蕭何、魏徵，還不是指的咱翼王。哎，可您說的兩個草包，他們是誰呀？」

方妃說：「他們呀，是從心臟爛到胸口外的兩個壞傢伙，不是號稱安、福二王嗎？不過，妳嘴巴緊一點，千萬別跟人家講。」

媚莉說：「我知道。那天我聽見安王對天王發牢騷：『我提理一個屁的政務，誰也不買我的賬，媽的石達開一講話，人們豎起耳朵聽；老子一講話，下面打瞌睡。』有一次福王也在天王那裡發洩不滿：『老子當個屁的通軍主帥，連個兵毛都調不動。』」

方妃噗哧一笑：「這麼說，軍政事務……」

媚莉搶著說完：「還是翼王說了算！」

方妃和媚莉儘管是一種淡淡的議論，可心裡卻是甜甜的感受。她覺得，這麼暗中支撐著石達開，自己的一切作法都對了。翼王的政績，很自然地有她的份兒，翼王的喜悅她也應該分享。有情人的相互關係是榮辱與共的。男人的蓋世功勳，他的伴侶除了引為自豪以外，總認為功勳有她的一半。所以，中國人創造了一個成語，叫做「夫榮妻貴」。

那麼，「夫榮妻貴」能否在石達開與方妃之間成為事實呢，八字還沒有一撇呢，天曉得。不過，石達開作出了成績，方妃覺得有份，從翼王縋城逃走，到回朝主政，的確是時時、事事、處處都凝聚了方妃的心血，遺憾的是石達開這位聰明的糊塗人，至今尚未覺察到方妃的那深厚的愛，只是把她當作兄嫂，看成一種情愛，壓根兒沒有一點性愛的邪念。

方妃憧憬在她那甜蜜想像的天地裡，可謂「單相思」了。

「單相思」的女人和男人，對客觀事物的敏感度最強烈、最迅猛。這不，方妃的遊舫划到一座青樓之下，恰好聽見了一位女子唱得最淒惋、最哀切、最幽怨，而音色、音質又那麼甜美的一支閨怨散曲，方妃聽得入神了，令遊舫停了下來，這女子在哀哀切切的琵琶伴奏下，唱道：

日見朱顏瘦，
對鏡怕梳頭，
又見飛柳，
又見月鉤。
風滿袖，
愁依舊，
依舊愁……
只道是乾坤春滿，
卻不料又見古城秋。
古城秋，

萬木秋；
人未秋，
鬢先秋。
孤燈寡影，
何日鸞鳳儔……

方妃聽罷，感情陷入了痛苦的深淵，對著她的女侍媚莉說：「這唱的不就是我嗎？這位女子的閨怨散曲真是淒淒慘慘戚戚。可以斷定，完全是她心靈的呼喚。媚莉，我們走，快去見見她。」

方妃率領一班女侍，上了青樓。猛見那女子好像見到了一輪明月，好靚好美呀！真個是「養在深閨人未識」。她急步跑上前去，握住那女子的手說：「小妹妹，恨相見之晚！」

這位歌女應聲道：「不晚，不晚。早已見過，只是妾身卑微，不敢高攀娘娘的尊駕而已。」

方妃驚訝地問道：「妳怎麼認識我？妳叫什麼名字？」

「我叫紅鸞。曾經在東王府、北王府聽過使喚。」

「啊，妳莫不是北王把妳當作一件禮物送給東王的那個紅鸞嗎？」

「正是。可他們都倒在血泊之中了！」

「不是說，妳也被殺掉了嗎？」

「我是從死屍堆裡爬出來的。我是一副血肉模糊的肉體，一身破爛不堪的衣服，靜靜地躺在那裡裝死，趁夜靜更深的時候，神不知、鬼不覺地從死屍堆裡爬到了這座青樓，淪落為歌妓。方娘娘，妳是通達文理、通曉事態人情的一位憂國憂民的絕色女才子，我怎麼敢貿然地去見妳呢？」

方妃帶著淒惋的語調說：「別提這些虛無縹緲的東西！哎，女人的命運大體上都差不多，女人越美，可遭的災難就會越大呀，心靈上的痛苦就會越深呀，妳以為我伴君王是福氣嗎？哎，自己心裡想愛的卻愛不上，那才苦哩！」

紅鸞說：「看見男人賣笑臉，比喝黃連水還難受。」

方妃問：「剛才妳唱的那首散曲是誰的大作？」

紅鸞笑著回答：「是我胡謅的。娘娘見笑了。」

「不，意境很深，也唱出了京城女人的心聲。妳瞧，這一座一座的女館裡，哪兒聽不見『孤燈寡影，何日鸞鳳儔』的哀怨呀？想當日，紅鸞妳呀，『鬧紅一舸，記來時，嘗與鴛鴦為侶。三十六陂人未到，水佩風裳無數。翠葉吹涼，玉容消酒，更灑菰蒲雨。嫣然搖動，冷香飛上詩句』。」

紅鸞接著念道：「日暮，青蓋亭亭，情人不見，爭忍淩波去。只恐舞衣寒易落，愁人西風南浦女。高柳垂陰，老漁吹浪，留我花間住。田田多少，幾回沙際歸路。」她吟罷，嫣然一笑，說道：「這是姜夔的〈念奴嬌〉。他把女人的紅銷香斷寫盡了，真乃千古絕唱啊！」

方妃不勝感慨地說：「好端端的一個太平天國，叫楊、韋二賊攪得稀爛；而妳，好生生的一代佳人，被他們淩辱成了青樓女子，真叫人痛心挖肝啊！」

紅鸞深表同情地接著說：「亂世佳人。娘娘，妳不也是淚多歡少嗎？哪朝哪代的后妃嬪嫱不都是帝王的玩物嗎？女人縱有報國之志，也只是虛幻一夢而已。」

她這幾句不快不慢，不重不輕的話，好像準確無誤的箭矢射向方妃的心尖尖上。她覺得這個妹子好穩重，好成熟，對女人私下的那塊天地摸得好透啊！難怪人們說：「人間難得一知音。一曲高山流水，留下了俞伯牙、鍾子期的知音美談。」

紅鸞對於女人命運的判斷，不就是方妃長年累月憂鬱寡歡的嘆詞嗎？她覺得，這個紅鸞如果在我的身邊，即使不作什麼事，只談談話，玩玩文字遊戲，也就很滿足了。於是，她以徵詢的口吻說：「紅鸞，妳跟我到宮裡去過日子，行嗎？」

紅鸞故意搖搖頭，有禮貌地說：「我乃青樓女子，怎敢奢望登上皇宮殿堂，使不得，使不得！」

方妃無所顧忌地說：「就是金龍寶殿，妳放心跟著我大搖大擺地走，誰也不敢小看妳一分半毫！嗯，九千歲東王、六千歲北王，妳都見識過了，還怕誰？妳準備一下，快跟我走！」

說罷，她命令媚莉，給青樓鴇母扔下一錠黃金，替紅鸞贖了身，出門了，上了船，回到宮裡去了。

方妃回到宮裡，只聽見天王、賴后與安、福二王在後宮大吵大鬧。她，不聲不響地在房門外側耳細聽，好多話有點聽不清，可福王洪仁達的大嗓門所吼出來的話，幾乎字字句句都聽得明白的了。洪仁達喊道：「丟他個老姆，石達開養的狗也沒有把我天王府的大臣當人。狗娘養的，張遂謀、曾錦謙一手遮天！媽的屄，京城的城防老子們管不了一個『丘八』；江河的關稅老子們收不到一分半毫；數十萬老百姓，老子們管不了一個。別說我和哥哥當的是空頭安、福二王，就是你號稱萬歲的天王，不也是被石達開架空了嗎？」

洪仁發接著陰陽怪氣地說：「自從那次解除了石達開的軍政大權之後，至今他就沒有上過朝，恐怕他心目中早就沒有天王了。而今的翼王府，也許就是關起門來在那裡做皇帝了。什麼天父之子、稱兄道弟？老三，誰跟你是真兄弟，誰是冒牌貨，你該清楚了吧！」

洪秀全越聽越感到煩躁：「少囉嗦，你們只說張遂謀、曾錦謙收繳了八萬兩銀子的關稅沒有上交聖庫，還毒打了大哥派去的命官，該怎麼處置？」

蒙得恩插言道：「怎麼處置？睜隻眼，閉隻眼，得了，八萬兩銀子算個屌！咱們只當是打牌輸給他了的。」

賴后想打和牌，緩和矛盾，勸解道：「不能這樣說，翼王為人，一身清正廉潔，這是大家都知道的，八萬兩銀子，他會中飽私囊嗎？這麼久，沒有給翼王府的親兵發糧餉，說不定他把錢拿去花了；不過，翼王也作得欠周到，要花錢嘛，也得先給天王呈上個奏摺才是。」

天王接著說道：「對呀！他連先斬後奏都沒有做到，還打人逞兇，我豈能容他！贊胞，你快把方妃喊來，給我寫一份降罪詔書。」

未等蒙得恩打開房門，方妃推門進來，對天王說：「陛下，妾身剛走到門口，就聽到您吩咐贊王殿下傳我來。」

天王將今天所發生的事情經過說了一遍。然後，命令道：「這是石達開長期嬌寵部屬的惡果。妳替朕下達一份降罪詔書，以觀後效。」

洪仁發板起面孔說道：「要寫得嚴厲一點，一，命令石達開認罪受罪；二，必須向被責打的稅收官員賠禮道歉、調傷理服；三，命令石達開敦促部屬永不再犯。」

方妃唯命是從地一一記下了，回到自己的寢房，帶上文書案卷，對紅鸞說：「鸞妹，妳就在我這兒待著。我去翼王府一趟，很可能今晚不回來，妳只管安然就寢吧，媚莉會侍候妳的。」

紅鸞驚問道：「娘娘，妳去翼王府，都快午夜了，明日早晨去不行嗎？」

方妃說：「不行，刻不容緩的事。不然，翼王又會捅大漏子，天王的兩個哥哥，殺氣騰騰，可能會對翼王興師問罪哩！」

紅鸞看她急匆匆地要走，便隨口問道：「娘娘，我有一事想求妳一下，不知娘娘肯不肯幫我這個忙。」

「什麼事？我一定幫妳！」

「上個月有一位蘇州的大老板，跟我陪伴了幾天。他是做油鹽生意的，好像很關心天朝的興旺發達，他的一位好友，從廣西貴縣捎來一封信，也許是翼王的家信吧。請我幫忙，要是遇見了天朝的人，順便轉交給翼王。娘娘，妳能幫這個忙嗎？」

「這還不簡單，反正我現在到他那兒去的，轉交給他就是了。」

方妃接過信一看，信封上寫道：「煩請面交，石達開賢弟親啟。」

方妃說：「嗯，大概是翼王遠房哥哥寫來的吧？」說罷，便將信放進公文包，直奔翼王府而去。

翼王府的大廳裡，今日個燈火輝煌。他的一班文臣武將們，吵吵嚷嚷，爭論不休。有的對於收繳這八萬兩銀子不上交，讚不絕口，尤其是他的衛隊指揮，借此發洩牢騷：「媽的，他們貪贓枉法，老子們當兵的就該餓死？一個多月不發糧餉，虧得丞相想方設法，才使得我們幾百人免於餓死，這算個啥？他們安、福二王，哪個不貪？」

一位張遂謀的文書總制接著說：「是呀，他們私設的錢莊又死灰復燃了，表面上是私人老板，實際一了解，都是官商，誰管得著？」

曾錦謙吼道：「根子不挖掉，貪贓枉法，會越來越厲害。我看啦，王親國戚就是禍根！洪氏兄弟就是太平天國的大膿疱！」

石達開滿臉怒氣地說：「謙哥，你又在這裡胡說八道了，又會捅大漏子的。今天不是你多幾句嘴，遂謀也不會捅這個漏子。這次收的八萬兩銀子，一兩也不得動，全部上交聖庫！」

石達開話音剛落，翼王府門衛親兵急匆匆來報：「啟稟殿下，方娘娘連夜來訪。」

石達開一愣，意識到她的到來，定有要事相商，便令親兵：「快，迎接娘娘進殿。」

方妃大步流星地登上殿堂，高聲宣叫：「聖旨到！」

石達開及其全體部屬，連忙跪下，翼王說：「臣弟石達開接旨。」

方妃莊嚴地宣詔：「太平天國天父天兄天王詔曰：左輔正軍師翼王知悉：羽翼天朝，唯卿功高，清正廉明，潔身自好，艱苦卓絕，日夜操勞，朕悉翼王部屬，缺糧少草，收繳稅銀，恩准免交，誤罰稅官，不予計較，從今以後，共保天朝。」

方妃念罷，眾呼道：「謝主隆恩！吾王萬歲，萬歲，萬萬歲！」

剛才，吵吵嚷嚷的大廳裡，由於這道聖旨宣讀，頓時變得活躍起來，人們高興得手舞足蹈。「真是個英明的聖主」的讚揚聲此起彼伏。

方妃微笑地對大家說：「各位兄弟姊妹，我還有事想跟翼王單獨說一說，很不禮貌，請大家迴避一下。」

她的話音一落，全體文武官員都異常滿意地離去。

石達開滿臉掛著笑容，對方妃說：「兄嫂，二兄這道聖旨，真是下了一場及時雨呀！」

「何謂及時雨？」

「妳不知道嗎？剛才吵得像開水煮破鍋似的。有人說收八萬兩白銀收對了，也有人說捅了漏子，真不好辦呀。二兄這道聖旨，真是來得及時來得好，我真不知道怎麼樣謝天王啊！」

「你就不謝我？」

石達開一愣：「是呀，也該謝謝妳，在深更半夜傳來了聖旨，傳達了一道英明決斷的聖旨。」

方妃低頭一笑：「翼王，你就相信你的二兄會那麼英明、那麼決斷？」說罷，她打開公文包，抖出一大疊「聖旨」：「嗯，聖旨，我這兒有的是，你需要的，我都給！」

石達開看到她手中的一張張印有天王官方的「聖旨」，簡直不敢相信自己的眼睛，兩眼發直，口裡喃喃地說：「這麼說，妳，妳，妳是假傳聖旨呀！」

方妃嘻嘻一笑，泰然自若地回答道：「莫論真假，如今這世道，真真假假，假假真真，真的裡面有假，假的裡面也可能有真。不過，只要對你翼王有利，我都給！」

石達開暴怒道：「妳胡說，妳把我看成了什麼人？我是個弄虛作假的人嗎？」

方妃還是笑著說：「哈、哈、哈，我把你看成什麼人？把你看成英雄，看成至高無上的偶像！不然，憑著你這一套，我不來個真真假假，你一件事都辦不成！你早就不在人世了！」

石達開氣得兩手發抖：「難道妳假傳聖旨也是在幫我嗎？」

「當然是在幫你。人家要跟你來真格的，我就要跟你來假的；人家要跟你來假的，我就要跟你來真的。你那位二兄天王，他昏庸到了何等地步，你還蒙在鼓裡咧！」

石達開聽到說天王「昏庸」二字，勃然大怒：「大膽！妳竟敢詆毀、玷辱天王陛下的聖顏！竟敢侮辱我的名節！」他嚯地一下，拔出短刀，在方妃眼前呼地一晃：「我豈能饒妳！」

方妃神色鎮定，毫無畏懼，更不後悔，反而向前走了兩步，走到翼王面前，威脅道：「這是你第二次向我亮刀！你動手呀！你殺呀！翼王，我早就說過，女人死在你的刀下是幸運的！好比是得到了男人最高的獎賞！不過，眼前，我諒你不敢！」

方妃說罷，接著又從公文包裡拿出一封信，對翼王輕淡地說：「這封信大概是你家鄉某親人來的，我受人之託給你帶來了。今夜我不走了，來人，快送我到寢房休息去吧！」

石達開右手舉著鋼刀，左手接過書信，他到底殺了方妃沒有呢？這封書信又是誰寫的呢？寫的什麼內容呢？要知端的，且看下回。

第十三回

盜軍機招來紅鸞喪性命
勸降信觸發翼王動干戈

中國歷史上，確有因為女人淫亂宮廷而出現禍國殃民的史事。商紂王因寵妲己弄得江山烏煙瘴氣、酒池肉林、腐敗不堪而滅亡；周幽王因寵褒姒逗她一笑引發烽火臺事件，形成諸侯爭霸，各霸一方，只得由西周變為東周；唐玄宗因為楊貴妃使他「六宮粉黛無顏色」，沉迷酒色，不理朝政，引發了安史之亂……

太平天國的早期，確有男館、女館之界線，不可越雷池一步。但自從永安封王之後，王侯文武大臣不僅可以娶妻，還可以納妾，這就使得宮廷及各王府，美女如雲，歌舞調笑之聲響徹京城。以致他們的敵人也利用這一點，使得涉及國計民生的大事，由於美女的攪和，往往變主動為被動。

現在，嚴格管理和用人制度將近廢弛。紅鸞此番潛入天朝，儘管沒有起到決定的作用，但她鑽了天朝的空子，挑撥離間，對於宮廷內的衝突與矛盾起了推波助瀾的作用。

這天晚上，方妃領了聖命給翼王下達降罪詔書去了。紅鸞在方妃的寢房裡自由自在地度過良宵。她吩咐媚莉送來一大盆熱水，全裸著身子，痛痛快快地在熱水盆裡足足泡了半個多時辰，全身的膚色都起了變化，紅丹丹的臉蛋兒，白裡透紅的肌膚，真像一幅出浴的美人畫。

她穿上透明的淡藍色的紗衣裙，站在穿衣鏡前，自作多情的翩翩起舞。

忽然，她從鏡子的反射光裡，發現了方妃的機密文件箱，她就像發現國寶似的，打開了箱子，翻呀，看呀，把太平天國的軍、政密件都看到了，尤其是太平軍的各部編制、將領名稱、人員數目、駐守區域以及對敵的戰略戰術方案，全都暴露在她的眼前，並將有關密件偷放在她的囊包內。

她正要轉過身來逃跑之時，恰逢天王陛下來到了方妃寢宮，只見她趕緊趴在地上，連連叩頭：「小女子罪該萬死！罪該萬死！」

天王被她連聲叫喚「罪該萬死」弄愣了，不解地說：「妳為什麼要說罪該萬死？快起來，起來！」

紅鸞轉而鎮靜地說：「沒什麼。因為我第一次見到天王您，這般穿著，太失禮了。」

洪秀全說：「妳這麼美麗的人兒，怎麼到方妃房裡來了？」

紅鸞理直氣壯地說：「我是方妃的好友！」

洪秀全問：「方妃今晚到哪裡去了？」

紅鸞回答：「她，她說到一個僻靜的地方去寫什麼詔書去了。」

洪秀全說：「是呀，我要她起草對石達開的降罪詔書的。」

紅鸞莞爾一笑，再次跪下稟道：「小女子不知聖主駕到，衣著不整，陛下，請恕罪！」

洪秀全盯住了她的薄薄紗裙，便說：「這有什麼，方妃天天都是這樣陪伴我的。妳這身段兒穿這套裙子，真漂亮，真美呀！哎，妳長得這麼美，我原來怎麼不知道，是方妃故意把妳藏起來的嗎？」

紅鸞為方妃開脫說：「陛下，您錯怪她了，是我沒有那個緣分見到聖上。」

洪秀全笑著說：「哈哈哈，妳說話好甜津津的。哎，妳識文墨嗎？」

紅鸞回答道：「啟稟陛下，小女子名叫紅鸞，乃湖廣人氏，出身書香門第，自幼酷愛詩文，皆因曾妖頭興辦團練，把我父、兄強行拉走。在那岳陽一戰，父、兄死於戰火之中，小女子家破人亡，流落天京城下。上帝有眼，正好，因志趣相投，與方姐結為詩詞姐妹。」

她編造這番身世，一點兒也不臉紅。

洪秀全大喜道：「哈，妳能詩詞歌賦呀，今晚妳就為朕吟唱一首吧！」

紅鸞俯身答道：「謹遵聖命！請陛下命題或點詞牌，奴願在陛下面前獻醜。」
洪秀全說：「那就來首〈采桑子〉吧。」
紅鸞略思片刻，對天王說：「陛下請聽，奴家獻醜。」她邊唱邊舞：

思君恰似紅樓月，
圓了又缺，圓了又缺，
但願總圓無損缺。
恨君不是紅樓月，
常被雲遮，常被雲遮，
哪知剪燭午更夜……

她這首意味深長的即興詞，叫洪秀全聽得目瞪口呆，暗暗想道：「怎麼，天京城裡隱匿了這位天下奇才、絕代佳人呀！」
洪秀全靠近紅鸞說：「喂，朕在天京開科取士時，妳為何不應試？」
紅鸞欠身答道：「當年，陛下詔諭天下，天京城開科取士，男女平等，奴家身在衡陽，得此奇聞，實乃天朝壯舉。歷朝歷代何曾有女兒家忝列科場之說。當傅善祥、鐘秀英、林麗花三位姐姐得中女狀元、榜眼、探花之喜事，打馬遊街，傳到衡陽時，奴家被感動得哭了三天三夜。」

洪秀全毫不思索地說：「妳就快到天京城來補試吧。像妳這樣的女才子全中國會有幾個？」

紅鸞再欠身答道：「陛下有所不知，那時，我在湖南衡陽，父、兄均在戰場喪命，身負重孝，哪有心思前來天京應試？」

洪秀全點頭道：「原來如此。此事完全可以理解。不過，可惜呀，我恨見到妳太晚！不然，早就把妳請進宮來了。」

紅鸞甜甜地一笑：「陛下，人有緣分，不在於遲早。我讀過一首五言絕句：『君恨我生遲，我恨君生早，君生我未生，我生君已老。』這說的是一位二八佳人與一位五十八歲的老漢的戀情故事，纏綿悱惻之情，不是深深地含在字裡行間嗎？陛下，您大概還不到五十歲吧？」

洪秀全爽快地回答：「是，是，朕今年才四十多歲哩！」

紅鸞說：「這正是男人血氣方剛之年！若陛下瞧得起，小奴願效犬馬之勞，也算我一生的福氣呀！」

洪秀全萬分喜悅地笑道：「哈哈哈，妳這小嘴真甜，妳這麼才貌雙全，朕還瞧不起嗎？」

他給紅鸞做了一個手勢，紅鸞掀掉紗裙，全裸的肉體撲向天王的懷抱，她那高超嫻熟的床上功夫讓這位半壁江山的風流天子盡情玩樂，全方位地享受著巫山雲雨之歡，兩人直玩到精疲力竭、酣然入睡……

清晨，一輪紅日噴薄欲出，霞光萬道。在翼王府，方妃與翼王進行了唇槍舌劍般地交鋒之後，她把天京民安物阜的大好形勢跟翼王詳細列舉了一番，而且許多情況翼王並不全知，經方妃這麼一說，翼王卻有著特殊的感覺，便問道：「吔，妳怎麼對我的各項政令知曉得如此詳細？而產生的反響妳又是調查得那麼清楚？」

方妃道：「你的一舉一動、一言一行都像如來佛對孫悟空那樣，逃不過我的手掌心！你知道，我在天京城有多少耳目？你翼王府的哪塊磚瓦不是我的？」

石達開聽糊塗了，便問：「我府裡的磚瓦怎麼是妳的？」

方妃笑著說：「是呀，重建翼王府時是用我父親和哥哥在南洋做橡膠生意的錢修的哩，你若不信，可去問問賓福壽老人吧！」

石達開肅然起敬地說：「妳這樣為我，不，還為我們天朝，為何要付出如此大的代價？」

方妃微笑說：「這叫『士為知己者用，士為知己者死』。聖人精闢的論見，今日個真的兌現了。」

石達開急問：「什麼兌現了？」

方妃輕描淡寫地說：「這滿朝之中，唯獨只有你，我引為知己，可你卻一次、再次向我亮刀，不是我要為知己者死嗎？」她再次把腦袋伸在石達開的胸前：「翼王，你宰吧！你殺吧！」

石達開真的感到慚愧得無地自容了，一步一步往後退，醒悟地說：「無情劍不斷有情之人，望王嫂恕罪、恕罪！」

方妃反感地說道：「什麼王嫂王嫂的，聽起來真討厭，我什麼時候在你的面前擺過王嫂的架子？你就不會改改口喊嗎？」

石達開囁囁嚅嚅地說：「那，那我喊妳什麼為好？」

方妃教訓似地說：「你怎麼忘了？按天朝的稱呼，喊我小妹！方小妹！還可以喊……」

石達開眼睛一亮：「這好，我的小妹！方小妹！」

方妃帶幾分嬌氣似的高興地應聲道：「哎……」突然飛快地撲向石達開的懷抱：「我還想你喊我做方愛妃，行嗎？」

石達開完全沒有思想準備，也更沒有對方妃產生過愛的萌芽。方妃這一舉動，使他茫然不知所措，他糊塗了，嚇傻了，連一個字兒也說不出來了。而方妃卻產生了誤會，以為他默許了、接受了她的愛。於是，她的雙手把他抱得更緊、更緊，動情地說：「大概我真的愛你愛得發狂了！太平天國有了你，就有了希望；我有了你，就有了生命！我願為你獻出一切，乃至為你去死啊……」

石達開像一具木偶呆呆地站著一動不動，漸漸地，他好像大夢初醒，使盡了全身力氣，把她推開，斬釘截鐵地說：「不行，千萬不行！欺兄盜嫂，天理不容，道德不允。妳再別這樣，妳快回宮去吧！」

方妃像一位勇敢的士兵，在衝鋒陷陣之時，突然挨上了一冷棍，打得她幾乎站立不住，好大一會兒才鎮靜下來，淒然一笑：「石達開，石達開呀，你這個人活得真吃虧，活得好可憐啊！你的愚忠、你的信念，必將會使你得到一個荒唐可悲的結局！」她頭也不回，幾乎像飛也似地離開了翼王府。

昨晚，她是裝扮成一位民婦來到翼王府的。現在，她奔跑在大路上，沒有聲音的哭泣，把洶湧的淚水直往肚裡流。她吃力地跑著，絞心絞腸地痛苦著，跑的速度很快，黎明時刻，就回到了她的住處，大喊媚莉給她開了門。

她們倆奔向寢房，突然發現兩個赤裸裸的肉體，緊緊抱在一起，睡著了，睡死了。

方妃悄悄鎮靜一下，看清了這個男人和這個女人都與她有著特殊的關係，也是她意想不到可能發生的一幅畫面。

當然，她對於天王，不可能有一字一句去觸犯龍顏，即使天王跟任何一位宮娥同宿，她也不會提出非議的。問題是，這個剛結識不久的紅鸞，竟如此快速地博得了天王的歡心。宮中除賴后外，正兒八經地伴駕的還有四位王妃，論美貌，論媚態，她們也不會比紅鸞稍遜一籌呀。紅鸞竟然在如此短暫的時間裡，讓天王這樣赤身裸體地摟著她，這不能不使方妃產生諸多的疑點。但她還是做到有禮有節，不可衝撞聖駕。

於是，方妃按照接駕的禮儀，便在床前跪了下來，親切地呼喊道：「臣妾見駕，敬祝陛下，萬福金安！萬歲，萬歲，萬萬歲！」

洪秀全被喚醒了，吃了一驚：「喔，方愛妃，妳回來了。朕昨晚本是前來親近妳的，不料見到這位才貌雙全的女子，我也就……，嘿嘿！」

方妃隨聲附和道：「陛下豔福齊天，恭喜陛下，賀喜陛下。」

說話間，紅鸞快速地幫天王和自己穿好衣服，瞟了方妃一眼，低頭不語，略帶愧色。

洪秀全感到這件事實在有點唐突，面對方妃確有幾分歉意，便託詞道：「喔，時候不早了，要上朝了。方愛妃，今晚我會來親熱妳的……」他根本沒有問方妃昨夜到哪兒去了，也更沒有問方妃降罪詔書寫得如何，好像一位得罪了老婆的薄情郎，一溜煙似地逃走了。

方妃送走天王之後，慢慢走到紅鸞身邊，語中帶刺地說：「紅鸞小妹，我倆是萍水相逢的姊妹，沒想到妳的一套功夫很不簡單，研究男人的心態，很有學問，佩服，佩服！」

紅鸞辯解道：「方娘娘，妳不必過於刺我，位尊九五的天王，找我這個無名小人物求愛，豈敢違拗？再說，天王對於女色興趣也實在太濃。」

方妃正顏厲色地反駁道：「不對！陛下本有六位后妃，宮中美女如雲，怎麼可能跟妳一見鍾情呢？不瞞妳說，天王的情是很難得到的，我們時常撩他、逗他，用了許多心機，也不容易得到像妳這般濃情蜜意的寵幸。妳能否對我傳授一點這方面的學問呢？」

紅鸞忽然發現床邊的囊包，意識到必須趕緊將這些軍機密文轉移出去，無意中流露出緊張和畏驚之色，只得支支吾吾、結結巴巴地說：「娘娘見笑了，妳是陪王伴駕之人，我懂個啥？要不，過一會兒，我再來跟妳敘談敘談吧。」她在慌亂之中無意識地兩手直摸那個囊包。

方妃到底是一位見多識廣的女將，從紅鸞的語氣、神態和動作，看出了破綻，對她的懷疑和警惕頓時產生了。

於是，方妃假情假義地挽留著她：「妳急著幹啥？還沒有用過早膳哩！來來來，咱倆洗臉漱口吧。媚莉，妳去把早膳端來吧。」她邊說邊從她的手中把囊包奪了過來。

紅鸞見方妃奪走了囊包，更加慌了手腳，嚇得面如土色，拼命搶奪囊包，歇斯底里狂喊道：「別拿我的囊包，把囊包還給我！」

方妃更感到囊包裡面有文章，順手將囊包交給了媚莉。機靈的媚莉把囊包打開一看，驚呼道：「娘娘，這裡面全是我天朝的軍事機密！」

方妃好像一員武將，逮住了一個戰俘似的，瞪起眼睛怒吼道：「妳這個妖婦！如此膽大妄為。快說，妳受誰的指派來的，竟敢打入我天朝心腹中來了。」

紅鸞低頭不語。媚莉一個箭步上前，抓住紅鸞的頭髮：「妳不說，我宰了妳！」

紅鸞感到她的廬山真面目再也藏不了了，反而神態自若，開懷大笑：「哈哈哈，『成王敗寇』，勢所必然。大清王朝，罵你們是長毛髮匪，你們罵大清為清妖、滿妖、曾妖。兩國相爭，各為其主。現在，我為大清皇上和曾大帥盡了最後之力，死而無憾。只是，姓方的，妳還以為能『太平一統，天子萬年』嗎？告訴妳，妳這個天朝分裂得破碎不堪了，腐爛得發臭了。難道石達開有回天之力嗎？洪氏兄弟還能和石達開及那些老發匪同心同德嗎？楊秀清、韋昌輝都在自相殘殺中送了命，石達開又會有好結果嗎？姓方的，妳把頭腦放清醒點，趕快去勸勸石達開，向曾大帥、清王朝倒戈投降。我會請曾大帥向皇上求情恩准給石達開官封三品、黃袍加身，如何？不過，我還得感謝妳，幫了我一個大忙，把曾大帥寫給石達開的勸降信，由妳親手交給石達開了！」

這時，方妃氣得七竅生煙，喘著粗氣，先狠狠打了自己兩耳光：「我瞎了眼！引狼入室，我真的瞎了眼啊！」

在旁站著的媚莉，也摩拳擦掌，瞪大眼睛，對著紅鸞說：「妳這隻狐狸！」

方妃對紅鸞拳打腳踢起來。

紅鸞雖是女流之輩，在急迫之時，也會狗急跳牆，她掙扎著，同方妃對打起來。方妃怒火燃燒，命令媚莉：「把她宰了！」媚莉眼急手快，從方妃書案裡抽出一支手槍，對準紅鸞的前胸，「砰」的一聲，結束了紅鸞的性命。

一場發生在深宮內的動亂，在兩個女人之間結束了。紅鸞像一隻死狗躺在血泊之中，方妃像一位激戰後的大將，也喘著粗氣。她的思緒由輕鬆變得激烈起來：這條狼狗的屍體如何處理？翼王拆看了曾妖頭的勸降信，又會怎樣動作？清妖窺測到了洪氏兄弟與翼王之間的矛盾，我又該怎樣從中斡旋？我呀，我又得有時做人有時做鬼了，又要說好話，又要說歹話，累呀，難呀！陰陽兩面的人是世上最悲哀、最痛楚的人。她想著，想著，一套完整的處理方案活現在她心中。

方妃吩咐媚莉把幾名貼身女侍喊了來，用一個很大的麻袋，把紅鸞的屍體裝了進去，半夜三更時，拖到玄武湖邊，扔下水去餵了魚，並囑咐大家：「此事萬萬不可洩漏！」

她一切調理完畢之後，吩咐眾侍女，擺上鸞駕，前往翼王府。

話說石達開，對於方妃的才氣和處事為人，以及愛國之志，一直是由衷地佩服；但是對方妃潛藏在內心的、幾乎燃燒起來的愛火卻一無所知，直至昨夜撲向他的懷裡，說了一番動感情的話，才有所醒悟。不過，關心、愛護、同情，都與愛情不能成為同義語。翼王佩服方妃的才氣，卻從來不欣賞她的美貌；佩服她做人的善良，卻不允許她對天王發出惡言穢語的攻擊。他與方妃的意志和追求，很自然地就產生了碰撞，乃至血肉相拼了。這就深深地埋下了悲劇命運的結局。

一夜之間，他倆爭爭吵吵，互不相讓。方妃摔給他的那封信，習為常事，不以為然，信手擱置書案上，哪裡引起足夠的重視？只是對她揚長而去的舉動覺得不可思議，久久地凝思著一個問題：這位王嫂，是個壞人嗎？不是。她對天朝是一片赤誠的。要不，她怎麼會遠涉重洋，摒棄了她優越的生活環境，來到我天朝吃這份苦頭呢；要不，她怎麼會視金錢如糞土，視忠、義為泰山，時時事事都把天朝的事業牽腸掛肚呢？事實上，她名義上作了王妃，而行動上卻處處事事向著我，甚至與天王的心願背道而馳，心口不一，她到底為了什麼呢……

現在，石達開實在沒有能耐對於這位王嫂如何評估了，陷入極度的困惑之中，在廳堂裡來回踱步，找不出任何一條正確化解矛盾的通道。

在他苦苦思索的當兒，無意中，方妃送來的那封信映入了他的眼簾，便隨手拿起了信，拆將開來，信中內容使他大驚失色。

原來是曾國藩親筆寫給他的一封勸降信。他耐著性子閱讀著：

達開賢弟鈞鑒：

竊以為大廈之傾，危在棟梁之腐；金堤之潰，乃在螻蟻之患。夫當今之世，炎黃後啟，應念國之艱危，民之貧困，豈可熟視無睹，安於衽席乎？

吾弟懷經世之才，立濟世之志。惜乎一念之差，誤入歧途，犯上作亂，禍及國民。此誠為國人痛心，滌生仰天涕血者也。

古語有云：「識時務者為俊傑。」吾弟所處之境，猶如崩潰之廈。楊、韋火拼，洪氏專權，貪贓枉法，比比皆是，分崩離析，自相傾軋，借刀殺人，陰毒狡詐，歷朝歷代，有如是耶？

賢弟戎馬倥傯，歷盡艱辛，輔佐昏庸之主，雖身居宰輔之職，實則空頭王位，大權旁落，形同傀儡，重重猜忌，顧影自思，不啻於供人驅使之牛馬而已！

俗語有云：「文章滾滾，要人提醒。」以賢弟蓋世之英才，正值為國建功之富春秋。大清聖主，早欲引賢弟為股肱之臣，倘能反戈，國民幸甚，誠乃化干戈為玉帛之舉也。

滌生謹遵聖命，期盼賢弟沐浴聖恩，位封三品，共輔聖主，造福萬民，振興邦國，光宗耀祖，何樂而不為之？望賢弟三思，三思！

大清帝國兩江總督、湘軍統帥、欽差大臣

曾國藩頓首

大清帝國咸豐七年六月二十五日

石達開看罷曾國藩的勸降信，氣沖斗牛，覺得這是曾國藩對自己的極端玷辱，一拳打在書桌上，大聲吼叫：「寶英，快點過來！」

寶英飛身跑了過來，見他如此動怒，便小心翼翼地問：「啥事使您發怒？」

「妳快去跟我把方妃找來！」

「你不用找，我送上門來了！」方妃剛進門，就聽到石達開要找她，便笑著迎了上來。

石達開怒容滿面地逼問道：「這種骯髒東西，妳是從哪兒得來的？」

方妃坦然回答：「清妖的奸細送來的。」

「怎麼到了妳手裡？」

「我瞎了眼，把個妖精當成了好人，第一次當了一回唐僧！」

「那個妖精呢？」

「被我宰了！」

「妳為何如此輕易處置清妖？」

「她盜竊我軍事機密，被我抓獲時膽敢反抗，我令媚莉把她宰了！」

石達開對這位王嫂，能奮不顧身，靈機應變，保護了天朝的機密，很自然地對她又產生了好感，滿腔怒火逐漸平息下來。他講話的語氣也緩和多了，對著桌上的書信一指：「妳看，妳看，那個曾妖頭把我們看成了什麼人？」

方妃沒看一眼，便說：「那是一封勸降信，許你官封三品，對嗎？我只說一句，曾妖頭瞎了狗眼，簡直看錯了石達開的為人！」

石達開一聽，愣了半晌，心裡說：這位王嫂，真是知己呀！人和人之間，「信任」才是斬不斷的紐帶呀！

於是，石達開以徵詢的口氣說：「王嫂，妳看我如何回答曾妖頭？」

「你，你去呀，受封三品頂帶，黃袍加身呀！」

「別開玩笑嘍，說正經的，我是誠心向妳請教哩！」

「那就給曾妖頭一點顏色看看，抖一抖石達開的男子漢氣派。像湖口之戰一樣，把那個老畜牲打得慘敗，逼他投水或者上吊。」

她的主意正好迎合了翼王的想法。

石達開便向方妃攤牌似的說：「王嫂，我現在確實內外交困。安、福二王挾制得我喘不過氣，曾妖頭企圖勸我就範。看來，我只有這一條路可走。」

方妃接過他的話題說：「拳頭裡面出威望。翼王大軍，不可戰勝；翼王智謀，不可估量。陳玉成、李秀成、楊輔清都已成為你的心腹。依我之見，從句容、丹陽、鎮江、蘇州，直逼上海，擺開一條戰線，全線反擊，猛烈進攻，叫曾妖頭瞧一瞧，就是這樣用行動回答他的勸降信的！」

方妃富有戰略性的建議，叫石達開激動不已，覺得這位王嫂如此志同道合，確有幫他出謀劃策之才，便以徵詢的口氣說：「王嫂——」

沒有等他說完，方妃瞪了他一眼：「怎麼？你又忘了，該怎麼喊我？」

「呵，是，是，我的小妹！哎，小妹，妳就在我這兒待幾天，幫我把這次上海之戰的部署、戰策編寫出來，下達各部，如何？」

「那，要我說真心話，別說待幾天，就是在你身邊待十年、八年，我也願意。可現在身不由己呀！天王對你本來就有隔閡，我若待幾天，那明智嗎？人啦，需要學會忍耐和克制。超過分寸，就會荒唐。達開，我哪一夜不是想你把我抱得緊緊的！」

她火辣辣的眼神，石達開的視線不敢接觸了，便趕緊岔開話題：「我親自編制吧，今晚寫出來，明天叫寶英送給妳審視一下。」

方妃提醒道：「主要不是我，首先請聖主過目。」說罷，走出門外，命令她的侍從，擺駕回宮。

方妃走後，石達開立即召集他的將佐，舉行緊急會議，商討軍事部署，擬調二十萬大軍，擺開長蛇陣，向長江兩岸的清軍殘部，進行掃蕩式的進攻。

兩江總督、欽差大臣曾國藩，又一次失算，誤以為發匪內部互相傾軋，石達開大權旁落，洪氏兄弟兩個草包，毫無軍事指揮能力，不可能在短時間內挑起戰事，他做夢也沒有想到，石達開這麼神速地調集了重兵，僅僅十多天的功夫，清軍便全線崩潰，向山東、福建抱頭鼠竄而去。

戰爭的規律，往往是由被動變為主動，也可以由主動變為被動。

此處應重筆一提的是，晉封為豫天侯的年輕將領李秀成，他統帶十萬大軍，從蕪湖出征，掃蕩了蘇州，勢如破竹，直逼上海吳淞口，占領了黃浦灘，好像西風掃落葉似的，一見清軍就掃除得乾乾淨淨。

李秀成這位年輕氣盛的將領，血氣方剛，大刀闊斧，碰上反抗者，就殺就砍，其勢不可擋。有天夜晚，大地黑漆漆的，伸手不見五指。李秀成的大軍，在黃浦灘邊，與小刀會、天地會的戰友們聯繫上了，互相認定，今晚要拿下上海道衙門，奪取海關大樓，一舉攻下上海城。

李秀成派出飛馬，通告他的密友陳玉成，急速趕來增援，參加上海大會戰。

李秀成的將士們，都受過嚴格的軍事訓練，戰鬥力極強，行動敏捷。他手下的一名軍帥，好像蛟龍下海似的，神不知、鬼不覺地撲向海關，遇見手持刀槍者就砍就殺。

太平軍何曾想到，這裡是洋鬼子盤踞的窩巢。當那位軍帥被洋鬼子的暗槍打死之後，他手下的三千多名聖兵，憤怒的火焰恨不得要把上海灘燒平，不管是清妖或者洋鬼，一律格殺勿論。

黎明時分，只見海關大樓附近，清妖、洋鬼子、洋人、巡捕房的屍體，遍布大街小巷。而上海道的衙門也被太平軍占領，清廷的道臺老爺，只剩大半個屍體，腦袋不翼而飛了。

李秀成、陳玉成、楊輔清及小刀會、天地會，在上海大會戰，全線告捷。

然而，三天之後，太平天國天王陛下和翼王殿下，同時接到美、英兩國駐上海總領事館的抗議書，聲稱太平軍違反國際法，踐踏〈五口通商條約〉，破壞了外商的正常貿易，殘殺了外國軍民，美、英兩國將採取報復行動。

抗議書實質上就是公開的宣戰書。美、英兩國完全撕掉了偽善的中立面目，公開向太平軍宣戰了。

擁有絕對優勢的美、英兩國的洋槍大炮和艦隊，不停地挑釁，而將他們的槍口、炮口對準太平軍了。曾國藩因為慘敗，反而招來了外援，因此將會由被動變為主動了。

吳淞口的英軍艦隊上，大炮打響了。天京的江面上，掛著星條旗和米字旗的美、英兩國的軍艦開始示威了，在他們的旗艦上打出侮辱太平天國的旗語，把太平軍稱為「土匪」、「強盜」、「毛賊」、「東亞病夫」、「賠款」、「道歉」、「投降」……

鎮江侯曾錦謙的部下，不斷地來到大營，向他報告這些消息。曾錦謙又不停地向翼王石達開稟報，翼王也不停地向天王奏稟。太平天國面臨著美、英的大戰一觸即發。太平軍將以自己的肉體和落後的刀矛面對美、英的洋槍洋炮。而天朝內部因此掀起了紛爭，石達開這一回正面臨著結結實實的內外交困的處境了。

他對付得了世界上最強大的敵人嗎？石達開將怎樣保衛天京？將怎樣走出困境？欲知後事如何，且看下回分解。

第十四回　美英公使公開耀武動武力　朝野同胞同為救國揚國威

上海大會戰以後，太平天國的國威和軍威扶搖而上，尤其是英姿勃勃的青年統帥李秀成智謀超人，勇冠三軍，指揮若定的軍事才華，因上海一戰，而名揚朝野內外，在上海會戰中，太平軍將士，一聽說豫天侯李秀成之令，將士們無不勇增百倍，而清妖洋虜，只要一看見豫天侯的戰旗，無不倒戈投降，俯首就擒。

上海之戰，揚了太平天國的國威和軍威，也揚了李秀成的名威。

長江後浪推前浪，一代新人勝舊人。這乃是自然規律，也是人世沉浮的規律。

當上海前線全面奏捷的時候，天王洪秀全還沒有全面獲悉上海會戰的喜訊，而事先接到了美、英公使的近似最後通牒的宣戰書。

天王坐在龍椅上，看著下面站著一位高鼻子、藍眼睛、黃頭髮的洋人，天王，誰也沒有想到是這麼一位天王，竟然在這個傲氣十足的小洋鬼子面前，大失體統，走下龍位，卑躬屈膝地說：「對不起，對不起！是一場誤會，完全是一場誤會嘛！你我同樣信奉天父上帝，為何兵戎相見？」

那個小洋鬼子不屑於一瞥，昂首闊步，旁若無人似地走了。

小洋鬼子走後，天王府裡，就像開了鍋的沸水亂了起來：「這個李秀成闖了大禍呀！」「洋人怎麼能夠得罪喲！」

尤其是洪仁達，氣得翻白眼，跳起腳來罵道：「丟他個老姆！這個石達開無職無權，還在那裡興風作浪。他打個什麼雞巴的上海大戰，還不是向我們家老三示威？媽的屄，捅了這麼大個漏子，把英國、美國的人都得罪了。咸豐皇帝老兒都怕他們的，割地賠款，我們又能拿什麼去對付他們？」

洪仁達的一番牢騷話，在天王府裡引起強烈共鳴。那個洪仁發與蒙得恩吼得最凶。洪仁發甚至還提出來：「要把石達開的人頭送到美、英公使館那兒去謝罪！」

這種局面下的洪秀全，六神無主，心情煩躁，他大吼一聲：「不用你們插嘴！都給我滾出去！」便發出命令：「承宣官，宣翼王進宮！」

翼王因為被免除了通軍主將之職，好長時間沒有進得宮來，今天突然宣他進宮，他完全可以料定：美、英公使向太平天國發出最後通牒之故。

其實，美、英以武力相威脅，天朝應如何應對？石達開已經在翼王府和他的將領們商量好了對策。

自從接到美、英公使館的通牒信函時，他就即時召集了緊急會議，把保衛天京的武裝力量和要塞口岸的防禦，急速地部署好了。

石達開剛從水汱洲炮臺返回府中時，就碰見了天王的承宣官召他進宮。他從從容容，率領張遂謀、韓寶英和幾名貼身侍衛進宮了，神情是那麼鎮靜，儀態是那麼謙和，來到了天王面前，跪下稟道：「臣弟石達開，叩見二兄陛下，何事召見？請二兄明示。」

天王洪秀全早已熄了怒火，由於好久沒有見到這位達胞，語氣比較深情地說：「達胞，一日不見，如隔三秋，你我弟兄這麼久未見，可以說是連秋之秋啊！怎麼樣？近來身心可好？」

石達開答道：「蠻好！吃得飯，睡得覺。閒得無聊時，就把天兵天將的事兒操勞操勞。」

天王隨和地問道：「你打了這麼多年的仗，大概養成了一種癖好，三天不打，心裡癢癢。近日戰事如何？」

石達開回答：「陛下萬福，上海會戰，旗開得勝，馬到功成！從鎮江到吳淞口，大江兩岸，我天朝大軍全線告捷！又一次滅了曾妖頭的威風，長了我天朝的士氣，尤其是智勇雙絕的李秀成，此次顯示了他的指揮才幹。二兄，恭喜您，又煉出了一位股肱之臣，棟梁之才呀！」

石達開不提李秀成尚未發火，一提到李秀成，天王便火冒八丈，大聲說：「你還在跟這個小傢伙歌功頌德！這回就是他，驚動了洋人，捅了漏子！」說著，指向美、英公使的通牒函，繼續說：「你看，你看，人家要向我們動武了！你知道嗎？」

石達開非常冷靜地回答：「這個我知道。我也收到了這麼一封狗皮信。哈哈哈，洋鬼子還把中國人當作東亞病夫，我天朝軍民人等沒有一個人嗜好鴉片，他們還以為我天朝的軍民是不堪一擊的病夫。英國公使文翰和美國公使麥蓮，這兩個老傢伙，在中國待了這麼多年，啥都沒有學到，連中國人要挺直腰桿走路，他們都沒有看見，還以為我們是前些年守虎門威遠炮臺那樣，由著他們的軍艦出出進進。哈哈哈，現在呀，他們一嚇、一詐，就以為會把我天朝嚇愣了、詐傻了。二兄，您是不是害怕了？」

洪秀全吞吞吐吐地說：「這，這，人家有洋槍大炮啊！」

石達開堅定地答道：「洋人有洋槍大炮，我們有中國人的志氣、骨氣和勇氣，沒有這『三氣』，我們金田起義就白搞了。」

翼王一股豪氣所表達的語言，字字句句都像千鈞之力撞擊天王洪秀全的心胸。他覺得：這位達胞，才華橫溢的虎威又好像嚇得他喘不過氣來。他將如何與達胞相處，一下子找不出最佳選擇來。他覺得，達胞一來到身邊，自己的那把龍椅就會搖搖擺擺起來，而現在，面對英、美的武力威脅，束手無策了，只是吞吞吐吐地詢問翼王：「達胞，這事兒，如何對付為好？」

石達開說：「按《孫子兵法》辦事。『人若犯我，我必犯人。』」

洪秀全小聲地問道：「我們對付得了他們的洋槍大炮嗎？」

石達開說：「還是《孫子兵法》上說的，『知己知彼，百戰不殆』。二兄，咱們哥倆去巡視一下京城的城防和江防吧。」

由於石達開的盛情邀請，天王只好隨著他擺駕出宮了。

在天京城裡，每個城門的防禦工事，他們都進行了嚴格的勘察，尤其是朝天門的工事，建造得更為牢固，那裡是石灰漿與煮熟的糯米砌成的青磚，夯實的城牆，那是曾錦謙將軍親自督陣建造的，他有一個月簡直沒睡什麼覺。在那裡，一座一座的炮臺，擦得鋥亮鋥亮的炮口，就像那聖兵們一雙雙雪亮的眼睛，瞄準著江面。

天京城所有的江防口岸，炮火可交織成為網絡，倘若敵人的軍艦，膽敢向京都開火，他們是無法逃脫的。

官兵們將炮火的網絡以及每門炮的射擊點，向天王和翼王一一作了稟報。

洪秀全聽罷，非常激動，放心地說：「原來我還很擔心，現在看了真叫我放心呀！」

第二天，洪秀全又收到了英、美公使的照會，那語氣更為強硬，態度更加傲慢，似乎太平軍，如不交出上海之戰中打死了洋人的兇手，英、美軍艦將對天京採取報復行動，揚言要占領天京。

天王將照會與翼王交換意見時，翼王的神態，簡直就像一座泰山那麼穩重。他對天王說：「陛下，我讀中國的歷史書籍，好像只有一個秦檜害怕敵人，他不僅自己屈膝投降，還害死了一個岳飛，而清妖中害怕洋鬼子的人太多了，搞得割地賠款。現在，你我不信邪，敢於碰洋鬼子這個硬骨頭。昨天，二兄查看了城防、江防，可謂固若金湯，我們還怕他們嗎？」

洪秀全說：「達胞，你只說，洋鬼子萬一向我們開火了，怎麼辦？」

石達開說：「怎麼辦？打！以槍炮對槍炮。」

洪秀全吞吞吐吐地說：「打？林則徐那麼厲害，都打敗了，我們……」

石達開說：「我們比林則徐厲害得多！林則徐當時只對付英國佬，而我們現在還可以對付幾個國家的洋鬼子咧！」

洪秀全說：「達胞，我們民窮國弱，靠什麼打喲？」

石達開威武地宣告：「靠老百姓，靠勇猛的將士們！當我們把嚴峻的形勢跟老百姓講清楚之後，一定會有人挺身而出，為保衛自己的家園而戰，『民不畏死，奈何以死懼之！』」

第二天，翼王將英、美公使的最後通牒和照會，原文印刷出來，並加了幾句按語，在京城內外廣為張貼。人們對於英、美的威脅和對中國人的玷辱，誰都不能容忍了。

這裡，無需天朝發布宣戰令，人人都感到人格上的羞辱，國格上的羞恥，生命財產上的威脅，使得大街上鬧聲嚷嚷，小伙子們漲紅著臉吼叫：「強盜！明目張膽的強盜！」「老子們沒有到倫敦、華盛頓去耀武揚威，他們怎麼跑到我們這裡來幹什麼？」「太平軍收復上海道，是中國人的事，關你們洋鬼子什麼事！」

當天晚上，成群結隊的人流，湧到翼王府門前來了，同仇敵愾，他們狂熱地呼喊：「翼王呀，洋人欺侮到我們頭上來了，老百姓嚥不下這口氣呀！」「翼王呀，您牽個頭，您要錢有錢，要人有人！」「太平天國決不是清妖政府，天朝從來沒有割地賠款的規矩！」「大家行動起來，對洋鬼子要老鼠過街，人人喊打！」

翼王站立在朝門口，莊嚴地對市民們說：「各位同胞，我代表天朝感謝你們的熱情支持。我只能對你們這麼說，英、美兩國公使只不過是兩條瘋狗。咱們萬眾一心，把這兩條瘋狗打入長江水底，讓我們的長江魚嘗嘗洋人的肉味吧！」他掃視四周，把手一揚：「我命令你們，按照天朝的建制，分出男營、女營，作好準備，秣馬厲兵，枕戈待旦。一聲令下，全民參戰。本王願和大家血肉與共，生死相連，粉身碎骨，死守天京！我石達開，是炎黃子孫，決不容許任何一個外國來犯者蹂躪我們的國土，欺壓我們的父母兄弟姐妹！強盜在哪裡動刀動槍，我們就在哪裡把他們消滅掉！」

翼王這一段慷慨演說，把天京軍民的救國熱忱鼓動得極其高昂起來。人們非常有序地離開了翼王府，回去各自作戰鬥準備去了。

英、美公使向太平天國發出了戰書之後，他們聚集在上海英國租界。那棟怡和大樓裡面播放著爵士音樂，文翰和麥連正在密談，滿以為太平天國會嚇得魂飛魄散。

麥連說：「我可以判定，今日下午五點鐘之前，長毛就會派人來求和。」

文翰趾高氣揚地說：「他們至少要交出李秀成，或者向我們賠償損失。不過，麥連先生，這一次，我們的口不能開小了。」

麥連附和說：「對！滿人從來不敢公開傷害我們國家的商人，現在，竟然有我們的商人倒在他們的刀槍之下。」

文翰說：「那就不是好惹的！大英帝國乃日不落國嘛！」

麥連也說：「美利堅合眾國，是當今世界上紅彤彤的太陽，我們發出的光焰可以把東亞病夫全都燒死。」

這兩位公使的確過高地估計了自己，過低地估計了天朝。直到太陽落山的時候，他們仍未見到太平天國派來求和的特使，他們一直耐心地等到午夜，只是回來了派出去的密探，垂頭喪氣稟報說：「兩位公使先生，看來，長毛不比滿人，他們可不吃我們這一套。他們的朝野內外，沒有一個人不在那裡高喊要殺掉洋鬼子哩！」

麥連說：「抓緊時間說，別囉嗦了。他們在江防陣地上架起了大炮嗎？」

密探道：「他們有個雞巴大炮，還不是那麼些長矛、大刀唄！」

文翰與麥連交換了一下眼色，示意那密探退下。他倆在怡和樓裡密定：「明晨七點響槍開炮！」

話說在福建省城閩侯、曾國藩的大營裡，他派往天京城的探馬，風馳電掣般地前來向曾大帥稟報：「啟稟大帥，大事不好！紅鸞小姐已經失蹤，杳無音訊，至今生死不明。」

曾國藩急問：「她不是隱逸在秦淮河的那座青樓嗎？」

探馬回答：「從那青樓的鴇兒得知，有天夜晚，天王府的一位貴夫人帶著一群丫環，跟紅鸞說了許多話，還吟詩作對，那夫人很愛她的才氣，替她贖了身，就把她帶走了。」

曾國藩又問：「帶到哪兒去了？」

「鴇兒說，她上了遊船，不知道帶到哪兒去了。」

「再探，三天之後，詳情稟報！」

不一會兒，他的幕僚趙烈文邁著方步走了進來，笑盈盈地說：「大帥，咱們全線退出長江兩岸的防線，看起來是敗勢，可按縱敵生驕而言，未嘗不是一件大好事。我早已料定，李秀成在上海會闖大禍，果然，這下就不用大帥操心了，英、美這兩個狠角色就正式出面來教訓教訓長毛了。大帥，我看呀，咱們就『坐山觀虎鬥』喲！」

曾國藩打趣道：「孔明草船借箭，我們這次就用洋人的軍艦借槍了，哈哈哈！」

趙烈文道：「含義不同，本義一樣嘛！」他發現曾國藩在身上搔癢，便喊：「媛妹妹，大帥又需要妳了，快來動手吧。」

陳香媛走了出來，把大帥扶在床上，把玉手伸進他的肚腹，搔起癢來。曾國藩便微笑著對陳香媛說：「我的寶貝，妳搔得好舒服，好舒服！」好大一會兒，搔得他甜甜地入夢了……

次日早晨，當陳香媛攙扶著慵倦的大帥洗漱完畢之後，他的九弟曾國荃高興得滿臉通紅，跑來報告：「大哥，打響了！洋人的軍艦和長毛的槍炮接火了。」

曾國藩急問：「在什麼地點？」

「從鎮江到金陵的江面上，全線都打起來了。媽的，洋槍洋炮的威力好大呀！」

「長毛他們敢跟他們對著幹嗎？」

「媽的，狗日的，長毛真不怕死！那個黑老曾振臂一呼，八十幾條小船，就像蛟龍下水一樣，撲向軍艦，打得洋人亂成一團。」

「哎，如今戰事如何？」

「那我還不知道。大哥，走吧，我們去看熱鬧！」

他們兄弟倆，各騎一匹戰馬，向長江沿線飛馳而去。

天京城內外開始怒吼了。長江洶湧的波濤捲著白色的浪花，天空烏雲滾滾。大自然也似乎順著人意，發出了憤怒的呼聲。

英、美兩國的艦隊，在長江的浪峰上顛顛簸簸，來回穿梭游弋。他們用旗語請求開進水洑洲的避風港，太平軍也用旗語表示斷然拒絕，並命令他們立即離開太平軍的江防水域。石達開命令旗語聖兵：「警告他們，此地不是英吉利海峽，更不是你們的聖羅倫斯河，而是中國的神聖領土，必須立即滾蛋！否則，我們將對你們不客氣！」

旗語警告完畢，美國的攻擊艦首先向太平軍開炮了。只見硝煙迷漫，水洑洲要塞的城牆上塵土飛揚。

一陣排炮轟響之後，趁著敵人裝填炮彈之時，太平軍編制的火力網怒吼了。旗艦上的「米」字旗被打掉了，緊接著「星條旗」也湮沒在滾滾的浪濤之中。但見那英、美海軍的士兵們，趴在甲板上一動不動，這時，瓢潑似的大雨，震耳欲聾的霹雷，撕心耀眼的閃電，好像也在為太平軍助威。

曾錦謙冒著暴風驟雨，在防禦工事內，直接指揮炮手們。一會兒命令一號炮，打敵人軍艦上的旗子，一會兒命令五號炮，打敵艦的腹部：「把那狗日的肚子、腸子打穿！把那雜種的駕駛室打掉！」

石達開高聲讚美道：「打得好！打得漂亮！打出了我太平天國的威風！打出了中國人的志氣和骨氣！你們看，那艘美制軍艦起火了，那艘英制軍艦也打沉了……」

不一會兒，號稱浪裡白條似的水師英雄們，由陳玉成率領，三三兩兩，成群結隊，划著舢板，像一群水鴨子，鋪滿了江面，撲向敵艦；又一會兒，洪宣嬌統領她的女兵，出了水西門。經過她精心挑選的八百名女兵，都是水陸大戰的能手。她們手持來福槍，英姿颯爽，怒目圓睜。當洪宣嬌一聲令下，躍入江中，向著敵艦游去。但聞一號艦隊司令威廉佐治朗絕望地哀嚎著：「不好了，不好了，滿江都是長毛呀！趕快給我打！」他的助手說：「司令官，這江面上的長毛像陸地上的螞蟻一般，您的大炮不便打哪一個呀！」

「你看怎麼辦？」

「我看請示文翰公爵，要立即停火，跟長毛休戰為妙。」

江面上被炮火轟擊起一根一根的水柱，仍在撲騰撲騰地響著，跳水逃命的洋鬼子在江水中跟陳玉成和洪宣嬌的聖兵們搏鬥。洋鬼子似乎個個都是少爺兵，豈是太平軍的對手？洪宣嬌的水兵，一個個鑽入水底，完全不用刀槍，就把洋鬼子一個個拖下了水，壓著他們的腦袋，見了上帝。

石達開問身邊的張遂謀：「喂，遂謀，你在幹什麼？」

張遂謀一笑：「我正在繪製一幅〈太平軍長江血戰洋鬼圖〉，留下來讓後代子孫欣賞欣賞，我畫完了，就請您殿下簽個名字吧。」

翼王高興地讚揚道：「好！你真是個有心人啊！我相信，你這張圖會永載史冊！」

雨停了，風息了，長江慢慢地恢復了它的平靜。

江面上，太平軍的水師和洪宣嬌的女兵們，仍在同英、美海軍們鏖戰。

陸上的援兵浩浩蕩蕩，分為男營、女營，一隊一隊地開到了江邊。

人們見到太平軍來了，男人們有的挑、有的提、有的抬，把一箱箱鉛彈運到了江防陣地；婦女們一桶一桶的米飯挑來了，一籠一籠的包子饅頭和一缽一缽的香噴噴的菜肴運來了；老人們挑著茶水，提著水煙袋、茶滷蛋、油炸魚、紅燒雞鴨、清炖蓮藕湯，還有包穀酒……，源源不斷地送到了聖兵的面前。

太平軍將士們切身感受著與老百姓的深情厚誼。有位年輕的聖兵說：「嘿嘿，打起仗來比平時的日子好過些，這真像過年呢！」

翼王無意中聽到了聖兵們對於天京保衛戰的議論，親眼看見了軍隊和老百姓心連心，同仇敵愾的情景，非常愉快地對身邊的韓寶英說：「英子，妳說這樣的軍隊，這樣的老百姓，在敵人面前會打敗仗嗎？」

韓寶英附和著說：「從我到您身邊的第一天起，我就認定世界上沒有任何人，不管是清妖也好，湘勇也好，洋鬼子也好，全都不是太平軍的對手。」

石達開笑著問：「那誰是我們的對手呢？」

韓寶英直截了當地回答道：「心懷鬼胎的自己人！」

石達開一驚，感到韓寶英的話，一語中的，擲地有聲，面帶憂慮地說：「是呀。洋鬼子常常罵我們中國人是一盤散沙。在我們天朝內部，我感到敵人辦不到的事，心懷鬼胎的自己人卻能辦到，敵人破壞不了的事，心懷鬼胎的自己人卻能搞成。真是堡壘最怕的是從內部攻破啊！」

韓寶英接著說：「在我們的生活中，恰恰對那心懷鬼胎的人沒有設防，使他們有空子可鑽。往往他們致命一擊，造成慘痛的悲劇，甚至造成歷史的逆轉。」寶英停了半晌，又凝望了石達開一會，便小聲的貼在耳邊問：「哎，我還是叫您父王，叫您爹呢？」

「我又沒有下命令叫妳不叫！」

寶英調皮地逗趣道：「我覺得一天一天地叫不出口了。」

「為什麼？」

「長大了嘛，您又比我大不了多少歲，叫哥哥還差不多。您知道嗎？曾大叔也叫我改口。」

「他要妳怎麼叫？」

「您叫他謙哥，他就要我叫他老謙哥。」

石達開從她那灼熱的眼神中，敏感到了她那愛的光芒又在放射，趕緊岔開話題，問道：「哎，妳剛才說的，敵人辦不到的事情，而自己內部的人卻能辦得到，妳指的是誰？」

「您故意裝作不知道，還問我，您心裡還不清楚？那兩個草包王洪仁發、洪仁達，動不動就想吃掉您的心肝五臟哩！」

石達開輕蔑地一笑：「他們敢嗎？」

「明目張膽地搞您，不可能；暗中謀算您，人家啥時候也沒有停止過。」

「妳有根據嗎？」

「我不會無中生有，更沒有造謠生事的愛好。昨天晚上，天王和他的兩個哥哥商量過後，就下了聖旨。」

石達開驚問：「又下了什麼聖旨？」

寶英放低嗓門說：「剝奪了李秀成的侯爵。不信的話，您召集將領們來議事。李秀成的服飾，就是個兩司馬。」

「妳怎麼知道的？」石達開急問。

「方娘娘告訴我的。他們哥仨在那前廳議事，方娘娘就躲在後廳暗暗聽得一清二楚。她那麼細微地關照您，還能不告訴我，我還不能告訴您嗎？哎，人啦，真是個感情的精怪物！男人對女人，女人對男人，都是一樣。一經瞄上了，什麼也不顧，連命都可以捨咧！」寶英漫不經心地說。

石達開攔住寶英的話題：「妳老是講這些幹什麼？現在洋鬼子動武到了我們家門口，要吃掉我們，要滅掉我們。懂嗎？」

「我怎麼不懂？就是為天京保衛戰。您建立了戰功，可人家要送您的終，功勞越大，可人家就越眼紅！我提醒您，往後再不要一個人走街串巷。」

「怎麼啦？妳怕有人捅我的刀子，是嗎？」

「您以為他們做不出來嗎？防小人，不防君子。這話對您更重要。」

石達開一笑：「好，往後妳要我往東，我不敢往西，一步也不離開妳。」

他們正說話間，陳玉成領著兩個高鼻子洋人，進門來了。陳玉成跪下稟道：「啟稟殿下，英、美公使的特派員史密斯先生和斯特朗先生前來晉見殿下。」

石達開把兩個洋鬼子一看，板起臉孔問道：「你們對得起天父天兄嗎？對得起太平天國嗎？口口聲聲說要保持中立，到而今公然向我太平軍開炮。這是你們的中立嗎？簡直是掛羊頭賣狗肉。我警告你們，太平軍不好惹，中國人不可欺！」

兩個英、美特派員看見翼王滿臉怒容，嚇得兩腿敲梆梆，一個勁兒地賠罪說：「翼王殿下，請息怒，我們公使一時鬼迷心竅，做錯了事，真正遺憾。」

石達開威嚴地宣布：「你們回去，告訴倫敦、華盛頓的大人物，什麼原來簽訂的〈南京條約〉、〈五口通商協定〉通通對我太平天國無效！你們要來做生意，出於善心，平等互利，我們歡迎；若有違反我天律天條者，將按律條處罰，決不含糊！前些日子，在上海明明是你們商家的大老板卑鄙無恥，躲在角落裡開黑槍，打死我們的一個軍帥，卻反倒惡人先告狀，倒打一耙，還藉口出動武力，豈有此理！」

「那是，那是，我們做錯了！」兩個特派員連連點頭。

陳玉成說：「光認錯就夠了嗎？」

兩個特派員說：「我們只請求貴軍釋放俘虜，允許我們把死難烈士運回本國去。」

石達開猛擊桌子吼道：「大膽，你們還把強盜們稱為「死難烈士」，我要把他們的屍體丟在長江餵魚，死得輕如鴻毛。限定你們在三天之內收屍完畢，裝上你們的軍艦，滾出吳淞口。只要你們膽敢再來，當心你們的狗頭，一個也活不了！」

兩個特派員顫驚驚地問道：「翼王殿下，我們被太平軍扣押的那些軍艦怎麼辦？」

石達開坦然地說：「一起滾吧！」

兩個特派員點頭哈腰、卑躬屈膝地說：「謝謝翼王寬大為懷。」

他們走後，陳玉成對翼王說：「殿下，『愛國』這兩個字，有多大的凝聚力和催發力呀！」

石達開點頭說：「是呀，古人云：『修身，齊家，治國，平天下。』重點就是國家，國與家的關係是，皮之不存，毛將焉附？玉成，以身許國者，沒當英雄，也是賢達呀！」

陳玉成輕聲對翼王說：「殿下，我還要向您稟報一件喜事咧。」

石達開發現陳玉成臉上露出極其神秘的光澤，急問道：「你這個人，很不容易動聲色的，這件喜事，可能與我相當重要。走，到後房裡去，你我敘談敘談。」

陳玉成到底向石達開透露了什麼重大信息，且看下回交待。

第十五回

國宗府翼王府侍衛起摩擦
武昌城安慶城軍營動干戈

陳玉成，這位青年將領，照他自己的話說「我是吃百家飯長大的」。他從小失怙，跟著叔父陳承瑢，僅十二歲時就參加了金田起義，編入童子軍。他拿不起過重的兵器，只能背著一把大刀，跟著伯伯叔叔們在打仗時使勁吶喊助威，打完仗，就看管俘虜，平時他也學會了護理傷病員，或者跟伯伯叔叔們挑水、洗菜、送飯，整天忙得樂呵呵的。從永安突圍以後，他逐漸引起了伯伯叔叔們的注意。在突圍的那天早上，他組織童子軍的小兄弟們，在永安城的四周，把小兄弟們分派在城牆上、屋頂上、樹枝上，有的提著銅鑼，有的吹著號角，有的拿著標槍，當東王楊秀清發出突圍戰令時，陳玉成舉起號角也同時吹響了，向他帶領的童子軍發出了號令，只聽永安城裡號聲四起，鑼鼓喧天，一股股強大的戰鬥聲浪震盪在這座古城的上空。

清軍統帥向榮，突然感到四面楚歌，嚇得瑟瑟發抖。等到他清醒過來時，太平軍已經突破了東門的封鎖線，逃出永安城。

全州城外，太平軍大本營裡，在回顧總結永安突圍的慶功大會時，以東王楊秀清為首的王侯將相們及太平軍的廣大將士，一致評定陳玉成所率領的童子軍起了勝利的重大作用。從此，陳玉成的名字在太平軍中可以說是勇冠三軍。

當進攻全州守敵前夕，楊秀清非常器重陳玉成，派他擂鼓助威的任務。這一仗，他戰功卓著。童子軍的吼聲簡直使敵人嚇破了膽。

陳玉成和李秀成在搶救南王馮雲山的過程中，他和李秀成也出了大名。南王被敵人的炮彈擊中，倒在血泊之中，那時，戰鬥打得很不順利，敵人的反衝鋒，來得相當猛烈，眼看南王受了重傷的身體，要被敵人搶奪時，他和李秀成眼見大事不好，冒著猛烈的炮火，飛快地迎了上去，他倆連拖帶背，搶回了這位太平天國的二號首領。然而，因馮雲山的傷勢過重，不幸過早地離開了太平軍。在哀悼南王的弔唁中，陳玉成痛哭得最慘，哀痛之情最深。他幾天幾夜沒有間斷過啼哭，水米不沾牙，傷心之情感動了全軍將士。事後，東王楊秀清把他抱在懷裡，用他那又粗又硬的鬍茬一個勁兒地吻他，高聲誇獎道：「這小雜種，是好樣的！好種，好種！日後肯定是我太平軍的忠臣孝子！」

從那時起，未滿十四歲的陳玉成被破格編入了男營，並破格提升為兩司馬之職。爾後，在攻打長沙，大戰岳陽，奪取武昌，直下金陵，建都天京和其他一系列的戰鬥中，這個不滿二十歲的陳玉成，屢建戰功，被天王封侯，簡直成了天朝出將入相的人物。遺憾的是，他的叔父在天京內訌中，與韋昌輝、秦日綱糾合在一起，殘殺了上萬名自家兄弟，犯下了滔天大罪，給陳玉成的心靈上抹上了深沉的陰影。一年以來，他一直抑鬱寡歡，悶悶不樂，好像叔叔所犯下的罪行也有他的份似的。他明知天王是個疑心很重的人，口頭上雖然沒有對他發出過什麼不信任的言論，可陳玉成總感到心理上壓抑很重。當翼王回朝主政，他打從內心裡擁戴，可是，當翼王嚴厲地執行軍法，祭斬燕王時，陳玉成不免也感到自危起來。哪知道胸襟遼闊的翼王，毫無聲色，對陳玉成沒有什麼不好的言行，反而，在湖口大戰時，對陳玉成委以重任，這就使得陳玉成從精神上消除了對翼王的畏懼心理，進而對翼王產生了親近與愛慕之情。他曾經對自己的部下說：「難怪古人有一句話：『知子莫若父』，翼王對我陳玉成真是洞察心機呀。」

所以，今天他有了這麼一件大喜事，親自出馬來找翼王，他害怕這件事張揚出去，會影響太平天國的全局，感到非見翼王不可，與翼王密商之後再作料理。

當翼王與他來到書房以後，二人坐了下來，翼王問道：「玉成，有什麼重要軍機？快說吧！」

陳玉成回答：「曾妖頭被我的部下逮住了！」

石達開石破天驚似地問道：「真有此事？」

「我玉成不敢謊報。」

「怎樣逮住的？」

「他在天京郊外觀看我們跟洋鬼子的水戰時，被我的部屬發現了。」

「就他一人嗎？」

「還有他的二號人物——曾國荃。」

「現在關押何處？」

「水洑洲下的下關碼頭。」

「走，我倆馬上去！」

陳玉成領路，石達開騎著一匹高頭白馬，兩人沒有驚動任何第三者，像箭一般地飛馳到下關碼頭時，哪知道人去樓空。防守下關的陳玉成的二十五名聖兵全部倒在血泊中了。原來是，曾國藩和弟弟曾國荃出走時，早已安排了近三百人的侍衛，跟蹤曾大帥行動。當曾氏兄弟倆立馬長江大堤觀戰時，被太平軍擄掠而去。曾國藩的衛隊在堤下的村莊裡吃喝玩樂去了，就在這個當兒，陳玉成來到下關，看見了這兩條大鱷魚，當即命令，將他們嚴加看管，親自飛來稟報翼王，哪知道會……

翼王低下了頭，面對血泊中的聖兵兄弟默哀。他默默地念道：「人有旦夕禍福，曾妖頭，你是禍中有福，我是福中有禍啊……」

沒有設防的人，大抵都是悲劇人物。

處處設防的人，大抵都是市儈小人。

石達開正在王府裡為曾國藩脫逃而深感遺憾，為陳玉成的聖兵悲壯喪生而哀傷的時候，曾錦謙來到他的面前：「達老弟，我嚥不下這口氣了！」他一捶打在桌子上。

翼王問道：「什麼事惹得你這麼動火？是我惹了你，還是別人？」

「丟他個老姆，一人得道，雞犬升天。連他媽的狗也仗著權勢欺侮起人來了！」

「謙哥，你愈說我聽起來愈糊塗。誰敢欺侮你這位大將軍？」

曾錦謙把手一招：「你快進來，直接向翼王殿下稟告。」

他的話音剛落，進來一位翼王府衛隊親兵，名叫韋清水，約莫三十開外年歲，本是金田起義的老兄弟，不識文墨，無官無職，可對翼王赤膽忠心，跟著他風裡雨裡戰鬥了七、八個春秋，是翼王非常喜愛的一位好兵。

他被打得血糊滿面，在路上遇見了曾錦謙將軍。曾將軍跟他早已很熟，詳情問過了被打的經過，怒滿胸膛，這才帶著他來見翼王。

曾錦謙催促道：「清水，你原原本本向翼王稟報吧。」

韋清水跪稟道：「殿下，我們實在忍不下去了，許多事情，我們都一直瞞著您，怕給您添麻煩，沒有向您稟報。今日個，若不是謙哥硬拉著我前來見您，我也還會忍下去的。近幾個月以來，安王、福王的衛隊親兵，他們隨時都在找我們的岔兒，欺侮我們的弟兄們。」

石達開非常冷靜地說：「老兄弟，請你站起來，你不要激動，也不要存偏見，是回什麼事，就如實地講吧。」

韋清水站了起來，心平氣和地說：「今天下午，我們幾個老兄弟為慶賀一位安徽籍的小兄弟的生日，幾個人湊合在一起，在秣陵路江西會館裡喝幾杯。不巧，福王的侍衛隊，經過此處，看見我們幾個人在高高興興地聚餐，他們氣勢洶洶地衝進會館，故意挑起事端，那真是雞蛋裡找骨頭呀，一會兒說我們在一起坐的人多了，一會兒說我們不該飲酒，辱罵我們像流氓地痞，這些我們都忍下去了，可他還辱罵……」

曾錦謙追問：「你說呀，不怕，如實稟報。」

韋清水慢吞吞地說：「哎，他們，他們千不該、萬不該，不該辱罵我們的翼王殿下。」

石達開往椅子上一靠，閉著眼睛聽著，韋清水繼續說：「他們罵翼王死不要臉，早就罷了官，丟了權，還死皮賴臉地跟洋人打仗，還不是為了出風頭，威脅天王。」

曾錦謙吼道：「你們他媽的當時成了啞巴了，難道不曉得回罵他們的兩個草包王禍國殃民嗎？」

韋清水說：「罵了，我們也罵了他們的世人皆知的兩個草包王，做盡了壞事。他們罵過來，我們罵過去，一會兒就動手打起來了。」

石達開問：「是誰先動手的？」

「殿下，我們跟您這麼多年，咱們侍衛隊三百多人，您說，有誰在外面闖過禍？人家不動口先罵我們，我們會先罵別人嗎？人家不動手先打我們，我們會先動手打別人嗎？誰都清楚，翼王的兵，是仁義之師，是翼王親自訓練教導出來的兵，走遍天下，秋毫無犯，決不會讓人說閒話的。」

石達開笑道：「兄弟，你們還不夠呀，翼王的兵，在我們內部，應該是罵不還口，打不還手才對呀！」

曾錦謙在旁插話道：「對個屁！人家罵你死皮賴臉，你還不要弟兄們對罵；人家把你的兵打得頭破血流，打在親兵的身上，痛在將帥的心裡呀，你還不要弟兄們還手？」

石達開用徵詢的口氣問：「謙哥，照你的意思，該怎麼辦呢？」

曾錦謙回答道：「前幾天你不是說，什麼孫、孫的兵法：人不犯我，我不犯人；人若犯我，我必犯人。」

石達開說：「那是對敵人而言。安、福二王和他們的侍衛親兵，畢竟還是我們自家兄弟嘛！」

他這麼一說，這位豪爽的鐵將軍，似乎又弄清了一個道理：「啊，這就是你平常所講的，內外有別，是不是？」

「是呀，這叫忍得一時之氣，免得百日之憂。我給你們講個故事，叫做『張公百忍得金人』，說的是明朝有位宰相張公，涵養非常好，待人非常寬容，博得了文武百官、軍民人等一片讚揚聲。有一天，他兒子娶一個非常美貌的妻子，滿堂歡笑酒宴之中，忽然大門外來了位衣衫襤褸、骯髒難看的老乞丐，上門乞討。手下的人給這老乞丐端來飯菜，他卻不吃一口，又給他銀兩，他也不收一文，賴在門口不走。手下的人奇怪了，就問：「哦，你到底要什麼？」

那老乞丐坦然地說：「我要跟你們家娶的新媳婦兒睡一覺。」

話音剛落，手下的人個個憤怒不已，人人摩拳擦掌。正在這時，張公在送客時發現了，他問明原委。咋一聽，張公也忍受不了這種羞辱；可他緩了口氣，又回憶了往事，我張某已經忍受了九十九回羞辱了，難道這第一百次的羞辱我就忍受不了嗎？否則，怎能稱得上宰相肚裡好撐船？他思慮了良久，最終還是忍受了這口氣，便對新媳婦說：「兒呀，妳就成全老爹這一次，陪這個髒老頭兒睡一夜吧，反正……」

次日清晨，新媳婦大驚失色，跑來向張公稟報：「爹，那髒老頭兒不是人。」

張公呼地爬起來問道：「是什麼？是畜牲吧？」

新媳婦高興地說：「不是，他是個金人！」

張公慌慌張張跟著新媳婦來到新房一看，在那新床上，平平穩穩睡著一位金光閃閃的金人。所以，「張公百忍得金人」的故事流傳至今，一定還會在國內、外流傳下去哩！

石達開的故事講罷，惹得曾錦謙捧起肚子笑了半天。韋清水也陪著笑，減輕了傷口的疼痛，望著曾將軍。這時，曾錦謙對翼王說：「好吧，再忍一次，看他們兩個草包王再耍什麼鬼花樣！」

石達開又補充一句：「還要忍，謙哥，學張公！」

他倆高高興興地離翼王而去。

但是，他們走後，石達開的心久久不能平靜下來。那一句辱罵「石達開死皮賴臉」的話，好像是毒箭射得他穿心地痛；又像是鋼針刺得他挖肝地疼；更像是鐵錐砸得他五內俱裂。

他琢磨著，這些玷辱人格的話，怎麼會出現在安、福二王部下的嘴裡呢？我石達開浴血奮戰這麼多年，難道應該落得個「死皮賴臉」的下場嗎？難道我石達開「死皮賴臉」要為個人爭權、要權嗎？難道我石達開還不忠於天王、忠於天朝嗎？他們散布這些惡言穢語的目的，難道不是「司馬昭之心，路人皆知」嗎？我石達開在天京城裡，已成了他們的肉中刺、眼中釘了，他們不可能容我在這個王府裡待下去了。

他緩步走出房門，來到陽臺，扶著欄杆，遙望江天。從東北方向看見了一層一層的烏雲升起，紫金山的峰頂上，彤雲密布，從雨花臺到玄武湖的眼底江山，都不太清晰了。

他很自然地想到了古人的詩句：「山雨欲來風滿樓」，不禁感嘆自己的身世，在漫天烽火中，我石達開，從來只防明顯的敵人，從不防內部的自己人，以致落得個「死皮賴臉」，既已如此，往後是不是會出現更令人痛心的悲劇呢？既已如此，目前，我又何必待在天京城裡「死皮賴臉」下去呢？人情冷暖，世態炎涼。金田起義，本來是為了鏟除那種人與人之間的殘酷無情的關係，可而今，我們自己的天朝為什麼也同樣會「人情冷暖，世態炎涼」呢？同樣是那麼殘酷無情呢？他越想越多，越想越不得其解，他很自然地想起了屈原的〈天問〉，屈子先生，三閭大夫，你向老天爺提問了多個問題，沒有得到一個回答，便毅然離開了郢都，飄泊沅澧，自沉汨羅，我石達開也許比你的命運更慘、更糟啊……

這位鐵心漢子，從來沒有傷感過。今天由於那些不通文墨的兵士們，侮罵他「死皮賴臉」，勾起了他的哀思。他斜倚著欄杆，一串一串的淚水撲簌撲簌地流下，信口自嘆七言絕句一首：

朔風驟起到鍾山，

未掃胡塵馬不前；
兔死狗烹今又語，
大江何必笑難堪。

他念完最後一個字，韓寶英端著一碗蓮子湯，悄然來到身邊，輕聲地說：「喝下去吧，您夠苦的了！」

石達開正想跟她說點什麼，韓寶英制止了他：「您別說了，我全都聽清楚了。您石達開忍受得了粉身碎骨，可您絕對忍受不了人格上的羞辱！我了解您，最重要的是了解您的一顆心和秉性。」

石達開轉憂為笑，對寶英說：「正是如此，妳就是我的知音呵！」

薄暮時分，天京城的晚秋，黑暗似乎來得比較快，加上空中團團陰霾在變幻移動。國宗府的衛隊親兵們，仍在興高采烈，氣趾飛揚地向福王洪仁達稟報今天在會館凌辱翼王及其侍衛的經過，個個都高聲喧嚷，「老子們今天風頭出盡了，欺得他們蝦子頭上不流血了」，「老子們諒他石達開不敢把我們怎麼樣」，「真痛快，我們這回為福王增光了。」

洪仁達蹺起二郎腿，一手捻著八字鬍，陰死陽生地說：「你們這幾位小兄弟還能辦事，呷，嗯，這個這個，不過，我還得給你們壯壯膽子吧。從今天起，凡石達開手下的人，在天京城裡，如有賭博、嫖娼、酗酒者，都嚴懲不貸！」

一個侍衛問：「王爺，我們侍衛中有幾個人都喜愛那些玩意兒，您看抓不抓？」

洪仁達說：「這個，那就看著辦吧，適當注意點就是了。」

又一個侍衛問：「王爺，而今城裡的剃頭店裡，有許多乖妹妹，經常向我們招手兒、眨眼睛，去過那裡的回來說，還不要我們出錢，想怎麼玩就怎麼玩，今後，我們侍衛隊的人去不去得？」

洪仁達一笑：「你這小子，死外行，真有這事兒，免費不玩，那就成了傻瓜蛋。你們可以去聯絡感情，玩得開心了，好好侍衛我的王府喲。即使嫖婊子，也不要忘了，要注意提高我王爺的威望呀！懂嗎？」

幾個侍衛異口同聲地說：「懂，懂！」邊說邊離開了福王洪仁達。

狗仗人勢，兵仗權威。太平天國的一幕幕事件，演繹了這兩句話的真實含義，為其作了注腳。

一八五三年，天王洪秀全、東王楊秀清、北王韋昌輝、翼王石達開，揮師百萬大軍，順江而下，不到三個月，攻下了金陵，定都為天京。那時，太平天國是何等的威風，場面是何等的壯觀啊！

而今，僅僅過了四年多，太平天國的國號依然存在，天王的龍位依然安穩地坐著。而昔日威風八面的東王府不在了，眾人仰慕的北王府不在了，僅剩下依稀猶存的翼王府，可也是帶有修修補補的痕跡，正如唐代大詩人劉禹錫所感嘆的：

朱雀橋邊野草花，
烏衣巷口夕陽斜；
舊時王謝堂前燕，
飛入尋常百姓家。

天京城在太平天國建都的那種景象，也就開始日落西山了。

翼王石達開主政以來，他一心只想來個重振朝綱，恢復昔日的繁榮景象，來一個迴光返照。他絞盡腦汁，動用了他的一切手段，既施展了他的武功之勇，又顯露了他的文治之才。

然而，最大的難點還是集中在財政匱乏。當趕走了洋鬼子的艦隊之後，石達開和張遂謀整整籌謀了兩個通宵。二人決定，由張遂謀親自出馬，逆江而上，前往武昌城，找到了守城將領楊輔清和賴裕新，向他們透露了天京城錢、財、物儲備的實情，請守城將領們顧全大局，從湖廣地區的賦稅中，調動大批米糧，支援天京，以穩定局勢，維護天王的尊嚴。

張遂謀日夜兼程，趕到武昌。

三天之後，太平軍把從洞庭湖徵集來的米糧編成八個船隊，由張遂謀率領，從武昌城順江而下。

忽然，從黃鶴樓上發出了信號：「嚴禁船隊通行，靠岸聽候檢查。」一位湖北籍的卒長，發起牢騷了：「婊子養的，出了鬼喲，大水沖了龍王廟，自家人跟自己人要翻臉了。靠岸就靠岸，要是查不出什麼名堂來，老子就對你們不客氣。」

船隊靠岸後，不一會兒，手持戈矛刀槍的一隊兵士，在一位旅帥的率領下，登上了運糧的船隊。他氣勢洶洶，凶神惡煞，吼道：「你們把這麼多糧食往哪裡運去？」

那卒長回答道：「運往天京城。接濟正在蘇杭前線作戰的將士。」

「誰派你們來運的？」

「太平天國通軍主帥翼王石達開。」

「扯雞巴蛋！太平天國通軍主帥只有個洪仁達，哪兒還有石達開的權力？」

卒長挖苦道：「旅帥大人，你好像很聽話哩！翼王石達開乃開國元勳，戰功卓著，你那洪仁達算個屌！朝野內外有幾個人認識他。」

旅帥罵道：「你小子只怕是活得不耐煩了，竟敢辱罵國宗大人來了。你小心這個吃飯的傢伙要搬家。」邊說邊像敲木魚似地敲他的腦袋。

那卒長把他的手一掀，旅帥在船上打了一個趔趄。他惱羞成怒，嚴厲地說：「你這個小小的卒長，算個什麼東西，老子要宰了你！」

那卒長也不相讓，回敬道：「是你宰了我，還是我宰了你？」

旅帥便命令兵士：「給老子打！」

同時，卒長也命令押運糧米的聖兵：「給我打！」

一場戰鬥開始了，從船上打到水裡，從水裡又打到岸上。刀槍箭戟的磕碰之聲和喊爹叫娘的哀嚎之聲，剎那間，震盪在蛇山之巔。最後，演變成漫天烽火，槍彈直射，血肉橫飛。

當那旅帥抵擋不住卒長的進攻，性命正處垂危之時，張遂謀、賴裕新和楊輔清三員大將，騎著三匹高頭大馬，箭馳般地來到黃鶴樓下，張遂謀大吼一聲：「住手！」接著又宣示道：「太平天國天王陛下聖旨到！」

一聽天王聖旨，正在打鬥的雙方人員全都趴下，高呼萬歲。

張遂謀莊嚴地宣讀正文：

天王陛下詔曰：

湖廣米糧，天下糧倉，富國強兵，乃有保障，武昌守將，廣積米糧，功勞卓著，應予表彰，朕令丞相，親赴武昌，運糧船隊，直下長江，沿途關口，不可阻擋。欽此。

太平天國丁巳七年七月九日

張遂謀讀完聖旨，全體官兵，鴉雀無聲。那位卒長似乎要借此出口氣，罵道：「媽的，老子們為天國運糧運出鬼來了，你他媽的敢違抗聖旨嗎？」

那旅帥尷尬一笑，為自己辯解道：「你們他媽的，為何早不宣讀聖旨？」

張遂謀怒氣沖沖地逼問那旅帥：「是我位居丞相之職的人來指揮你的行動，還是你指揮我的行動？瞎了眼！」

楊輔清把那旅帥辨認出來了，對他說：「啊，我想起來了，你原來是前兩個月福王派你帶領一支人馬來到武昌城設立關卡收稅的那個旅帥吧？我警告你，你至今還沒有來向我報到哩，你是不是有點目中無人呀！」

那旅帥連連叩頭道：「小弟不敢！小弟不敢！」

一場干戈平息，可雙方都有些傷亡。

楊輔清調解道：「太平軍自家人殺傷自己人，丟醜！各自調傷、收屍去吧。誰敢再來刀槍相見，我叫他五馬分屍！」

一場刀槍衝突之後，張遂謀押著八支船隊，在楊輔清送行的三聲炮中，直下長江。

太平天國的軍事實力和所轄地域，從翼王回朝主政以來，實實在在有了加強與擴展。湖口之戰後，長江中、下游的重鎮武昌、九江、安慶、蕪湖、鎮江、上海，都已被太平軍所占領，可以說這一線的糧道已經打通了。石達開派遣張遂謀從湖南、湖北運來糧米，解天京之困，支前線之需。

這支龐大的米糧船隊，本來是可以暢通無阻的，而長江兩岸所布防的部屬絕大部分都是翼王的親信。至於安徽首府安慶城，原來就是翼王的宿地。遠在一八五三年，翼王就有過「安徽撫民」的卓越建樹，因而，翼王石達開的名聲在安徽享有最高的榮譽，人們一聽說翼王就感到親近和信心倍增，人們也都知道張遂謀是翼王得力的助手和堅強的臂膀。按理說，張遂謀丞相率領人馬來押運糧船，應該是安然無恙的。

可是，有一位先知先覺者，早已預感到這次事關全局的運糧大事，此人便是方妃。

那天晚上，張遂謀和翼王商討了天朝要穩定局勢，必須趕赴湖南、湖北籌集糧米，方能安定天朝。

臨行前，足智多謀的張遂謀為了替這次運糧的大行動取得萬無一失的保障，他想到了方妃的活動能耐。於是，他瞞著翼王私下去見了方妃，陳述了運糧中有可能受到安、福二王的干擾，懇請方妃暗中支持。

當方妃知道這件大事乃翼王治國安邦之策時，便義無反顧地說：「天塌下來，有我頂，你放心去吧！我給你帶上幾道聖旨。好在，安、福二王立足未穩，影響不大，聲望不高，可以制服的。」

方妃說罷，便拿了五瓶茅臺酒給張遂謀，笑著說：「讓這酒沿途為你助興，得勝回朝！」

方妃假傳聖旨，解除了武昌運糧之危。一路上，張遂謀喝著方妃送的茅臺酒，心裡樂呵呵的。

船隊順江而下。有天早晨，張遂謀因喝了幾杯，一夜睡得很香很甜。不料，在船隊的正前方，橫泊著幾艘戰艦，攔住了船隊前進的水道。

艦上高懸著「太平天國安王洪」的大旗。只見艦上一位大將，吼吼叫叫，攔住了糧船船隊的去路。他吼道：「何方來的船隊？速速靠近戰艦，未經徹底檢查，不得擅自離開！」

戰艦上高聲吼叫的聲音驚醒了張遂謀。他揉著睡眼，出了艙，站立在船頭。

當他乘坐的糧船靠近戰艦時，心情非常平和地問了一聲：「請問將軍，是誰指使你們阻擋天朝運糧船隊這次行動的？」

張遂謀話音剛落，在那將軍背後閃出一人，身著黃袍，頭戴金冠，儼然一副天朝王爵氣派，邁著方步，來到船頭，皮笑肉不笑地問道：「張丞相，近來好忙呀。」

張遂謀稍稍打量，原來是這麼個人物站在前面了，便很有禮貌地回答：「啊，國宗大人，你們怎麼有這份雅興，乘坐我們繳獲的軍艦來遊大江了。」

洪仁發故意岔開話題，帶著質問的口氣說：「張丞相，這麼龐大的船隊，運輸上百萬斤的糧米，你打算運往何方呀？」

「奉翼王殿下之命，一部分運往天京城，解救天京軍民；一部分運往江浙前線，接濟奮戰的將士。國宗大人，請放心，一粒糧米也不會盜運到私人的糧庫裡去的。」

洪仁發被他這番帶刺的話惱怒了，衝著說：「你奉翼王之命，石達開用什麼名義發號施令？」

「用他為天朝開國之功，救民之志，治國之心，萬民之擁戴，來發號施令，怎麼樣？」

「住口！石達開早已罷黜了通軍主將提理政務之職，你難道不知道？」

「當然知道。我還知道國宗大人下達的一道、二道，乃至十道、二十道的政令，在天朝臣民中，當成了擦屁股的紙！」

洪仁發勃然大怒：「混蛋！天朝提理政務是本王之責，沒有我的政令，誰敢運送大量糧米？你瞞天過海，未經朝廷允許，竟敢在千里之遙編制八個船隊，只能以盜運論處。」

張遂謀也據理力爭：「洪仁發，我喊你一聲安王，是我尊重上天之故；我叫你一聲大流氓、大貪污犯，決未過頭！你有什麼資格阻擋我的船隊！小汪，你給我準備舢舨，送我上岸，去找陳玉成。」

張遂謀不吃洪仁發那一套，上了舢舨，向著安慶城飛奔而去。

洪仁發氣得直翻白眼，命令他的將士們：「給我搬！把船上所有的糧米搬上戰艦。」

於是一場「要搬」與「阻搬」的戰鬥開始了。

江面上，打得天昏地暗，血肉橫飛。好在他們雙方毀滅性的武器不多，在兩軍對壘時，都以肉搏戰為主。可是，在運糧船隊上的親兵中，卻也不乏騰空飛翔的好漢。洪仁發的衛隊中也有號稱大力士的勇士，也有刀槍不入的硬漢。所以，這一場短兵相接的戰鬥，打得相當激烈。

正當船隊的那位卒長施展他的絕活「百步擒賊」的神功時，眼看洪仁發忽然成了一位狗趴式的人物，即將落入那卒長的手心。說時遲，那時快，青年將領陳玉成乘著快船飛身來到戰艦上，親聲宣告：「太平天國天王陛下聖旨到。」

在糧船上和戰艦上正在搏鬥的人們，聽到天王聖旨，趕緊趴下，「萬歲」之聲不絕於耳。

陳玉成莊嚴地宣讀：

天王陛下詔曰：湖廣米糧，天下糧倉，富國強兵，乃有保障，武昌守將，廣積米糧，功勞卓著，應予表彰，朕令丞相，親赴武昌，運糧船隊，直下長江，沿途關口，不可阻擋。欽此。

太平天國丁巳七年七月九日

洪仁發聽罷聖旨，如墜五里雲霧之中，越想越糊塗了：我來阻止運糧船隊，是老三指使的，要我來刺殺張遂謀，殺雞給猴看，斬斷石達開的一隻翅膀，也是與老三密商的。怎麼？眨眼之間就變卦了，這裡面到底有什麼彎彎拐拐，我得立即趕回天京，尋個水落石出！

洪仁發這次碰了一個大釘子，不說賠了夫人又折兵，也算損兵折將吧，枉費了一番心機，他的心情怎麼平靜得了？被張遂謀戲弄了一頓，這口氣怎麼嚥得下去？這一大批糧米沒有搞到手，又怎麼會甘心？他必須借助戰艦快速行使的優勢，搶在張遂謀之前，趕回天京，找老三追根溯源。

洪仁發趕回天京後，到底查清了武昌城、安慶城兩軍動干戈的事件沒有？幾百萬斤糧米的來路和去路又查清了沒有呢？翼王府和國宗府水火不相容的矛盾到底會向哪個方向發展呢？欲知結果，且待下回分解。

第十六回

民安物阜石達開頌歌朗朗
調兵遣將洪仁達殺氣騰騰

直面人生，正視現實，頂著逆流走，是很不容易辦到的。

發現險境，遇到挫折，繞著道走，是比較容易辦到的。

有的人，落到悲劇的結局，究其根源，因為他從來不曾想到別人有那麼壞，老是以君子之心度小人之腹；有的人飛黃騰達了，哪怕是短暫的飛黃騰達，究其根源，因為他以小人之心度君子之腹。因此，人間世事就形成了豐富多彩，變化多端，演繹出一場一場的傳奇故事來。

倘若世間的人，全都是真、善、美，尋找不到假、惡、醜，那麼，世間不是太單調了嗎？作家、藝術家也就失業了。

倘或太平天國，領導集團的人物，全都是猶如石達開這樣永遠不設防的人物、永遠思慮不到別人在暗算他，完全沒有出現韋昌輝、洪氏兄弟之流的人物，那麼，太平天國的歷史走向就會是另一種結局了。至於結局成什麼形態，那就無法想像了。

閒言少講，書歸正傳。話說洪仁發懷揣著十五個波浪鼓——心裡七上八下的，他一直想不通，天王老三為何要下這麼一道聖旨？

他從火輪上下來，一口氣跑到了天王府，氣喘吁吁地到了天王面前，高聲吼道：「老三，捉鬼是你，放鬼也是你，你怎麼當起鍾馗來了？」

洪秀全看著大哥的這副神態，好像一條瘋狗，神經失常似的，便急問道：「大哥，照你這副模樣，講一些令人摸頭不知腦的話，你是不是得了神經病嘍？」

洪仁發說：「我得什麼神經病？是你昏了頭！明知是你派我去安慶，堵截張遂謀的運糧船隊，可你偏又下聖旨，讓船隊通行無阻，到底是你得神經病，還是我得神經病？」

洪秀全一聽到下什麼「聖旨」，便從眼中發出痴呆的光芒，又問：「聖旨，聖旨在哪兒？」

洪仁發像一位逮住了小偷的把柄似的受害者，理直氣壯地從衣袋裡掏出聖旨，往他案上一攤，高聲喧道：「你看，這是蓋了你天王玉璽、簽上了『洪秀全』三字的聖旨呀，就這麼一張紙，石達開的八支運糧船隊在長江裡暢通無阻，運抵天京，誰他媽的能抵擋住你這張聖旨？」

他越說越氣得頓足，繼續說下去：「老三，這下好了，這石達開的功勞，又會在天京城大街小巷讓民眾唱七天七夜的頌歌！」

洪秀全靜靜地聽著，認真地分析著，這道「聖旨」，他確是不知來由，然而他卻能想像得到，下達聖旨者，除方妃以外，連賴后、天妹也無此膽量。於是，他板起面孔：「宣方妃上殿！」

蒙得恩最能察顏觀色，預感到天王這次動怒，非同小可，他很快通知禁林軍和牌刀手，全副武裝殺氣騰騰的，挺立在兩排，並通知典刑衙的首領到場。只見他們一個個虎視眈眈，好像就會有人被天王宣布推出午門斬首似的。一種恐怖的氣氛，籠罩著天王金龍寶殿。

洪仁發心裡癢滋滋的，快活極了，心裡想：「這個禍國殃民的妖婦，叫老三今日個把她除掉，好解心頭之恨。」

蒙得恩也暗自慶幸，心想：「這下子，就有好戲看了，把這個漂亮的、難對付的小娘們除掉了會省好多事。」

賴后、洪宣嬌和兩班文武大臣，都被團團疑雲所困惑，有人嘀咕道：「怎麼？莫非在金龍寶殿會殺人呀？這種肅穆莊嚴的氣氛好可怕呀……」

少頃，承宣官宣告：「方娘娘上殿！」

全體人員為之一震，一句共同的語言埋在心裡：這個小娘們送上砧板來了。

洪秀全不動聲色，端坐在龍位上。方妃進殿，行君臣進見之禮，跪下稟道：「妾妃進見天王陛下，祝陛下萬福金安！萬歲！萬歲！萬萬歲！」

洪秀全不緊不慢地說：「起來吧。方愛妃，妳是想朕活一天呢，活一年呢，還是活一萬歲呢？」

方妃答道：「妾妃不知陛下所問何意。」

洪秀全再也沉不住氣了，把驚堂木一拍，怒氣沖沖地說：「妳少跟朕來花樣！替張遂謀的運糧船隊在長江暢通無阻，假傳的聖旨，是不是妳幹的？」

方妃胸有成竹、鎮靜自如地說：「是我。」

「妳為何如此膽大妄為，假傳聖旨？」

「是陛下賜給我的職責。」

「朕賜給妳假傳聖旨的職責嗎？」

「說不上假傳。只要對天朝大業有利，對陛下龍威有利，不為假傳。」

「妳這道聖旨，事先奏稟我恩准了嗎？」

「沒有。妾妃認為小事一樁，無須勞煩陛下。」

洪秀全斥道：「妳詭辯！」

方妃裝作受了很大的委屈，淒惋哀切地吟誦她的〈自度曲〉：

妾妃朝夕伴君王，
事無大小應承當。
為求陛下身心爽，
願效犬馬日夜忙。
蒙聖恩，簿書文卷來執掌，
授大權，輔佐陛下出主張。
我既可代君降旨斬將相，
怎不能代君降旨保米糧？
天京城軍民人等缺糧餉，
卻有人乘人之危當官商。
我代君降旨為百姓，
一片忠心付汪洋。
自古忠臣遭誹謗，
請君另選愛妃伴身旁。

她氣宇軒昂地命令蒙得恩：「點天燈，五馬分屍，零刀碎剮，聽便！送我上路吧！」說罷，走下臺階，揚長而去。

洪秀全自知理虧，但又毫無辦法轉變殿堂氣氛，只好自圓其說自下臺階，對滿朝文武說：「這個女人脾氣最犟，你們看，話都沒說清楚，她就跑了，這樣好吧，退朝，我跟她單獨論理去。」

滿朝文武和宮廷侍衛，一個個都像被嚴霜打過似的，紛紛離去。

在文武大臣們離殿的路上，誰也制止不了的議論說開了，有的說：「這不是胡攪蠻纏嗎？方妃代天王下聖旨，誰個不知，哪個不曉？幹嘛要找她的岔子。」有人接應道：「你不知道，這裡面有許多彎彎拐拐。方妃一番好心，把米糧運到天京來，卻擋了人家的財路哩！」又有人說：「好心雖好，可怎麼也不能假傳聖旨呀！」馬上就有人反駁道：「我看這就不叫假傳聖旨。你說，給韋昌輝、石達開下密旨殺楊秀清，是不是方妃寫的？斬秦日綱、陳承瑢的聖旨，是不是方妃寫的？給石達開慶功的聖旨，是不是方妃寫的？我看吶，方娘娘的好事做盡了哩！」也有打和牌的人說：「『靜坐常思己過，閒談莫論人非』；『病從口入，禍從口出』；『明知不對，少說為佳』。哎，如今吶，宮廷密事多得很，一句話沒有說好，丟了烏紗丟腦袋，何苦來哉！回去，回去，早點看老婆孩子去。二兩燒酒下肚，一杯清茶入口，何樂而不為之！」

太平天國在進入中晚期的歷史時期，像這一類搶著混時度日、得過且過，滿足於一己之所得的既得利益者，大體上形成了一個階層。所以，天京內訌，便有了一個溫床，而貪贓枉法、利欲薰心、挖空心思、搜刮國財民膏者，也似乎可以為所欲為，國法不靈了。

現在看來，這兩種勢力，一天天地擴展開來。於是，以天下國家為己任的有志之士，怎麼能施展才幹、理想付諸實施呢？

張遂謀冒了多大的風險，在武昌，調集了數百萬斤糧米，組成了浩浩蕩蕩的八支船隊，好不容易才運抵天京。停泊在下關碼頭，幸虧有曾錦謙親信的城防部隊嚴密監控，幾百萬斤糧米順順當當地搬運到了聖庫。石達開按照天朝分配制度，平平安安地分發到了男營、女營和千家萬戶。

俗話說：「手裡有糧，心中不慌。」天京城軍民人等免除了饑饉之憂。一麻袋一麻袋的糧米堆放在天京城的各個糧店裡，那些囤積居奇、哄抬糧價的官商和私商，也無奸利可圖了。

天朝的聖庫穩穩當當地控制住了市場。老百姓誰也無須打聽，石達開派張遂謀千里運米糧來的喜訊不脛而走。安居樂業的人們，自自然然地把得來的實惠歸結到張遂謀丞相身上，歸結為石達開的豐功偉績。

於是，大街小巷、千家萬戶，也不知是誰首先唱出來的，也不知是誰作的詞兒、編的曲兒，四首民謠，在這六朝古都唱了開來。

第一首：

天上的星星緊緊挨，
天朝的百姓靠的石達開，
不知是哪個神仙把窮人愛，
派了一個天才來。

第二首：

天朝的福氣深如海，
百姓享福樂開懷，
吃得飽來有穿戴，
哪個都不忘石達開。

第三首：

翼王的功勞大又大，
家家戶戶把他誇，

清妖見他都害怕，
百姓見他笑哈哈！

第四首：

五月裡來是端陽，
糯米粽子撒白糖，
吃一個粽子想一想，
只想把粽子獻翼王。

來自街巷的這些對翼王的讚頌，翼王麾下的將士們，心裡都感到甜滋滋的。他們覺得這是老百姓發自內心的情感的表露。

曾錦謙每每聽到這些歌謠，就張起個嘴巴哈哈大笑起來，聽到老百姓的讚揚聲，比天王加官加爵都重要。

鐘秀英瞪了他一眼：「你又在貶天王，你得小心呀！又給你來個午時三刻開斬，看你有幾個腦袋。」

曾錦謙笑著說：「他要殺我，妳就保我，我怕個屁！」

鐘秀英微微一笑：「再有那種事，我就保不了你啦！」

「為什麼？」鐘秀英問。

「妳這個未過門的老婆保男人，合法又合情。」曾錦謙逗趣地說。

但是，另一位賢達的女人方妃，卻有著深一層的思考：那些讚頌翼王的民歌、民謠，傳到她的耳朵裡，她不僅沒有感到高興，反而增強了她的憂慮。她進而判斷著：對翼王的任何一句誇獎，都如同利劍一般，刺殺某些人的心肺。嫉妒，是一切爭名於朝、爭利於市者的通病。名義上無權、實質上有權的翼王，你危坐在累卵之中啊！而名義上有權、實質上無權的安、福二王呢，此刻聽到這些民歌、民謠，難道不是把他的眼睛脹得流血嗎？善良的老百姓啊，你們未曾想到是在跟翼王幫倒忙吧！

可是，在這民安物阜的歲月裡，怎能不准老百姓唱歌，怎能制止得了老百姓要吐露出自己的心裡話，古今中外有誰能制止住？這是人間的規律啊！

中國的一部《詩經》，對好人好事的讚美，對貪官污吏的諷喻，都是從民間唱出來的。

聰明的方妃，已經預感到了刀兵相見的場面即將來臨。原因是，近十多天來，安、福二王及其親信們，都不上朝了，也不見任何一紙奏摺呈上天王府。他們在暗處幹什麼呢？爭權奪利者會睡大覺嗎？

為了躲避人們的耳目，方妃近一時期來，強壓著自己的感情，絕對不與外界接觸，不出門一步。整天整夜陪伴著天王，在宮中遊樂嬉戲。看起來她心緒泰然，而真正的內心節奏，卻像拉滿了的弓弦，越是安、福二王府中平靜無聲，她就越發感覺到於無聲處聽驚雷！

這天，她陪著天王用晚膳的時候，注意到了天王的神色不正，而且在話語中間聽著天王偶爾流露出四個字：「真不好辦。」

當時方妃問天王：「有什麼不好辦？有什麼不好辦？」

「沒什麼，隨便說說，朕感到有些事情不好辦。」天王遮掩過去。

方妃仍然不動聲色，表現出大度為懷的氣度，陪著天王說些不相干的話。用完膳，便回到了自己的寢房。

天王所說的「真不好辦」四個字，猶如千鈞重錘打得她疼痛難忍，她完全敏感到了「真不好辦」的內涵。她已經聞到了火藥味，聽到了刀兵相見的喊殺聲。

為了探明真相，方妃喊來她的貼身女侍媚莉，向她面授機宜。聰明伶俐的媚莉，帶著方妃交給她的東西，來到了兩位國宗的王府。

首先，拜見福王洪仁達，媚莉納頭便拜：「啟稟福王殿下，小女子乃方娘娘貼身侍衛，奉娘娘之命，前來呈送書信，請收下。」

洪仁達接過密信，拆開一看，信曰：

三天後，為二哥天命華誕，特遣媚莉來您身邊侍候，請予笑納！

仁達二哥：

洪仁達一向認為這個第六位弟媳婦的方妃，傲氣十足，高不可攀，現在公然對他暗送秋波來了，公然把自己心愛的女侍奉送過來了，她這是多麼大的一次轉變啊！可見這個聰明漂亮的娘們，真的識時務了。他還想：老子掌管軍機，不想巴結我的人，也得要巴結嘛！嘿嘿，她給我送這麼件大禮物，真夠意思。而且，她把我的壽誕之日也掛在心上，足見我洪仁達的份量在天朝舉足輕重了。常言道：「腳彎、手彎，往裡彎」。方妃好歹還是洪家的媳婦嘛！豈有不為洪氏家族之理？他想著想著，興奮極了，覺得這位聰明美麗、才氣橫溢的弟媳婦，也乖乖地倒向他這邊來了，不禁高興得手舞足蹈起來。

他抬頭一看，跪在自己面前的這個媚莉，似乎叫他驚呆了：他曾幾次見過這個小[illegible]沒有引起他多大的注意。可今天來的媚莉，經過了方妃親手巧裝打扮，眉毛修飾得[illegible]臉蛋白裡透紅，極其自然，微微一笑，兩個酒窩真的叫人的心都甜透了。全身穿著[illegible]

胸、腰、臀線條分明，真像是玉女下凡。

洪仁達看痴了、迷了，走上前來，親手把媚莉扶了起來，喃喃地說道：「快起來，這樣美？真是舉世無雙啊！方娘娘怎麼捨得妳，把妳送給我呀？小女子，妳願意嗎？」

媚莉說：「侍候王爺，是小女子的福氣，怎會不願意？」

洪仁達狂喜地把她抱了起來：「好，好，美人不要多，一個頂十個！妳就日夜陪王伴駕吧，老子啥都給妳！」

於是，他把媚莉抱到寢房，發狂地親吻著她，使勁地壓著她。媚莉也不反對，順順從從，由他怎麼動作。洪仁達忍不住了，要給她強解羅裳時，媚莉這才哀求道：「王爺，別著急呀，我今天下身的好事來了，怎麼能玷污王爺的身子呢，往後，來日方長，等過了好事，讓王爺天天享用都行吵！」

方妃教給媚莉的方法，果然奏效，既保護自己，又使對方聽到甜蜜的話語，真的生效了。

當媚莉主動撲了上去，給洪仁達一陣強烈的長長的狂吻之後，洪仁達感受到了男人的滿足，忘記了一切，他哪裡想到，這是方妃對著他的腦門心釘下的一顆鋼釘呢？

三天之後，媚莉哭哭啼啼，大吵大鬧，藉故跟洪仁達的大夫人和三姨太，吵得不可開交，無外乎是女人之間的「醋罈」打翻了，媚莉抓住受羞辱的語言，跟洪仁達鬧得一塌糊塗，硬要投河上吊，洪仁達感到為難極了：「這個小娘們死了都是小事，可得罪了方娘娘，那會後患無窮。封了個福王，我有個屁的福氣，這麼漂亮的女子得不到，倒不如打發她回去得了。」於是，他親自勸慰了媚莉一番，並賜給黃金千兩，這才使得媚莉的眼淚擦乾了，回到方妃身邊去了。

當回到方妃那兒後，兩人抱在一起，高興地跳了起來。媚莉悄聲說道：「姐，妳真是神機妙算呀，我把那草包的事點點滴滴都弄清楚了，什麼都說給我聽了。」

方妃問：「妳陪他睡了三夜的覺？」

媚莉答：「是呀。」

「他沒有動妳？」

「動了，由他怎麼動，怎麼親都行。那老傢伙的鬍茬子險些兒把我的臉蛋兒扎爛了，可那最後一關，他休想過去！」

「真的，那就好！哎，妳堅持得住？」

「怎麼堅守不住呢，對付這號草包綽綽有餘，嘻嘻，還不是妳告訴我的那套方法！哎，們不談這個了，姐，妳看。」她從下身掏出一張紙交給方妃，認真地說：「這是那草包力部署和封鎖翼王府的線路圖！」接著，她又從胸兜裡掖出一張紙交給方妃，繼續

「這是他埋伏在翼王出沒之地的牌刀手名單。他採用暗刀殺害忠良，真卑鄙、有

妳趕緊告知翼王，聽洪仁達說，限定在一周之內要翼王上西天！」

媚莉每說一句話，話中的每一個字音，就好像一根鋼針扎在方妃的心窩。

她難以想像，名震中外的太平天國，竟然墮落到了如此地步！這個天朝能夠成大氣候嗎！這個天朝能救億萬百姓於水火之中嗎？這個天朝能為海外受盡羞辱的僑胞撐腰壯膽嗎？這個天朝還能容忍忠誠善良、才華橫溢的石達開活下去嗎？想著，想著，她的淚水刷刷地流了下來，「達開呀達開，你是我的心尖尖，你是我在人間唯一的一點希望呀！我怎麼能讓你挨他們的刀子呢？我怎能讓他們撕碎我的夢呢？我怎麼能慫恿你跟他們刀兵相見？我怎麼忍看天京城再次陷入血海、火海之中呢？達開呀達開，真正舉起太平天國大旗的只有你，你的志氣、你的智謀、你的實力，足以擔當得起太平天國的偉大事業，快走，快走，我的心上人，天京城不是你久留之地，走吧，走吧，走吧……

方妃為石達開出朝的一切步驟和細節，完全周密地考慮妥當了。她才轉向對媚莉說：「今天，讓妳受了委屈，讓那個草包王玷辱了妳，妳是為了天朝的事業，可為姐的是多麼心痛你呀！」

媚莉爽朗地說：「姐，可別難過，這是為了天朝，我沒什麼。」

方妃拉著媚莉的手說：「今晚月亮生輝，我很有雅興，咱們姐倆出宮夜遊吧，等到了玄武湖畔，妳就聽我的，如此這般……」

翼王府內，一切正常。

翼王正準備策劃一場掃蕩浙江之敵左宗棠和安徽號稱淮軍之敵李鴻章。他思考著，若能打掉這兩支勁敵的囂張氣焰之後，再揮師北上，直逼清妖老巢北京，然後再逼清廷退位。他這一套整體的戰略策劃，逐漸趨於成熟。

天京城顯出一派國泰民安的氣氛。

今天晚膳後，石達開獨自一人，來到後花園，悠哉遊哉，爬上假山頂，眺望遠處鍾山，放眼秦淮河畔。但見河上遊船如織，燈火輝煌，他感到自己苦心孤詣地勞作，為老百姓帶來了享樂的光景，自我感覺不愧於國，不愧於民，一己之榮辱，何足道哉！

翼王正在心情舒暢之時，韓寶英領著方妃的貼身女侍媚莉來到面前。

媚莉一見翼王，跪了下來，未曾開言，鼻子一酸，淚眼滂沱，哭道：「殿下，您還在高枕無憂，您還以為太平無事呀！人家正在對著您的頭顱，已經磨刀霍霍了！」

媚莉交給翼王她從福王那裡獲取來的軍事地圖和有關資料。

翼王藉著蒼茫的暮色，一口氣看完了有關情報，他氣憤已極，撕肝裂肺地自語道：「二兄，天王，我的二兄天王陛下，你果然要對你的達胞下毒手了！寶英，妳帶著媚莉姑娘去吧，讓我一個人好好在這兒想一想。」

他思緒萬千，自歎自吟起來：

圓月一輪海上浮，
無風無雨冷颼颼。
人情果然不如狗，
一朝反目親為仇。
刀光劍影何所懼？
可歎你恩斷情絕義氣丟！
地網天羅何足道，
可恨你羅網偏罩自家兄弟頭！
人逼要還手，
水逼要倒流。
非是我石達開忘情負友，
你逼得我只好尋他途。
眼看古城我心顫抖，

往事揪心淚雙流。
為這六朝古都歸你有，
百萬弟兄獻頭顱。
為這龍鳳金冠你頭上扣，
你鋌而走險昏了頭。
為讓江山盡入你洪家袖，
你不惜自相殘殺血水流。
我豈能面對屠刀再束手，
送上砧板去砍頭。
走，走，走！
高舉戰旗，江天遼闊，
再創乾坤寫春秋！

石達開激越的感情，由沉思、痛苦而變為憤怒，由緩慢而變為激劇。他是一位臨危不懼穩如泰山的帥才，他可以作到喜怒不形於色，可也是一位敢怒敢言的大將。

現在，洪氏家族的殺人鋼刀幾乎要架在他脖子上來了，他還能夠書生氣十足嗎？還能夠溫良恭儉讓嗎？還能讓自己的幾十萬精兵良將群龍無首嗎？

想著，想著，他飛步下了假山，急步進入了殿堂。他緊急命令寶英：「英子，請京城檢點職位以上的高級官員，立即趕來府上商議要事。」

大約一個時辰以後，應到的人員均已到齊。

石達開三句當作兩句講，說明了極其緊張的局勢，並展示了從洪仁達那裡的軍事情報圖以及謀害殺人的牌刀手名單。接著，石達開最後說：「我等是坐以待斃呢還是死裡逃生？大夥兒討論討論。」人們立即圍了上來，仔細閱看了洪仁達殺害翼王的用兵圖。大家的眼裡迸發出憤怒的火焰，抑制不住義憤填膺的激情，人們衝口而出：「這兩個草包王，想主宰天朝的命運，休想！」「老子們血裡雨裡這麼多年，豈能容忍洪氏兄弟一手遮天，跟他們拼了！」

老謀深算的張遂謀說：「弟兄們，有句話叫『血的教訓』，凡是付出了鮮血的代價就必須接受血的教訓，曾幾何時，東王楊秀清一念之差，害得他的三萬多親信將士倒在血泊之中；韋昌輝、秦日綱利令智昏，殺了別人又自己喪命，這難道值得嗎？自家兄弟殺自家兄弟，必將是太平天國歷史上最大的恥辱。現在，洪氏兄弟的屠刀要對準我們了，我們跟他們拼了，是一種志氣，也是一種義氣，可以肯定，正義在我方，勝利也必定在我方。但是，那樣行嗎？死傷者必然是天京軍民人等。倘或我一念之差，跟他們刀槍相見，不管是對方或我方，死傷了多少人，都是我們決策者的罪過呀！翼王終生以仁義為懷，能夠忍心看著自己的弟兄死在自己的刀下嗎？硬拚，絕對不行，禍起蕭牆，天下恥笑。」

曾錦謙坐著忍不住了，高聲吼道：「我的丞相，這也不行，那也不行，總該要想個法兒嘛！」

韓寶英漲紅著臉，飛步來到殿堂正中，慷慨陳詞地說：「東方不亮西方亮，黑了東方有西方。咱們惹不起躲得起，接受血的教訓，天京城再不應該流血了！翼王殿下，走，帶著幾十萬人馬快些走！再也不要優柔寡斷，再也不對洪氏兄弟抱幻想；各位叔叔伯伯兄弟姊妹們我們跟著翼王一起走呀！」說著，她跪了下來。

並排坐在一塊兒的鐘秀英也跪了下來，哀稟道：「翼王，您的實力、名望太大太高了，天朝的億萬百姓，眼巴巴地望著您，您可不要負了眾望呀！」

一直沉默不語、心如刀絞的石達開，看見他的丞相和部屬們求他出朝的哀哀號哭聲，他再也忍不住了，莊嚴地宣布道：「通告全軍，今夜子時開餐，寅時啟程，全軍過江，打起北征大旗，不可洩露軍機。各路將令，明天日落時在安慶會師。謙哥，你要連夜行動，快速閃電般地拔掉暗中殺人的一百三十八顆釘子！」

議事廳內氣氛熱烈，像眾星拱月似地團聚在石達開周圍。

最後，石達開嘻笑著說：「我一貫從嚴治軍，可今天我要寬了，通知全軍上下，可以痛痛快快地玩，可以坐茶館，可以上遊船，可以打牌賭錢，但不准玩女人，一定要在子時以前歸營！」

張遂謀把鬍子捻了幾下，笑著問各位：「你們懂得翼王這麼安排的用意嗎？諸葛亮本來城中無兵，來個空城計，既麻痹了敵人，又嚇唬了敵人。而我們這次呢，既要離開天京，又要醉生夢死在天京，讓洪氏兄弟摸不清我們的意圖——」

人們異口同聲地說道：「這是麻痹戰術！」

天王洪秀全在兩位兄長一個勁兒地催逼和周密地部署下，不得不同意在天王府議事大廳裏召集文武大臣們商議國策。

晌午時分，參與議事的臣僚都已來齊了，從朝天門到金龍殿，整個王府的四周，戒備森嚴，經過通往天王府的各交通要道，禁止行人走動。

天王坐在龍位上，扳著嚴峻的面孔，放射深邃的目光，他似乎在審視、懷疑一切人對他是否忠誠。

此刻，他覺得除了與他上同奶包下同衣包的兄長洪仁發、洪仁達之外，似乎再也沒有人值得信賴的了。可還有一位夜夜被他摟著睡覺的方妃，近幾天以來，句句話都跟他貼心貼腸，件件事都替他想辦法排憂解愁。他覺得兩位兄長和他的這位愛妃，真是與他同甘共苦、抓心抓肝的貼心人，甚至連他的結髮妻子賴后這一向也老挑他的刺，總說他過份相信安、福二王，把滿朝文武都得罪了。他曾惱火地對賴后說：「婦道人家，不許過問朝政！」

賴后頂他幾句：「哎，方妃是不是婦道人家？你為什麼又讓她過問朝政？」

洪秀全把桌子一拍，說道：「混賬話！妳有她那個才氣，妳豆大的字認不得一籮筐！要不是妳跟我生了個兒子，老子早就把妳廢了，土包子！鄉巴佬！」

賴后氣得哭哭啼啼，鑽進被子裡睡了三天。

今天，天王召集群臣議事，非同一般。開始前，他只說了一句話：「你們聽著，形勢不妙，請安王給你們說清楚。」

安王洪仁發整理了一下自己的衣袖，乾咳了幾聲，說道：「各位大臣，各位將領們，古人說，『樹欲靜而風不止』，看來天京城又將刮起風暴來了。楊秀清、韋昌輝犯上作亂之後，又有人仗恃功勞，在天京城內外挾天子以令諸侯，小恩小惠，樹立個人威望，用心何在？這不是企圖謀反，還有什麼目的？」

蒙得恩陰陽怪氣地說：「依我之見，有的人啦，整天口裡不離老百姓，好像處處都在為老百姓的疾苦而操心，我就可以斷定，這樣的人，比起清妖曾國藩不差幾分。比方說，扯的是太平天國的旗子，得到的好處是他自己。不信，你們到天京街頭巷尾走一走，哪兒聽不到唱的那些歌謠，把一個人簡直捧上了天，哎，可天父、天兄、天王陛下恐怕誰都忘記了喲！我還不知道天王陛下的位置往哪裡擺哩！」

方妃聽到這些，她心如刀割，淚如泉湧，誰也觀察不到她心向何人、痛在何處。這幾天，她自從媚莉提供了洪氏兄弟的軍機詳情之後，不得不運用她極其優勢的條件，把天王摟得緊緊的。在某種程度上，天王對她的信任甚至超過了安、福二王。天王想，常言道：「嫁雞跟雞，嫁狗跟狗，方妃既然與我的命運交合在一起了，夫榮妻貴，她理所當然就得對夫君忠心耿耿的了。」

現在，坐在天王身邊的方妃站了起來，一席石破天驚的話，正中天王下懷：「陛下，安、福二王近一個多月來，秣馬厲兵，嚴密防範，如今可謂萬事俱備，只待萬歲一聲令下，便可甕中捉鱉了。」

洪仁達也憋不住了，高聲吼道：「老子們要關起門來打狗，叫石達開插翅難逃！」

蒙得恩立即招呼道：「噓——福王，輕聲點，牆有風，壁有耳呀！軍機不可洩露啊！」

洪仁達說：「怕個屌，全都是我們這邊的人。這麼辦，今天晚上，活捉石達開！天京城的幾個主門，分別把守，嚴禁一切行人往來，由我統領禁林軍，神不知，鬼不覺，在寅卯不天光的時候，衝進翼王府，把他從床上抓來！」

方妃趕緊贊成道：「此計甚好！陛下，天京城只有水西門直通長江，妾妃願效犬馬之勞，由我帶精兵把守此關，如何？」

洪秀全高興地說道：「好！千斤重擔，就有勞愛妃承擔了。大哥、二哥，其他要害關卡，必須周密部署，按計劃行事。」

天京城裡，在日落西山之時，忽然出現一片緊張氣氛。近三萬名禁林軍，從烏衣巷、朱雀橋開進了東西南北四門。

安、福二王有令，對於翼王府的將士，一律不得干涉，讓其自由行動。

翼王的將士們在天京城裡，玩玩樂樂，信息傳到福王那裡，洪仁達的心裡甜津津的，裂著大嘴對洪仁發說：「我說不會流血吧，只要我們把石達開、曾錦謙、張遂謀幾條大魚一抓，一切問題不都迎刃而解了嗎？哈哈哈……」

雖說洪氏兄弟所指揮的幾萬名禁林軍，都是訓練有素的將士，戰鬥力相當強；曾錦謙所統領的城防部隊大部分人都是百戰沙場的勇士。如果今天晚上在某一個點上或者在某一個人身上，爆發了摩擦，擴而大之，那慘景是不堪設想的。

現在，可以說洪氏兄弟的刀已經磨得鋒快了，而翼王的部屬表面看來，卻輕輕鬆鬆，安然無事，而內在的湧動恰如火山爆發前的熔岩。

對壘的一方，洪氏兄弟們處於外緊內鬆狀態，因為他們偵察到翼王府毫無戒備，垂手可得；而對壘的另一方，翼王府卻是內緊外鬆之狀，文武官員中從總制、檢點以上的首領們，全都堅守在自己的崗位上，兩眼盯著窗外和防禦工事外面，好像拉滿了的弓箭，一觸即發。

天，漸漸黑了下來。

曾錦謙率領著拔除一百三十八顆釘子的敢死隊出發了。

方妃率領封鎖水西門的精兵們出發了。

洪仁達發布命令的總指揮所及其貼身人員，張起耳朵在聽候命令。

按照軍事家、政論家的說法，一次兵變，或者說叫做一次宮廷政變，也是太平天國裂變中的又一次裂變，乃是一場你死我活的奪權鬥爭。當面臨著歷史轉折的關口，叱吒風雲的翼王石達開，能夠逃脫布有天羅地網的天京城嗎？躊躇滿志、信心十足的安、福二王，能夠輕而易舉地逮住石達開這條大魚嗎？明打暗幫、扮演陰陽角色的方妃，能夠實現她畢生的追求嗎？欲知結果如何，且看下回分解。

第十七回　三次亮刀主僕無怨無悔　兩對情結將帥亦喜亦悲

軍事家用兵，常以天時地利人和，三者俱備，方可行動。近半個多月以來，洪氏兄弟籌劃的這次重大裂變，選在今天這個晚上，開始行動了。

天空、大地，黑得像墨水潑了一般，連星星也見不到一顆。擦身而過的行人也辨認不出來了。洪仁達高興地對洪仁發說：「嘿，真是天助我也！伸手不見五指，老天爺把我們的兵馬遮蓋起來，估計到了石達開的身旁也不會被發現哩！」

翼王府的將士們，也暗暗想：天公如此作美，出城的行動不會被發覺，可能過了長江，天王府、國宗府的士兵們也還以為我們在睡大覺哩！

一隊身著黑衣，頭戴黑面紗，腳穿黑布鞋襪，手持短刀、匕首的聖兵，在黑大漢曾錦謙的率領下，在翼王府的周圍，像螞蟻般地爬行著，匍匐前進的動作，絕無絲毫聲響。曾錦謙按照媚莉提供的暗殺翼王牌刀手的分布位置圖，一家一家地靠近了。

這一隊衛兵，全是曾錦謙精心挑選的漢子，一個一個都能飛簷走壁，在空中行走，猶如雀鳥飛行一般。富有軍事指揮才能的曾錦謙指揮他的這群部屬，不到半個時辰，就拔掉了翼王府周圍埋下的二十八顆「釘子」。有的暗殺手，還沒來得及認清曾錦謙的面孔時，就見了上帝。

為了確保翼王今晚能夠平安渡江，從翼王府到水西門這條近五里之遙的路上，曾錦謙以閃電般的行動快速地把一百多個「釘子」全部拔光了。

他們順順當當地完成任務後，回到了翼王府。進門就碰上了鐘秀英，她早已守候在門前，迎候將軍回營。

曾錦謙關愛地問道：「妳怎麼還沒有睡？」

鐘秀英嫣然一笑：「我一個人睡得著嗎？」

曾錦謙說：「時辰快到了，只怕今晚我倆睡不成了。」

鐘秀英摟著他的臂膀說：「睡不成就睡不成，還有明天晚上嘛！」

曾錦謙豪爽地說：「離開了天京城，天高任鳥飛，明天晚上我要加倍給妳！」

鐘秀英順手揪了他一下，說：「你呀，加倍給我都不夠。這幾年以來，你把我折磨死了，我哪天晚上睡好覺了的呢？」

曾錦謙說：「妳為什麼睡不好？」

鐘秀英說：「想你呀！」說完，又揪了他一下，接著說：「湖口之戰，你把人擔心死了，曾妖頭那麼大的勢力，生怕你受了傷哩！誰心疼你，誰侍候你！」

曾錦謙說：「妳心疼我，妳為什麼不來啊？」

鐘秀英嬌聲地說：「我來？那時爹還沒同意哩！」

稍停片刻，曾錦謙便問：「哎，大叔在哪兒？」

鐘秀英回答：「別擔心，我早把他接來了，我倆飛了，怎能把他一人丟在天京城裡啊！」

曾錦謙說：「那太好了，今後，我倆要好好孝敬他老人家。」

鐘秀英笑著說：「當然囉，哪個長輩不心疼兒女，你剛才領人出去找『釘子』去了，爹就提心弔膽的，他還催我到這兒等你哩！」

他倆邊說邊走，經過翼王寢殿時，無意之中從窗戶眼裡發現了韓寶英偎依在翼王的懷裡，他倆側耳諦聽，根本聽不清他們在說些什麼。

曾錦謙不以為然，倒是鐘秀英驚喜地問道：「謙哥，他倆——」鐘秀英把左右手的兩個食指比劃了一下。

曾錦謙說：「這有甚麼，他倆是我作的媒，早就談上了的。妳不曉得，再要不攏來，寶英就會瘋了！」

鐘秀英故意說：「未必就那麼狠吧？我又不是沒有親身體會。」

曾錦謙好像研究學問似地搖頭晃腦地說：「是誰曾經說過，女人是一團水，不攪動她，好像鐵板一塊，一旦攪動了她，她就會波濤萬丈，洶湧澎湃，一發不可收拾哩！我跟妳說，妳還不知道吧，妳再找機會看看，寶英姑娘曾把胸前都抓爛了哩！」

由於今晚曾錦謙執行的任務，異常艱險。翼王府幾乎所有的核心人員都為他的行動提心弔膽，心裡懸念之極，就像十五個吊桶打水，七上八下。如果有一顆「釘子」沒有拔掉，翼王就有可能受到傷害。現在，曾將軍得勝回府，首先就得向翼王稟報軍情。正當曾錦謙與鐘秀英走過窗前時，偏偏看到了那一副濃情蜜意的畫面，很不忍心去打擾他們，而時間又是那麼緊迫，怎麼辦？曾錦謙考慮到情勢緊急，不得不乾咳兩聲，讓他們聽到。這時寶英立即鬆開了石達開，便開了門，迎了進去。

石達開說：「謙哥，怎麼樣？」

曾錦謙稟道：「一個不剩地把全部『釘子』都拔掉了！」

石達開驚喜道：「謙哥，英雄！謝謝你！哎，謙哥，那兩個草包王眼下在幹什麼？」

曾錦謙說：「據準確情報，大草包情況不明，小草包正在宮中跟幾名大錦衣衛鬥蟋蟀，聽說還輸掉了兩個小老婆哩！」

石達開命令韓寶英迅速將軍令傳送到翼王部屬的各營各衙，按照約定時間開始行動。

翼王由曾錦謙貼身保衛，提前來到了水西門，守城士兵一見翼王，跪下稟道：「翼王殿下，有書信在此。」

翼王問：「何人來信？」

守城兵答道：「是個蒙面女人，未報姓名。」

翼王問：「你是水西門弟兄嗎？」

守城兵答道：「是。」

翼王問：「統領你們的官長是誰？」

守城兵答道：「不知道。從今日晌午起，當官的全部都換人了。」

翼王問：「今晚為何無有戒備？」

守城兵答道：「不知道。指揮官只叫我們今晚辦三件事。」

石達開問：「哪三件？」

守城兵答道：「喝酒、賭錢、玩女人。」說罷，就離開了石達開，到別處玩去了。

守城兵走後，翼王拆開信一看，一首七言絕句：

刀光劍影遍京城，
地網天羅捕大鯨。
又演秦淮淌血淚，
月斜直出水西門。

石達開看罷詩句，他心中有數。他望了望天空，又看了看大地，便自語道：「天王二兄，我，我只好跟你分手了，分道揚鑣了！」

沉思片刻，對身邊的侍衛官命令道：「傳令，請張遂謀丞相立即從鼓樓撤兵，向水西門靠攏，準備過江。」

又令一位隨身侍衛官：「渡江船要火速集中到水西門。」

命令傳罷，他看看韓寶英隱隱約約站立在城頭的那副英姿，感到由衷的喜悅。正待往河下走去時，身後有人喊道：「翼王殿下，請留步！」

石達開回頭一看，乃是一位身著黑衣、戴著黑面紗的女人，說道：「啊，是妳呀！」

「我是誰？」

「妳是處處關照我、事事幫助我的一位貴人！我的王嫂，不，我的小妹——方娘娘！」

「你可知今晚氣候如何？」

石達開把那封信拿出來，說道：「妳不是寫明了嗎？」

「怎知是我所寫？」

「只有妳才會這麼寫，只有我才能看得懂。」

這時，方妃激動得渾身顫抖地說：「好！我的知音！達開，我用盡心思，既當好人，又當惡魔，時而兩面三刀，時而陽奉陰違，本非我的本性，你知道嗎？我是為了啥？」

「知道，全都知道。從媚莉送來的軍機密件開始，我便非常透亮地懂得了妳的用意。」

方妃更為激動地說：「達開，謝謝你！我這既做人又做鬼的日子快結束了！看來，我們得正常地過過人的生活，正兒八經地做做太平天國的偉大事業了。」

她，實以為石達開已經把兩人的命運，乃至把兩人的生命都扭結到一起了。於是，她把面紗一掀，熱淚盈眶，縷縷情絲，一根一根地抽了出來，向石達開春風細雨地流露出來。是動情，比動情更甚十分，把隱藏在內心深處的心機和情意，揉和著一首散曲，含情脈脈地念道：

我潑出了滿腔血，
總想把紅線結。

熱心熱腸付與你，
你卻冷如鐵！
我萬里歸鄉獻熱血，
只為同胞免遭劫！
落花流水春去也，
一廂痴情空自嗟！
到如今，
我是霜底殘葉將凋謝，
一線生機繫與你這人間豪傑；
你若念我情真切，
讓我隨你八千里路雲和月；
心連心，創大業，
手攜手，永不別，
獻上我一腔巾幗血！
伴隨你，

方妃的這一首散曲，的確吐得情真意切，好就好在把個人的感情、個人的命運、個人的追求與太平天國的雄偉事業緊緊地連在一起。哪怕是鐵石心腸的人也都會受到重重地撞擊。

石達開再也忍不住他感情上的衝動，張開大臂，把方妃緊緊地抱在懷裡，極其痛苦地說：「小妹，我……我該如何是好？」

方妃感到非常甜蜜，輕聲對石達開說：「你就這樣，把我抱緊一點，還抱得緊一點，我就夠了，從今往後，我就是你的人了！」

石達開聽到她這句話，突然，臉上的顏色好像死人似的，便說：「不行，這一步不能走！欺兄盜嫂，千古罵名，我石達開決不能邁這一步！」他用力推開了方妃：「王嫂，妳永遠只能是我的王嫂啊！請妳要尊重二兄天王陛下，也要尊重妳自己。」

方妃淒然一笑：「石達開，你好可憐啊，你活得好窩囊，連愛都不敢愛了！」

石達開說：「任妳如何鄙薄我、謾罵我，無關緊要，我只求妳成全我在天朝的忠良之名，成全我離開天京的長遠之計。」

方妃說：「要是我不成全你，你會一件事都難辦成；不成全你，第一次你也逃不出天京城；

不成全你，今晚你也逃不出天京城的！」

石達開說：「這，這我當然知道。」

方妃說：「知道就好。」

石達開說：「今晚守水西門的士兵，只幹三件事：喝酒、賭錢、玩女人。解除了水西門的戒備，也是妳給我讓開一條出路。」

方妃質問道：「那你為什麼不讓我與你隨行呢？」

石達開說：「很簡單，妳是王嫂，是二兄陛下的愛妃嘛！」

方妃一聽，怒不可遏，吼道：「你別提那個昏君啦！洪秀全掛起太平天國的大旗，圖謀一己的私利，置百姓於水深火熱之中，動干戈於自家兄弟之內，任人唯親，排斥異己，身居宮中，迷信那個毫不存在的所謂天父天兄，貪圖享樂，笙歌糵舞，迷戀女色，貪圖錢財，慫恿親族，搜刮民脂民膏，他，他，他洪秀全，十惡不赦，毀了太平天國——」

石達開狂怒：「住口！妳這個妖婦，膽敢玷辱天王陛下，詆毀天朝，把我太平天國誣衊得一團漆黑！」他抽出鋼刀，對著方妃說：「我豈能饒妳！」

方妃毫不畏懼！神色泰然地說：「石達開，這是你第三次向我亮刀！你公然要殺一個想愛而不敢愛的人，公然忘恩負義，要殺一個為你幫了多少忙的人，你仁在何處？你義在何方？我只能跟你絕情了。」

石達開也爽快地說：「不可能不絕情。妳暗中幫我，實在是很不清醒，我，我告訴妳吧，我快要納妃了。」

方妃驚問：「誰？你納誰？」

石達開坦然相告：「我的義女韓寶英，她將是我的愛妃。」

方妃一聽，如雷轟頂，幾乎站立不住，連連說：「石達開，你，你，你很善於欺騙，糟蹋一個女人的情意呀！知道嗎？女人報復比男人狠十倍！」

石達開問：「妳要怎麼樣？怎麼報復我？」

方妃表現出一副極其冷靜的神態，語氣非常沉重地說：「石達開，你我都到了絕境，如同楊秀清、傅善祥一樣，現在，我已回不了天王府的王宮了，你也休想過江。」隨即命令身邊的媚莉：「發布戰令，封鎖水西門。」

媚莉舉起海螺吹響：嗚……嗚……嗚……

石達開立即感到一場血戰就要面臨了，水西門的守城士兵，刀光劍影，撲面而來。

石達開罵道：「妳這個禍國殃民的妖婦！我現在要宰了妳！」

方妃瞪著圓眼，挺身向前對石達開說：「你罵吧，你殺吧，不是說打是情，罵是愛嗎！」

她邊說邊搶過石達開手中舉起的鋼刀，猛地刺向自己的胸膛，鮮血直湧，喃喃地說：「我早說過，女人死在你的刀下是一種幸福！我無怨無悔！達開，這，這手中的紙條——」

媚莉猛地撲在方妃的身體上：「我的親姐姐！我的好姐姐！妳不該這樣呀！」

石達開隨即接過紙條，展開一看：「揮師西川，獨樹一幟。」

石達開看罷，失聲痛哭，頓足捶胸，一個耳光接著一個耳光打在自己的兩頰，躬下身去，把方妃的屍體緊緊地抱在懷裡，不停地罵著自己：「我昏了頭，我瞎了眼，我錯怪了妳，我怎麼對得起太平天國的軍民？我冤屈了一位真心憂國憂民的英雄，妳是那麼與我志同道合，心心相印，我毀掉了妳那顆金子般的心啦！太平天國的女才子，我失去了妳，我就失去了靈魂，太平天國的文武大臣，一百個，一千個，都比不上妳呀！『揮師西川，獨樹一幟』，跟我不謀而合，一字不差，妳不該離開我呀！妳要是跟我一道走，該多好啊！」

石達開哭得泣不成聲，緊緊地把方妃摟在懷裡，好像緊緊抱住自己的命根子似的。

韓寶英、曾錦謙、鐘秀英和她的義父賓福壽，慌慌張張來到他的身邊，驚慌地說：「達老弟，狗雜種們，四面圍攻了，怎麼辦？」

韓寶英最為敏感，驚愕道：「你抱著一個女人，是誰？」

曾錦謙低頭一看：「啊，是方妃啊！這個娘們每天與天王醉生夢死的，怎麼會死在這個地方了？」

石達開莊重地說：「太平天國損失了一位頂天立地的女才子！我石達開失去了一位足智多謀的好幫手，我要把她帶過江去，厚禮安葬！謙哥、寶英，使出我們的殺手鐧，拿出我們的王牌軍，把洪氏家族的禁林軍打回去，掩護全體部屬過江！媚莉，快跟我走！」

翼王府的精兵良將們，在水西門與禁林軍展開了肉搏戰，贏得了時間，這樣，翼王府的一萬五千多名將士順順當當地過了長江，聚集到了無為洲上。

卯時三刻，一位姓張的文書總制跑來告訴洪仁達，找了好半天，結果在遊樂廳找到了正在鬥蟋蟀的洪仁達，急稟道：「啟稟福王殿下，您說的卯時動手，現在已過了辰時，怎麼辦？」

「啊，我就怕過時間才不睡覺在這兒玩玩的，快，快，快，立即行動。天亮前逮住石達開！」

洪仁達像個鴨婆行走似的，率領著他的禁林軍，氣勢洶洶來到翼王府，只見府門大開，整個王府未見到一個人影，洪仁達氣急敗壞地說：「媽的屄，全跑了，你他媽的是天兵天將，也休想逃出我的虎口，城門早已緊閉，插翅難飛，走，趕快去搜！」

說完，他率領四、五百名親兵，從東華門搜到西華門，從南華門搜到水西門，不見翼王部下的一個兵丁，他站在水西門城樓上，發現了三三兩兩的幾具死屍，絕望地長嘆一聲：「完了！完了！石達開過江了，丟他個老姆，是誰走露了風聲，明擺著是從水西門逃跑的。」這個草包王似乎也精明了一點，想到了他那個說不清、道不明的弟媳婦方妃，很自然地聯想到一系列的疑點，不禁咬緊牙關，憤恨地咒罵道：「這個妖精！肯定是這個妖精壞了大事！完了，完了，完了……」

石達開率領著浩浩蕩蕩的一萬五千多名大軍，在無為洲稍休整了數日。

太平天國丁巳年（即咸豐七年，一八五七年）夏天，石達開突圍天京城，過了長江之後，沿途張貼〈翼王出朝告軍民書〉，天王府對他「重重生疑忌，一筆難盡陳」，負氣出走西征的內容。

六月中旬，全軍匯聚在安慶。一路上，韓寶英不停地給他出謀劃策，兩人朝朝暮暮，並轡而行，有商有量，親熱非凡。

這一次的重大決策行為，把他倆生死相依的紐帶更加拉得緊緊的了。他想：才氣過人的方妃，已經走了，而今而後，真正同肝共膽的女人就只有英子了，儘管學識上，她比方妃稍遜一籌，可畢竟是自己肝膽相照的人啦；她想：幾年來，朝夕相處，知冷知熱，通心通腸的伴侶除了這位「義父」，又還有誰呢？而且，縱觀翼王名下，被他所信賴、所傾愛的女人，捨我其誰歟？

所以，他倆的談話，處處一拍即合，事事心心相印。石達開說：「英子，妳說，我們就帶這一萬多人東逃西竄嗎？」

韓寶英說：「你認為你很狼狽嗎？不！天朝的兵馬大元帥是誰？仍然是你！他洪仁達只要出了京城，還有一個兵聽他調遣嗎？」

「妳算計了一下沒有，能夠跟著我走的共有多少將領、多少人馬呀？」

「早就算好了，我把底子摸清了，能死心塌地跟你走的，近三十萬人馬，聚集在你的旗下來的有七十二位將領；不過，兩位實力最強大的人物，而且文韜武略齊備被天王最信任的兩個人能否跟你走，那就說不上了。」

「那兩個人是陳玉成、李秀成將軍，嘿，妳說不上，我可說得上！」

「這又一次說明，我倆情投意合嘛！陳玉成、李秀成這兩位將軍是難得的英才，而且天王對他們的信賴遠勝於對你的信賴。」

「那是為什麼？」

「因為：第一，這兩位青年將領，尚無軍政大權，談不上對天王的威脅；第二，他倆在天朝沒有你這樣高的威望，可以說是兩隻乳臭未乾的雛鷹吧；第三，他倆至今對天王非常愛戴，認定天王是救世之主。這樣一來，陳玉成、李秀成會跟著你走嗎？」

「我若以太平天國聖神電左輔正軍師的名義召集他們來議事，他們會來嗎？」

「這肯定會來。說不定比別的將領還來得早些哩！」

石達開在無為洲給全軍將領們發出了「即日趕赴安慶議事」的通知，等他來到安慶時，果然陳玉成就先到了安慶。三天之後，近百名將領陸續到了安慶城。石達開看見自己心愛的將領們，非常興奮，對他們一個個在近一時期以來為穩定局勢、開疆拓土、打通長江通道、陸續收復近七十座縣城的功績給予高度褒獎，再加上他平易近人、對待下級總是和顏悅色，誰都把他當作是一位兄長式的親人。

此次安慶聚會，氣氛非常和諧。但沒有想到，最後趕到安慶的李秀成卻帶來了〈翼王出朝告軍民書〉這份傳單，他非常緊迫，萬分疑懼地跑到翼王面前，跪下稟道：「啟稟殿下，這告軍民書是真的嗎？」

石達開說：「是真的，是我親筆撰寫的。」

李秀成坐了下來：「殿下，末將這顆心已經碎成八瓣了！」

石達開問道：「你為什麼這樣動情？是不是天王剝奪了你的封號，心疼了嗎？我還要跟你加官晉爵哩！」

李秀成帶著哭聲說：「殿下，我當時是一個小娃娃，投入太平軍，是您一手把我哺成人的，您叫我怎麼捨得您走，天朝又怎麼離得您這頂梁柱啊！」

石達開走上前，把他扶了起來：「秀成，我為什麼跟二兄天王分道揚鑣呢？為什麼下死決心離開天京呢？明天早晨，我會給各位兄弟說清楚、道明白的。至於你，何去何從，悉聽尊便。」

次日早晨，翼王石達開召集全體將領到議事廳聚會。翼王慷慨陳詞，痛心疾首，邊說邊聲淚俱下，他說道：「各位兄弟姊妹，我石達開在太平天國決不辜負死人、更不辜負活人，不辜負天朝，更不辜負黎民百姓！此番離開天京，我是逃命出來的呀！人家把刀快架到我脖子上了，我能不走嗎？倘若不是方妃娘娘好心相救，也許我的腦袋就掉在天京城內了。天王於我，恩重如山，義大如海，我倆同為天父之子，艱苦危難的歲月，我們手牽手地度過來了，而現在，萬萬沒有想到，洪氏家族的尖刀竟然對準了我的胸膛，我被他們剝奪了一切軍政大權，我被他們視為眼中釘、肉中刺，我還能在他們身邊待得下去嗎？我每打一次勝仗，他們便說我好大喜功，我運來糧米解軍民之困，他們就誹謗我收買人心，我進也是錯，退也是錯，動輒得咎，舉步維艱。在天京城裡他們布置好了一百三十八個暗殺點，要切掉我的腦袋喲！弟兄們，你們想想，我在天京城裡還活得下去嗎？我能把腦袋送上他們的砧板嗎？我唯一的選擇，就是走！像這樣可以共患難、不可以共安樂的帝王，我若不走，必然成為西漢的韓信和彭越，被人剁成肉醬！我不管走到天涯海角，我仍然是太平天國的忠誠孝子，永遠效忠於天朝；天王陛下定下的禮儀典制、天條永遠遵守。那麼，我將帶領大家往何處去？現在，我請大家站立起來，首先向一位太平天國傑出的女才子、給我們此行奉獻戰略決策的巾幗英雄、為我們獻出了寶貴生命的方妃娘娘致哀！」

哀樂聲起，石達開哭吟道：

免死劫於金陵兮，
碎裂至乎身心；
靈犀何乃超能兮，
狂瀾忽其挽平；
水盡山窮墜絕境兮，
吾突得而生；
讒佞高張若猛獸兮，
恨貪婪之無窮；
江河濁流急兮，
強塗炭於生靈；
萬里迢迢奔故土兮，
宿壯志與雄心；

嘔心瀝血而運籌兮，
扶大廈之將傾；
高山流水有俞鍾兮，
痛失膠漆知音；
八千里路而啼血兮，
惜乎天朝命不濟吾已喪魂！

石達開控制不住悲痛之情，嚎啕大哭狂呼亂喊：「我的小妹！我糟蹋了妳的滿腔情意啊……」

他哭得實在支撐不下去了，韓寶英、鐘秀英和媚莉急奔上來，把他扶住。

他沒有坐下去，卻從口袋裡掏出了方妃遺留給他的那張紙條，高聲宣布：「揮師西川，獨樹一幟！」他繼而對全體將士說：「這是一位深明大局、智謀高超的女中豪傑，跟我不謀而合的決策之言。我決意永不回朝，就此與天王陛下永別了！我走我的路，各位兄弟姊妹願跟隨我生死存亡者請通名報姓；願留者請忠心耿耿扶持天王。我石達開永遠打的是太平天國大旗，我的刀槍所指，全是清妖與洋虜，碎屍萬段，在所不辭！寶英，把願意跟我遠征的將領名單記下來，請他們一個個簽字。」

在韓寶英簽名簿上簽名的有：張遂謀、曾錦謙、賓福壽、黃玉崑、石鎮常、石鎮吉、石鎮發、石鎮令、楊輔清、楊宣清、賴裕新、傅宗信、余子安、余忠輔、蔡次賢、朱衣點、童容海、吉慶元、汪海洋等八十二個將領。將領們在石達開祭奠方妃的痛哭聲中，猛然醒悟，翼王遠征西川，獨樹一幟，都覺得是唯一可行之舉。大家紛紛簽了名，盡忠翼王，跟隨遠征。兵力竟達二十七萬九千人。可以說，天朝主力基本上都集中在翼王的麾下了。

然而，在議事廳的後角落裡，有兩位太平天國將領中軍事實力最強、指揮才能最高的青年將領陳玉成和李秀成，他們一直不吭一聲，兩人心照不宣，共同覺得翼王帶兵出走，猶如置天王於死地。若陳、李二人成行，天京城將被清妖指日可破。

當韓寶英拿著簽名簿來到他倆面前時，陳玉成說：「我不敢、也不願意離開天王陛下，我只能為天王戰鬥到死。」

李秀成緊接著說：「我跟玉成兄同生共死，死保天王。」

當韓寶英把簽名簿遞給翼王閱看時，翼王發現沒有陳玉成、李秀成的名字，翼王大肚為懷，氣宇軒昂、胸襟遼闊、語氣親切地說：「陳玉成、李秀成兩位兄弟願留下來，扶保天王陛下，很好，很好！各位隨我者，全是我的密友良將，爾等所統帶的，是乃精銳之師。玉成、秀成兩位兄弟都有雄才大略，都有百戰不撓的部將，也可以斷定，你們足以扶保天王一統江山，曾妖頭、李鴻章乃至洋鬼子都不是你們的對手。本王遠征，乃是殊途同歸，共同為了太平天國。待來日，推翻清妖統治，在北京會師！」

陳玉成、李秀成淚眼滂沱，撲了上去說道：「翼王，您永遠是我們的好兄長，好恩師啊！您的這番話，我們將永遠銘刻在心，永遠銘刻在心，永生不忘！」說罷，兩位小將緊握翼王的手，灑淚而別。

陳玉成、李秀成走後，八十二位將領都感到出乎意外，從金田起義起，兩位小將，特別是李秀成，幾乎是翼王一手提攜起來的，大家以為他們會跟翼王遠征西川的，沒料到留了下來。還是曾錦謙說了幾句話，把大家的想法統一了：「捆綁不成夫妻。陳玉成、李秀成不跟我們走，這是他們的意願，不要把自己的作為強加於人嘛！再說，給天王留下兩個好幫手也是好事，如果都遠征而去，那清妖不就可以乘虛而入，威脅天朝嗎？翼王的意思我是贊成的，不要把事情做絕嘛！是不是？兄弟們。」

他的這段通俗易懂的話，把議事廳的氣氛又搞得活躍起來。這時鐘秀英給他遞上一杯茶，輕輕地說：「你聲音小點好不好，快把嗓子弄啞了。」

這時，曾錦謙又對大家說：「兄弟們，我還告訴你們一個天大的喜事。今日個，我要跟太平天國的女才子、二名榜眼鐘秀英小妹結婚了，請大家作客，老子準備了一百八十斤包穀燒，三百二十斤狗肉，喝個痛快，吃個痛快，玩個痛快，好跟翼王一道遠征西川。」

韓寶英跑上前去，狠狠地瞪了他一眼：「你是要我喊你曾大叔呢，還是改喊成謙哥？」

曾錦謙猛醒似地說：「啊，我真混賬，差點兒把比我的喜事更大的喜事忘了，弟兄們，你們的翼王殿下、我的達開老弟，由我牽線搭橋，跟這位天朝的小美人韓寶英這個這個……」下面一聲哄笑，他便制止大家說：「莫笑了！反正就是那麼回事囉。他們一個有情，一個有意，早就在一起那樣子了。我牽了這個線，成了真的，今晚我們兩對一起把喜事辦了，酒都不需加得，狗肉也不需添得。辦完了喜事，在遠征途中也就更方便了……」一陣陣掌聲飛出了議事廳，他又接著說：「翼王與韓寶英今天跟我們一道也來個鳳配凰。」

鐘秀英問：「哎，你徵求了他倆的意見沒有？」

曾錦謙武斷地說：「還徵求他們的什麼意見囉，老子包辦代替算了，反正他倆早就——」

他用手作了個比擬的動作。廳內又是一陣歡聲笑語。

掌燈時分，全城燈火輝煌，喜氣洋溢，無意中，對這兩對情侶結成良緣增添了喜悅的氣氛。

結婚大典快開始了，禮炮鳴了一十七響，宴樂不停地演奏著。

張遂謀宣布：「新郎、新娘就位！」

曾錦謙和鐘秀英身著黃袍、頭帶紅巾，手挽手地款步走到天父天兄聖像前，必恭必敬地站立著。

主持婚禮的張遂謀詫異了，心想：翼王與韓寶英怎麼不出來呢？朱衣點、賴裕新也弄愣了，慌了手腳，立即派人去尋，在隔壁大堂裡發現了充滿悲悲戚戚、淒淒慘慘的靈堂，上面供著「太平天國天王陛下吉配佳偶方妃之靈位」。靈堂內，一男一女身穿白色孝服，跪在方妃靈前，失聲痛哭，虔誠弔唁，只聽得石達開嚷道：「方妃，我對不起妳，一旦我有出頭之日，定將為妳舉行國葬！」話音剛落，賴裕新跑進去一把拉起了石達開，媚莉牽著韓寶英，強拉硬扯，把石達開與韓寶英拉到了喜堂。

當兩對情侶跪下後，全場隨即跪下，齊頌祈禱詩：

天父天兄必有靈，
賜生兒女保太平。
達開寶英來合巹，
錦謙秀英訂終身。
天父天兄多保佑，

白頭到老享安寧！

眾人唱罷，兩對新人向天父天兄再拜首，又向眾人三鞠躬，夫妻雙雙互拜。

爾後，張遂謀大聲宣告：「兩對新人各自進入洞房。」

一群將領們湧進去，鬧起新房來了，不在話下。

一邊房裡，曾錦謙和鐘秀英進入洞房之後，兩人心裡都像六月天喝涼水似的，舒服極了。曾錦謙咧起大嘴笑道：「秀英，我感到很奇怪，我這副熊相，怎麼會被妳看中了的？」

鐘秀英說：「我就喜歡你這副熊相，你呀，你長的是顆什麼心，我看得見；你說的是些什麼話，我聽得懂。」

「可我一講話，就盡出差錯。」

「就因為你那些差錯，像珍珠一樣奪目，像黃金那樣閃光，我才愛了你這麼多年。我真的愛你愛得發狂了。」說罷，她撲了上去，緊緊地摟著，抱著，吻著，摸著……

一邊房裡，石達開與韓寶英二人兩眼相對，痴痴地看著，呆呆地站著。韓寶英輕聲說道：「達哥，我倆終於盼到今天了！也許在太平天國的歷史上，一位主帥納義女為妃，會叫文人學子們借題發揮，有褒有貶。」

石達開回答道：「這倒不足為慮，也許我們的後代，他們的生活方式比我們邁開的步子更大；我現在擔心的是，在當代，乃至往後無數代，對我石達開與天王分道揚鑣、率軍遠征之舉會爭吵得沸沸揚揚，爭論不休哩！我和我的追隨者，乃至後代的理論家們，百喙難分清啊！」

他嘆了一口氣，接著說道：「萬萬沒有想到，我石達開落到如此地步；更沒有想到，天朝女才子竟然對我如此情深，竟然跟我如此志同道合呀！」

韓寶英同情地說：「達哥，如果你願意的話，我贊成你名義上納方妃為妃，我就作你的填房吧！」

石達開聽到寶英這樣說，便猛地撲向寶英，把她緊緊抱在懷裡：「我的英子，妳好賢慧，好通情達理啊！我愛妳！我至死不渝！」

韓寶英說：「達哥，我是你的人，我等不得了，全都交給你……」

洞房花燭夜，一覺醒來，石達開令韓寶英把張錦謙、張遂謀叫了過來，商討用兵之計，進軍之策。他率領近三十萬大軍，如何進軍西川？如何開疆拓土？如何保存實力？如何調兵遣將？要知端的，下回相告。

第十八回　好人多磨石達開飲恨離人世　惡夢縈繞說書人含淚評英雄

本回開講，有詩嘆曰：

力耕千畝實筋疲，
不曉屠房隱殺機。
仰望江山飄義幟，
靜觀黎庶讚王師。
哪堪獨方操戈淚，
何苦同室燃豆萁。
撒手自茲風浪去，

心甘再譜鬼雄詩。

石達開於太平天國丁巳七年七月底離開天京，在安慶城少許停歇，祭奠方妃，將帥雙雙婚配之後，組織了近三十萬精兵良將，由他率領遠征，整整戰鬥了六年。

戰無不勝、攻無不克的石達開，在這六年中幾乎沒有抖過他昔日的風采。他轉戰蘇、皖、贛、鄂、湘、閩、浙、桂、粵、黔、川等十一個省份，大小戰鬥數百次，最後落得眾叛親離，成為孤家寡人的下場，以致他的親信大將朱衣點、吉慶元、賴裕新、楊輔清等人也反旆回朝。

筆者認為翼王這六年的軍事、政治生涯，實在沒有什麼品賞價值，更無文學作品迭宕的藝術魅力。

他長期過著流寇似的生活，孤軍作戰，處處挨打。他既無外援，又失民心，像一位窮漢家裡的米缸一樣，吃了一碗就少了一碗。兵源枯竭，糧餉輜重時斷時續，困頓甚多。這位叱咤風雲的好漢，他任性負氣，不管洪秀全如何多次派人請他回朝，他也死不回頭，這樣，怎麼不會落得雞飛蛋打的悲慘結局呢？

石達開率領他的殘兵敗將，於太平天國癸亥十三年六月中旬來到四川大渡河邊，只剩下三萬多人了。

儘管清軍阻截、包抄、追擊的種種手段都使用盡了；然而，憑藉大渡河的天險，翼王之軍如能順利過江，還可獲得一線生機。可鬼使神差，他的妃子韓寶英臨盆難產，為了這位小王子降世，石達開只好命令部屬暫停渡江，整整停留了三天。

天公滅人啊！三天之後，突降暴雨，大渡河像一匹兇猛的野獸發出狂吼，河水猛漲，而四川巡撫駱秉章統帥的追兵像餓狼似地把翼王部屬重重包圍起來，可憐彈盡糧絕的太平軍只能束手待擒。

一身義氣的石達開以自己的生命在人生旅途上最後閃了一次光芒——願以自身一命換取他三萬多兄弟姊妹的生命，解甲歸田。

狡猾毒辣的駱秉章，佯裝完全答覆了他的要求。

當天，石達開在曾錦謙、張遂謀的陪同下，由清軍押解到四川成都巡撫衙門。

次日凌晨，石達開和他的兩位親信大將，被綁赴刑場，凌遲處死。

而他停留在大渡河邊的三萬多名將士，駱秉章根本不履行承諾，背信棄義，下令將他們全部殺害，就連剛剛來到人世、尚未看清世界的小王子，還有那美麗、賢淑、聰明、才華出眾的韓寶英也一同被剁成肉醬。

鐘秀英、媚莉死得也極其悲慘，她們都被一群一群的虎狼糟蹋得不省人事的時候，才割斷了喉頭、挖出了心肝，去見天父天兄的。

更有那一場目不忍睹的事，筆者也似乎被駱秉章的牌刀手們押解到了刑場。但見那些膀大腰圓的刀斧手們，把石達開、曾錦謙、張遂謀頭朝地、腳朝天，倒捆在刑架上。

當駱秉章發布命令：「開始動刀」時，三名手持明晃晃短刀的殺手們，一人宰殺一個，把石達開、曾錦謙、張遂謀的雙腳劈開了。

開始，石達開和張遂謀一聲不吭，只聽曾錦謙高聲咒罵道：「駱秉章，你這個狼心狗肺的東西！在老子面前吃過多少敗仗，老子們要不是為了挽救三萬多同胞兄弟，怎麼會落在你的刀下來？你這條狼犬，你和你們的滿妖朝廷以及大大小小的貪官污吏，喝了老百姓多少血？你們跟中國人辦過一件好事嗎？你們在洋鬼子面前，有一丁點兒中國人的骨氣嗎？你這駱秉章雜種，瞧你那副尖嘴猴腮的模樣，七十二行正經活你懂哪一行？你只懂拍馬屁、溜鉤子、看主子的眼色行事，巴結主子，升官發財；你只會拿起刀子殺中國人，狗娘養的你殺過一個洋鬼子嗎？你這個不要臉的傢伙，竟把你的妹妹送給洋鬼子去睡覺；你只會刮地皮、搶民財，湖南的老百姓被你搜刮得十室九空，江西的老百姓油鹽罐也都被你倒空了！駱秉章呀駱秉章，老子活著沒有宰掉你，死了之後變鬼都不會饒你的！你以為滿妖朝廷長久得了嗎？你以為把老子零刀碎剮會向你求饒嗎？你現在一刀一刀的剮，你會聽到我哼一聲嗎？」他把眼睛一閉，牙齒一咬，再也不吭聲。

石達開高聲讚揚道：「天朝英雄！謙哥是好樣的！華夏同胞請記住太平天國將帥的浩然之氣吧！」

誰知道張遂謀這位文質彬彬的丞相，在劊子手們割下他的耳朵、挖掉他的眼睛、剝去他的臉皮時，他實在疼痛難忍了，從喉頭裡發出了「哎唷、哎唷」的聲響。石達開大聲斥責道：「孬種！天朝將領怎可在清妖面前發出哀痛之聲？快閉嘴！」

張遂謀的喊叫，慘淡的淒哀之聲，的確起到了作用。

殺他的那個刀斧手在割裂他的胸部肌肉時，故意把刀尖刺進了他的心臟。

張遂謀的血像掀開了閘門的水一樣，頃刻流盡，去見天父天兄了。

殺害石達開和曾錦謙的兩個刀斧手，按照駱秉章的吩咐，一刀不捨地把骨頭縫裡的肉都割了下來，唯獨把心臟留在後面，最後一刀才結束了他們的生命，飲恨離開了人世。

筆者在場記錄了中國古人發明的凌遲處死的酷刑，也記錄了當時在場官民人等的紛紜評說。有一句話是在現場悄悄講出來的，我記錄了下來，足以作為對石達開這位英雄的蓋棺論定之語：

「華夏民族的一條真正鐵漢！」

筆者兩眼發黑，頭目暈眩，直面血淋淋的現場，便暈死過去了，似乎到了陰間……

當快到鬼門關的時候，正巧碰上了剛死去的石達開，但見他步履蹣跚，躑躅不前，回頭望望泉臺，詫異道：「哎，彭老道，您老先生怎麼跟著我來了？」

彭老道說：「我是個怪老夫子，很想跟你交個跨世紀的朋友啊！」

石達開說：「你是文人雅士，我是糾糾武夫，而且是個毫無建樹的敗將，豈敢高攀?!」

「不！您是位文韜武略俱備、戰功赫赫的天朝元勳！我們這些舞文弄墨的學子，能有機會交上你這樣的朋友，深感自豪啊！」

「這麼說，我石達開還叫你們這些文人感興趣囉？」

「嗯，非常感興趣。因為您是一位英雄，並且是一位在關鍵時候失去理智的人物，人們對您眾說紛紜，您的軍旅生涯、官場經歷，我覺得太恢宏、太曲折、太複雜了。所以不光我對您感興趣，而且文人墨客們都對您感興趣喲。」

石達開聽我這麼一說，說他一生曲折複雜令人感興趣。他便思忖著：從金田起義以來，幾乎沒有一個好心的人對他提出過非議。今天，突然聽到這位彭老道，竟敢膽大包天，提起批評意見來了，似覺也是好事。

於是，兩人在鬼門關口找了條石凳坐了下來，促膝談心。

石達開探詢似地問道：「哎，彭老先生，我很高興見到您這位敢講真話的作家。我老石素來虛懷若谷，很想聽聽你們二十一世紀的人對我和天王公正評價一下，如何？」

「行啦！不瞞你說，我的確是一個不看別人眼色行事的人，讀了幾十年的書，寫了幾十年的稿，對太平天國從一八五〇年到一八六四年這段歷史，尤其興趣甚濃。因為從這段歷史中可以提煉出中國人極其貴重的經驗教訓，可以找出比儒家學說的價值更高的精華，對於華夏民族後代子孫所能汲取的營養太豐富了。」

石達開聽我這麼一說，越發來了勁頭，便驚愕地說：「哎嘿，你這位老先生還有自己獨特的見解了，好哇！我想洗耳恭聽。」他把身子又移動了一下，更加靠緊我的身子了。

「你既然憋到我講真話，我就只好坦然相告。我覺得在你離開天京之前，你的全部軍政要務，幾乎無懈可擊，不失為華夏歷史上的一顆巨星；可你，錯就錯在兩個字上。」

「哪兩個字？」

「愚忠！你腦袋裡把忠於天王當作了生命的主宰，這一點，你不如楊秀清，東王敢於跟天王抗爭，你卻不敢在天王面前講一個『不』字，活得太窩囊了！」

石達開說：「我贊成你的說法。楊秀清為女館之爭，敢於跟天王犯顏直諫，我對天王排斥異己，任人唯親，封兩個草包哥哥為王，沒有正面抵制。嗨，我太軟弱了！太愚忠了！」

我發現石達開是能聽得進逆耳之言的人，便進一步對他說：「翼王，你失去了多少機遇，你傷了多少好人的心啊！本來，在誅滅了楊、韋亂黨之後，閣朝推舉你提理政務，天朝軍政大權由你一手掌管，論才氣，論實力，論威望，論品德，你都遠遠勝過天王洪秀全。當你發現他重用親信、排斥異己時，你完全可以一舉廢天王而自立，把太平天國的大旗打遍全中國，可你因為愚忠，只得委屈坐上冷板凳，當了個有名無實的空頭『義王』；當方妃挖空心思、冒著生命危險保護你、寄希望於你、更傾情於你時，你為什麼不喜歡這個才華橫溢的愛國志士？你還一而再、再而三地對她亮刀，你戕害了一個愛國僑胞的耿耿丹心，扼殺了仁人志士的才華，不也是你的『愚忠』作怪嗎？你一味追求『揮師西川，獨樹一幟』，脫離了太平天國苦心經營的大片土地和廣大民眾，到處流竄，分散實力，你能說出歷史上有什麼人孤軍奮鬥能成功的例子嗎？翼王，你傷了多少人的心啦！可以說，凡是離開了老百姓的人物，沒有一個不是慘敗的？你在遠征途中，長達六個春秋呀，你為老百姓做了多少好事？所以，現在有人罵你，沒有冤屈你；有人讚揚你，也是完全正確的，就看他是從哪個側面品評你罷了。」

石達開低下了頭，連捶自己的腦袋悔恨地說：「最使我痛心的是，不該失去方妃呀！不過，你說我失去機遇，沒有在天京取天王而代之。彭老道，你是二十一世紀的人，我是十八世紀的人，怎麼能辦得到呢？須知，你們現在用電腦傳遞信息，我那時連個手搖電話機都沒有哩！更何況你們現在也不主張篡黨奪權嘛。那個時候我石達開能夠廢天王而自立嗎？你們這些筆桿子呀，是經常對死人求全責備的。不過，我的態度很明確，你們說對了我就聽，你們說得不對，我就辯。」

我歉意地一笑：「翼王殿下，也許我這個人看問題有些偏頗吧。不過，倘若我是你的幕僚，我就會幫你出謀劃策。可以提出兩個方案：一是你可與天王分手，但不與天王對抗，以自己的威望與實力，統帥太平天國大江兩岸的將士，統一指揮，統一調動，橫掃曾國藩、李鴻章、左宗棠等勁敵之後，揮師北上，跨過黃河，直抵北京城下，威逼滿朝廷退位；二是曾國藩瞧中了你，下書勸降，保你為清廷三品要員，你也完全可以念百姓水深火熱之苦，與曾國藩聯袂出師，合作共事，矛頭一致對外，驅除洋虜，振興中華。如此，就不會有第二次鴉片戰爭了；如此，我大漢民族把滿清腐敗朝廷摧垮，不是易如反掌嗎？何苦勞煩孫中山先生四十六年後來個辛亥革命呢？翼王，鬧這場起義，一共死了多少同胞，你統計過嗎？」

石達開有些猶豫，不完全贊成地說：「彭老先生，你要我當時跟曾國藩合作，那可難得轉過彎來。」

沒等他的話說完，我就斥責道：「兩朝相爭，各為其主，你還是『愚忠』思想作怪！我講個可茲教訓的例子：曹操的兒子曹植，也提醒過世人：『本是同根生，相煎何太急。』翼王，倘若太平軍與清軍聯合起來，不搞窩裡鬥，一致對外，那美、英帝國侵略者膽敢欺侮我們嗎？

列強膽敢瓜分中國嗎？八國聯軍有那種能耐打進北京嗎？你呀，你不以國家、民族利益為重，搞個人英雄主義，拿起自己的一支兵馬，漂流在外，偏安一隅，怎麼不會落得個眾叛親離，墮落成孤家寡人呢？造成坐以待斃的悲慘結局呢？遺憾啊，遺憾！」

我的第二個設想，石達開聽得震聾發聵，頓時呆若木雞，他一字一句地說：「聯合……，對外……，哎呀，是呀！彭老道，我幹嘛死要面子活受罪呢？如果當時你是我的幕僚，替我出了這個好主意，不早就把洋鬼子趕跑了嗎？可惜呀，可惜，真是一失足成千古恨啦！嗨，我幹嘛只盯住滿清的腐敗，而忘卻了洋鬼子亡我之心不死呢？忘卻了中國人被洋鬼子罵成『東亞病夫』的恥辱呢？忘卻了洋鬼子說我們是『一盤散沙』的譏諷呢？」

我嚴正地說：「腐敗，是我們內部的事、家裡的事，是可以關起門來下決心整治好的；而受洋人侵略，一次次割地賠款，讓洋鬼子的鐵蹄，蹂躪我們的國土，欺侮殺害我們的同胞，那是一個民族生死存亡的事，我們能退讓一分嗎？當時，你們牽制了滿清的兵力達七成之多，在這種形勢下，叫滿清還有什麼實力對外呢？」

石達開心服口服地說：「彭老先生，你說得真對呀！你可用長篇小說的形式，把太平天國的故事，提醒後人，讓他們一代一代、認認真真地讀下去啊！往後，誰他媽的再鬧分裂，他就枉為中國人！就是華夏民族的敗類！」

正當我和翼王談得投機之時，吹來一陣陰慘慘的旋風，只見方妃飄拂而來。她微笑著，兩眼灼灼閃光，溫柔地說：「彭老先生，妾妃非常感謝你，你在作品裡把我描繪得太完美了！我受之有愧呀！」

我定睛一看，吃驚道：「哎呀，你這麼美的一位仙子，我倒還覺得沒有寫夠哩！方娘娘，妳千萬別回去，翼王已經醒悟了，妳就好好伴隨他過日子吧。不過，妳千萬別吃醋，妳就跟寶英一道侍候翼王，親親熱熱度春秋吧！另外，我可以告慰妳一個信息，我們在海外的一億多華人華僑，其中還有妳爸爸媽媽的子孫後代，全都揚眉吐氣了，誰也不敢欺侮我們的骨肉同胞了，今年北京申奧成功，海峽兩岸和全世界的炎黃子孫無不歡欣鼓舞！告訴妳，今年七月十三日那天晚上，我老漢和許多朋友，喝了一晚上的酒，表示慶賀哩！」

朦朦朧朧中，鬼門關城樓上，銅鑼齊鳴，長號驚天，八名勾魂鬼和催命鬼，舉著大刀，在城樓上齊聲吼道：「太平天國翼王石達開快進鬼門關啦！」

翼王石達開聽罷，稍稍整理了一下戎裝，率領他的親信將領和妃嬪女侍們，邁開大步，向那關口走去。

我跟著他們，亦步亦趨。忽然，曾錦謙大吼一聲：「彭老道，你跟著我們來幹什麼？你老漢的陽壽未盡，太平天國的故事，你還沒講完哩！快回家寫書去！」

他猛推一掌，我被推倒在地上，「哎唷」一聲，我驚醒了，始知躺在書房的睡椅上，望著身邊的摯友李傳森先生說：「啊，我是做了一場惡夢！你看，我身上的汗水把衣服都浸透了。」

「是呀，彭老道，你這場夢雖做得很悲、很苦，但做得有價值啊！你在《人禍》的第十八回中做了一個夢，這次在《裂變》第十八回中又做了一個夢，在即將動筆的《幻滅》最後一回中，是不是也會做個夢呢？你的天京悲劇三部曲，出現這種巧妙藝術構思，真是頗具匠心啊！」

說罷，二人相視而笑……

後記

彭道誠

感謝上帝保佑，又讓我多活了幾年，把天京悲劇第二部《裂變》完成了，給今人和後代人又講了許多段故事。倘若近年內不升天，那麼，天京悲劇第三部《幻滅》便可講完全本了。

感謝我的摯友、老夥計李傳森先生，在酷熱的日日夜夜裡，代筆紀錄整稿。曹雪芹說寫《紅樓夢》字字都是血，我說寫《裂變》字字都是汗。我們的汗一滴一滴地流，終於流完了第二部最後一個字。

感謝我身邊的學生和晚輩們，從初稿到改稿的打印，幾經折騰、修改，這些孩子們幫了我的大忙。目前大陸使用簡化漢字，而寄往臺灣的稿件應成繁體，這就給孩子們添了很多麻煩。這裡重點要提一提的幾個娃娃，他們是彭貴平、紀安榮、唐愛華、謝瑩和我的二個愛女彭惠、彭湘靈都幫了我很大的忙。

更得感謝三民書局劉振強先生多次來函鼓勵老漢完成三部書，編輯部門並對本系列書文字的潤色、主題的昇華、人物性格與形象的塑造作了建議。

血濃於水，兩岸同胞血管裡流的都是同一祖先的血液，本應家庭和睦，兄弟姊妹怡情，完全沒有必要互相之間吹鬍子瞪眼睛。常言道：「家和萬事興。」又云：「家庭不和鄰里欺。」許多年來，我痛感國力不足，國威不高，尤其是第一次鴉片戰爭之後，華夏民族處於危亡之際，倘若炎黃兒女們抱緊一團，一致對外，何至於有列強瓜分我泱泱大國？何至於有那麼多的不平等條約？何至於有割地賠款？何至於有軍閥大混戰？何至於至今亦只屬發展中國家？

老漢一頭埋進中國近代史，可謂苦心孤詣，幾至於廢寢忘食矣。搶時間，搶在見上帝之前，把釀成天京悲劇這一段歷史給人們講完，吾願足矣！

希望本書能順利付梓，並希三民書局想方設法打通在大陸發行的渠道，擴大印數，俾使更多的炎黃子孫們吸取歷史教訓。

華夏大家庭應秉承孫中山先生之教導，讓我華夏大國立於世界民族之林，讓世界以平等待我之民族。願中華大地早日統一，中華民族全面振興。

是為記。

二〇〇一年八月二日於常德陋室

作者小傳

彭道誠（筆名：老道、彭浪），湖北省武漢市漢陽縣人，農民的兒子，晚清秀才的門生，人民培養的作家。七十多年的風雨，形成個人的歷史充滿了傳奇色彩。難以想像，一個窮得光錠兒的苦孩子，如何精讀了中國的經、史、子、集？又如何取得了大學畢業的資格，又怎樣在文場劇壇拼搏了半個世紀？尤其是在生死場上摔摔打打、歷盡坎坷居然活到了七十六歲，而且還居然創作出版了近三百萬字的著作，因此奇特人生被人們曾譽為「怪才」。

讀書，靠彭氏祠堂的公產；上大學優待，仰人民助學金選拔入校（中南藝術學院）；歷盡生死，又因筆桿子「闖禍」（劃為右派）；發表作品，屬於「苦」愛，樂與戲劇和文藝結下了不解之緣。

本人生於一九二八年農曆八月十三日，從七歲起連續讀了十二年古書，漢陽師範畢業，一九四八年參加部隊被選入文工團，從此開始了文藝生涯。幾十年來先後發表、上演大型歌劇《張朝俊》、《母與子》、《阿蓋公主》；戲曲劇本《血濺東王府》、《石達開出朝》、《芙蓉女》、《抓司令點將》、《周門家事》、《曾國藩與李秀成》、《千秋葉》、《辛亥霹靂》，其中部份曾在中央、省級劇場、電視臺及報刊有過較強反響。電影文學劇本《常德大血戰》、《女雇工》、《詩書緣》以及四十集電視連續劇《曾國藩》，皆因經費難籌，尚未面世。離休後，仍勤奮筆耕，已創作出版了報告文學集《馳騁南疆》（一、二、三卷由南海出版公司出版），報告文學選集《跋涉》（英國劍橋《華人世界》出版）；系列長篇小說天京悲劇第一部《人禍》（臺灣三民書局出版）；當代長篇小說《錯位》（即將由湖南文藝出版社出版）；其他詩歌、散文、雜文、文藝論文，散見於全國各地報刊。

人老了，蠶絲未盡，燭淚未乾，吐下去，流下去，寫下去，何年何月才劃句號？……

三民叢刊

小說精選

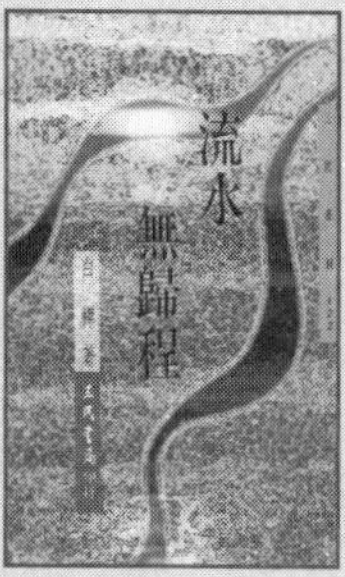

122 **流水無歸程**　白樺著

流水無歸程，說的不是流水，而是像水一般流逝的人，和關於人的似水流年。出身和門第，肉體和靈魂。泡沫浮起的掏金夢，為野蠻資本聚斂所造成的腐敗，平添粉紅和死灰的色彩。

139 **神樹**　鄭義著

大山深處，一株從不開花的神樹忽然開花，亡靈紛紛從荒墳爬出，在村中四處遊走。一個村落、一棵「神樹」，具體而微地映現當代中國的重重劫難。

144 **滾滾遼河**　紀剛著

生猛壯烈的大氣磅礴，扭搓折磨的纏綿悱惻；「生命寫史血寫詩，革命誤我我誤卿」，「生命寫史」是工作故事的歷史見證，「革命誤我」是感情故事的時代告白。

157 黑月

樊小玉 著

戀愛中的女人因原始性的孩子氣被感情慫恿著，便多了幾分放姿和縱情。但無論那放姿怎麼被誇張，她們仍舊是中國人，逃不出骨子裡制約著她們的東西……

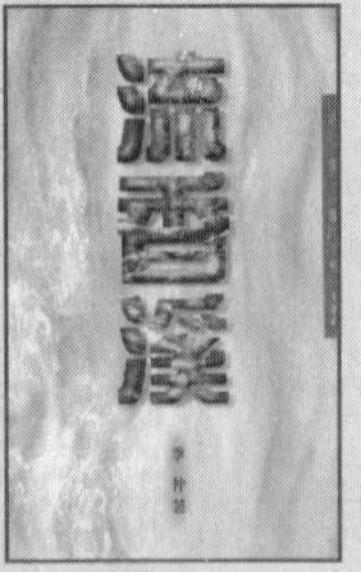

158 流香溪

季仲 著

美麗的流香溪，演出友誼、愛情、合作、衝突的活劇。現代與傳統的矛盾、中外文化的撞擊、善良與邪惡的爭鬥、人與自然的搏擊，時而行雲流水，時而驚濤駭浪，意趣盎然，發人深思。

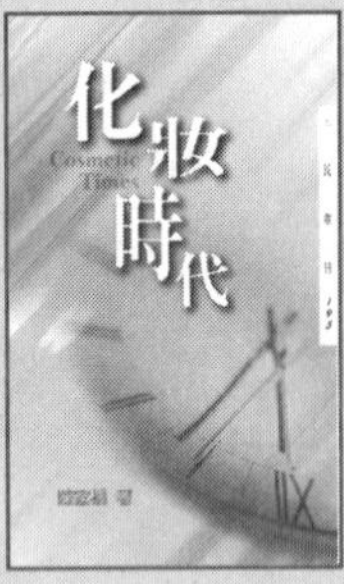

195 化妝時代

陳家橋 著

「我」，現代社會中最基本的生命原型；他所遭受的審判、試驗與思想囚禁，揭示了世紀末信仰危機的深層之外，一種更強硬的外部壓制——那將是下個世紀某些人本衝突的引子……

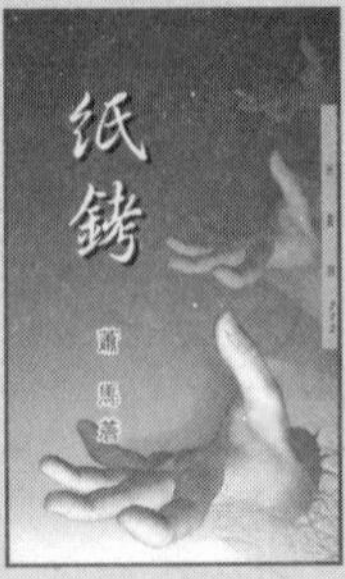

212 紙銹

蕭馬 著

惟有自己能細縛自己，也惟有自己能解放自己。有形的桎梏其實不可怕，可怕的，是無形的束縛……

國家圖書館出版品預行編目資料

裂變:太平天國/彭道誠著.－－初版一刷.－－臺
北市:三民,2004
面;　公分－－(三民叢刊:251)

ISBN 957-14-3816-2 (平裝)

857.457　　92022936

網路書店位址 http://www.sanmin.com.tw

© 裂　變
——太平天國

著作人 彭道誠
發行人 劉振強
著作財產權人 三民書局股份有限公司
臺北市復興北路386號
發行所 三民書局股份有限公司
地址/臺北市復興北路386號
電話/(02)25006600
郵撥/0009998-5
印刷所 三民書局股份有限公司
門市部 復北店/臺北市復興北路386號
重南店/臺北市重慶南路一段61號
初版一刷 2004年1月
編　號 S 856130
基本定價 伍元貳角
行政院新聞局登記證局版臺業字第〇二〇〇號

ISBN 957-14-3816-2 (平裝)